U0815279

魅丽文化 桃夭工作室

野火玫瑰

周沅 著

江苏凤凰文艺出版社
JIANGSU PHOENIX LITERATURE AND ART PUBLISHING

图书在版编目（CIP）数据

野火玫瑰 / 周沅著 . -- 南京 : 江苏凤凰文艺出版社 , 2023.9
ISBN 978-7-5594-7415-5

Ⅰ . ①野… Ⅱ . ①周… Ⅲ . ①长篇小说 – 中国 – 当代 Ⅳ . ① I247.5

中国版本图书馆 CIP 数据核字 (2022) 第 242358 号

野火玫瑰

周沅　著

责任编辑　张　倩
出版统筹　曾英姿
特约编辑　刘思月　罗李璇
封面设计　黄　芸
出版发行　江苏凤凰文艺出版社
　　　　　南京市中央路 165 号，邮编： 210009
网　　址　http://www.jswenyi.com
印　　刷　湖南天闻新华印务有限公司
开　　本　880mm × 1230mm 1/32
印　　张　9.5
字　　数　264 千字
版　　次　2023 年 9 月第 1 版
印　　次　2023 年 9 月第 1 次印刷
书　　号　ISBN 978-7-5594-7415-5
定　　价　46.80 元

江苏凤凰文艺版图书凡印刷、装订错误，可向出版社调换，联系电话 025 – 83280257

目录

Contents

第一章 暗恋

七月，怀城艳阳如火，落地窗前高大的琴叶榕接受着阳光的炙烤，叶边微微发卷，有些死气沉沉。

巨大的会议室坐着上屿怀城分公司高层二十六个人，此刻寂静无声。

宽大的办公桌尽头是穿着黑色窄裙的年轻女人。简兮端坐着，手里翻着各部门送上来的报表。她生得极美，长发微卷，随意地散在肩头，白皙的肌肤在光下更显细腻，修长漂亮的手指缓缓掠过纸张边缘，最后停在落款处，抬眼环视会议室。

简秘书生了一双漂亮的凤眸，笑时潋滟，不笑时严厉。

“渝西合作案谁在负责？”简秘书的声音非常好听，语调柔和。

怀城分公司副总刘臣看了一眼市场部的李总，李总站了起来：“简秘书，有什么问题？”

“有一些数据和渝西送过来的合作文件对不上，我需要和你确认。”

刘臣扯松了领带，让空调的冷风灌进来。

简秘书的美尽人皆知，然而，她最有名的不是美貌。她是蒋霖屿的秘书，跟了蒋霖屿五年。

五年前，上屿集团前董事长蒋衡发生车祸，夫妻二人双双身亡。上屿是家族企业，争权、内斗，闹得天翻地覆，股票大跌，几乎成为业内笑话。蒋衡的独子蒋霖屿回国接手公司，在所有人都不看好的情况下雷厉风行地控住局面，仅仅几年时间就把“上屿”的市值拉回曾经的巅峰。

蒋霖屿坐稳上屿的掌权人之位，简秘书代表的就是蒋霖屿。

巨大的会议室里只剩下李总汇报合作案的声音，刘臣拿出手机又给陈总发了一条信息，对方依旧没有回复。

时间一分一秒地流逝，乌云悄悄浮上来，遮住烈阳，琴叶榕舒展枝叶，彻底精神起来。

下午四点，会议终于结束。

简秘书一共带了八个人，所有人动作利落地把文件收进纸箱，打算走出会议室。

刘臣站起来：“简秘书？”

简兮已经站起来，转头注视着刘臣，嘴角微微上扬，凌厉感顿时弱下去，看似人畜无害，轻轻颔首：“还有什么问题？”

刘臣总觉得哪里不对，可陈总那边联系不上，也不能贸然行动：“辛苦简秘书了。忙碌了一整天，晚上一起吃饭？也让我们尽一下地主之谊。”

“谢谢，吃饭就不必了，我还有工作。”简兮敛起笑，“先走一步。”

简秘书从早上九点到怀城分公司，油盐不进，他们这群人连中午吃饭都在会议室吃。汇报了六个小时的工作，所有人精疲力竭，只有她一个人坐得笔直，仿佛随时能披战袍上战场杀敌的女将军。

简兮离开了会议室，高跟鞋踩在大理石地面上发出清脆的声响。

刘臣阴沉着脸扯开西装外套，叉腰敞开腿站在会议室里，思索着简兮亲自过来分公司的目的，想了半天也没想明白。陈总联系不上，刘臣权力有限，只能配合总部工作。他皱了一下眉，抬腿径直往洗手间走去。

六个小时，神仙都能憋出毛病。

“刘总，”财务部李总快步上前，跟刘臣一同往洗手间走，“总部有什么动向？那位回来了？”

刘臣摇头，走进洗手间。他们分公司山高皇帝远，不关心那位掌权的蒋某人是否在J城。

“听说简秘书是那位的秘书，真人比照片长得带劲，难怪能爬得这么快。”

简兮本科毕业进上屿，在短时间内爬到了总裁办，成为蒋霖屿的贴身秘书。

刘臣的电话响了起来，拿起来看到来电是陈总，立刻接通：“陈总？”

“拦住简秘书，不能让她回总部，我马上过去。”陈总语气严肃，“也不能让她带走任何文件。”

刘臣转身大步往外面走：“好。”

中午还艳阳高照，下午就阴云密布。

简兮走出办公楼，潮热的风迎面而来。她的头发被吹得飞舞起来，她伸手把头发拂过耳后。

云层深处酝酿着一场暴雨，乌云滚滚，天地陷入暗沉，一道闪电划过天空，彻底变天了。

上屿集团旗下的顶级品牌S级黑色轿车开了过来，简兮拉开车门坐进去，财务部主管徐暖坐到了另一边。拉上车门，风被隔绝在外，徐暖从背包里拿出保温杯递给简兮：“宝贝，辛苦了。”

“谢谢。”简兮接过保温杯拧开闻到淡淡的清甜，她斜了一下杯子看清里面的银耳羹，“可算结束了。”

车开了出去，第一滴雨砸到车玻璃上，划出一道长长的痕迹。中午会议室其他人吃饭，他们这些主要负责人则利用这个时间争分夺秒地查账。一整天没有吃东西，低血糖让简兮手脚发软，心跳飞快。她快速地喝了两口银耳羹才缓过来说道："结束了。"

"怀城这地方简直就是土匪窝。"徐暖从包里拿出巧克力拆开吃了一块，揣着个"炸弹"，她中午没敢吃饭。

上屿集团是国内最早创立的汽车集团之一，怀城分公司主制造，厂区与办公区相连，占地面积数万平方米，从办公区到出口需要几分钟。豆大的雨滴密集地砸向大地，车玻璃上很快水渍斑驳。路边高大的树木在狂风中疯狂挣扎、摇曳，树叶被风雨裹挟着贴到车玻璃上，挡住了一片视野。

简兮看了一眼窗外，没说话，收回视线继续喝银耳羹。温热的银耳羹落入胃中，她的手脚渐渐有了力气。

"幸好今天有你，才会这么顺利，你简直就是我的福星。"徐暖伸手抱住简兮，"我要怎么感谢你？"

简兮最讨厌别人的碰触，寒毛都竖起来了。她借着喝银耳羹推开徐暖："徐主管，你太客气了，我们是朋友。将来若是我求到你的门上，希望你也能帮我一把。"

"那是自然，晚上一起吃火锅？我请你。"

简兮帮徐暖一方面是还之前的人情，另一方面也是为自己的将来铺路。车子突然急刹，她还系着安全带，保温杯金属边缘撞到了下唇内侧，血瞬间涌了出来。她抿着嘴唇，放下保温杯，迅速取出纸。

徐暖抬头："怎么回事？"

简兮迅速把血吐到纸巾上，抬眼就看到窗外快步而来的刘臣。

她心里咯噔了一下，移开视线，看清横在车前的黑色商务车。

她越不爽，面上就越平静。她慢条斯理地擦干唇上的血，又拿干净的纸巾擦干杯子，缓缓地把保温杯盖子拧紧放到一边。

"刘总想干什么，要报警吗？"徐暖看向简兮，手指已经落到了手机上。

简兮垂下浓密纤长的睫毛，遮住了清澈的眸子。她抿了一下嘴唇，道："报警就闹大了，蒋总那边不好交代。"

“开车。”简兮脸上没有任何表情，声音也是凉的，“绕过去。”

又一辆黑色商务车从侧边开过来，斜到车前，挡住了他们全部的去路。

司机转了一下方向盘，道：“简秘书，两辆车把路堵死了，没法绕，除非撞开。”

撞开？简兮才不干那么野蛮的事。

简兮降下后座的车窗，风雨裹挟着寒气卷进来，肩膀瞬间湿了一片。她目光清澈，没有什么情绪。

“简秘书，我们还有工作没有汇报，需要再耽误您一些时间。”刘臣一身雨水躬身跟简兮说话，“情况比较紧急，才出此下策。”

“我的工作已经结束。”简兮说，“有问题改日去总部汇报。”

刘臣的目光彻底沉了下去：“简秘书，我并不想为难你，可事情紧急——”

“刘总，”简兮打断了刘臣的话，“你知道现在的上屿，姓什么吗？”

刘臣的喉结滚动，盯着简兮。

“蒋霖屿，上屿姓蒋。”又一阵风带着急雨卷进来，简兮的手指落到按键上，车窗缓缓上升，“我也不想为难你，都是替人办事，何必把前途送进去？得罪陈总，你还是刘总。请你尽快把车挪开。蒋总在等我汇报工作，耽误他的时间，你我都负责不起。”

简兮的手机在包里响起。这个时候她就要装，不管她怯不怯，一定要装出“我天下第一”的气势，别人才不敢动她。

简兮慢悠悠地看向手机屏幕，心脏猛地一跳。

来电显示两个字——蒋总。

简兮只是想拿蒋霖屿狐假虎威，没想到蒋霖屿会真的打电话过来。

车窗还没彻底合上，简兮暂停上升的车窗，把手机递过去：“需要蒋总亲自跟你沟通吗？”

刘臣看着手机上的来电显示，又看简兮。怀城分公司属于蒋旭的管理区域，蒋家上一辈兄弟三个，蒋蘅是老大，老二是个不管事的。蒋蘅死，蒋旭最有机会上位，结果半路杀出来一个蒋霖屿。蒋霖屿越过蒋旭查怀城分公司，那就是要整蒋旭。

如今上屿大局已定，蒋旭也是垂死挣扎。陈总是蒋旭的人，一条绳上的蚂蚱。但刘臣只是个打工仔，犯得着得罪蒋霖屿吗？

电话响到第三声，刘臣退了回去。不管别人怎么看不起简兮，但她确实在这个位子上，她身后是蒋霖屿。

车窗彻底关闭，雨水隔绝在外，简兮吸了一口气，平复心情接通电话："蒋总？"

蒋霖屿低沉着嗓音报过来航班号："八点到燕城，安排车接我。"

蒋霖屿竟然真的回来了。

简兮握着手机转头看向刘臣，隔着车玻璃上的水雾，刘臣的身影有些狼狈。雨水浇透了他的西装，他站在离车一米远距离，朝简兮点了点头，抬手示意两辆商务车让开路。

"好的，蒋总。"简兮拿出便笺记下航班号。

蒋霖屿挂断电话。言简意赅，不多废话一句，是他的风格。

简兮攥着手机看前方的路，手机屏幕已经被肌肤暖热。

黑色轿车开出厂区，简兮从后视镜里看到总公司的另一辆车紧跟其后，松了一口气，脊背贴到皮质座椅，不知道是雨水还是汗，她的背上湿了一片。

"蒋总的电话？"徐暖也紧张出一手的汗。怀城分公司和蒋旭直接挂钩，要查怀城分公司就得得罪蒋旭。上面不想跟蒋旭杠上，可工作还要办，最后这个烫手山芋就落到徐暖头上。她没有后台，毕业后进上屿，兢兢业业做了十年才在财务部做到小主管。

她在工作上不敢失误，人也不敢得罪，就是个纯炮灰，权衡之下拉上了简兮。简兮欠她的人情，自然会帮忙。

"嗯，蒋总今晚回来，不能一起吃饭了，改天吧。"简兮拿起手机输入航班。

港市直飞燕城，晚上八点到燕城。蒋霖屿怎么在港市？他应该在D国吧？为什么通知她接机？郑尧没和他在一起？

蒋霖屿有两个秘书，一个是简兮，另一个是郑尧。郑尧是前董事长秘书，简兮是蒋霖屿上位后提起来的秘书，这次跨国合作蒋霖屿带的是郑尧。郑尧做事沉稳缜密，滴水不漏，理应不会出现这种纰漏。

“你的衣服湿了，要不要换一件？”徐暖说着连忙拿起手机导航，说道，“附近就有商场，我去给你买件衣服吧？”

“不用。”简兮确定好航班，又发信息给蒋霖屿的司机，让他备车，“我要先回住处，时间来不及了。”

暴雨倾盆，下了两个多小时。

下午五点半，车进入燕城。天彻底放晴，金色的光辉炙烤着大地，热空气又笼了上来。

简兮先回租住的房子，匆匆洗完澡换了一套浅色裙装，吹干长发，来不及化妆，涂上口红便快步出门。

夕阳西沉，城市的灯光已经亮起来，天空的尽头泛起了绚丽的晚霞。

黑色轿车开过来，是蒋霖屿的专车。简兮拉开副驾驶座的车门坐进去，蒋霖屿的司机话很少，只朝简兮点了下头便把车开出去。

燕城一如既往地堵车，简兮不停地看手表以及导航上交通实时播报，心里焦灼。七点半，长长的车龙才缓缓地往前挪动，导航上的红线变浅，车终于开出去了。

七点五十分，夜幕遮住了最后一线光，天暗了下来。

简兮下车关上车门，踩着高跟鞋快步往航站楼出口走，一路健步如飞，八点整赶到 T3 航站楼，大屏幕上的航班信息显示飞机已经降落。她一边深吸气平缓呼吸，一边整理耳边的碎发。

简兮等了十分钟就看到了蒋霖屿，有两个月没见到他了。

蒋霖屿穿着纯黑色衬衣，领口散着，手臂上随意搭着黑色外套。身材挺拔，西装长裤勾勒出笔直的长腿。

机场的灯光冷白，金丝边框眼镜松松地挂在他高挺的鼻梁上，微一抬头，镜片折射出光。气质禁欲又清冷。

简兮快步走过去，蒋霖屿随手把行李箱推给她，越过她继续往前走。

她刚要转身就看到不远处的周明妍，停住了脚步。

周明妍穿白色裙装，长发鹅蛋脸，秀美娴静，优雅地朝简兮颔首。

“不走？”身后蒋霖屿不耐烦的嗓音响起。

简兮回神，匆匆向周明妍点头致意。

她拖着蒋霖屿的行李箱快步走，蒋霖屿腿长步子大，走得飞快，想要跟上他的步伐需要一番功夫。她穿着七厘米的高跟鞋，还拖着行李箱，从航站楼到停车场最后几步路简直像在刀刃上行走。

司机接过行李，简兮拉开车门，蒋霖屿抬腿上了车。她不知道蒋霖屿和周明妍是不是一起，回头看了一眼，后座的车窗就降了下来。蒋霖屿骨节分明的手指勾下金丝边框眼镜，锐利幽深的黑眸打量着简兮，嗓音低沉：“要等谁？”

两个人的距离非常近，蒋霖屿冷峻的脸近在咫尺，简兮屏住呼吸摇头：“没有。”

“上车。”

他们不是一起的吗？

简兮拉开副驾驶座的车门坐进去，坐在后面的蒋霖屿把眼镜撂到旁边的位子上，手指抵着眉心。简兮回头看了一眼，蒋霖屿的衬衣袖扣没有系，露出里面银色的腕表，半张脸都陷入阴影当中。

“吃晚饭吗？”简兮履行蒋霖屿贴身秘书的职责，细心照顾着他。

蒋霖屿放下手，靠回座位：“喝粥。”

“家里的阿姨上个月辞职了，新阿姨不是本地人，做饭口味和之前有一些差距。”

“你做。”蒋霖屿又解开了一粒衬衣扣子，懒洋洋地靠着，垂下浓密的睫毛，要睡不睡地耷拉着眼。

简兮：“呃……”

好吧，谁让她是蒋霖屿的贴身大总管呢。

蒋霖屿对吃的特别挑，上个阿姨是千挑万选出来的。上个月辞职了，简兮跟蒋霖屿汇报，蒋霖屿让她再挑一个。最近家政公司推送过来的阿姨，厨艺都一般，她瘸子里挑将军选了一个，想等蒋霖屿回来再做决定，看来蒋霖屿这天是不想尝试新阿姨的手艺了。

简兮打开超市APP，选定要买的菜品。

蒋霖屿竟然没有跟郑尧在一起，他去港市干什么？上屿的主要市场是内地，最近公司也没有事务需要蒋霖屿去港市处理。

谁在港市？周明妍？

周明妍是蒋霖屿的前女友，五年前他们分手，周明妍嫁给了港市富商。可这桩婚姻并没有维持多久，最近在闹离婚，上周还因为被家暴上了热搜。

蒋霖屿去港市是因为周明妍？他们乘同一班飞机回燕城？所以蒋霖屿去接周明妍了？

周明妍回来了，可为什么不一同离开机场？周明妍还没彻底离婚，他怕影响周明妍的声誉？

不过这些都和简兮没什么关系，她也会很快离开。

简兮垂下眼，压下所有情绪。

蒋霖屿住在阳湖别墅，寸土寸金的地段，西边是燕城著名的阳湖，北边是森林公园。轿车进入别墅区，树影林立，影影绰绰地落入车内。

蒋霖屿一直在睡觉，车停进车位，简兮下车走过去拉开车门。蒋霖屿的长腿迈出车门，拎着外套大步往屋子里走。司机打开后备厢取出行李，简兮要走过去拿，司机的目光下移看到她的脚后跟血红一片，便开口道："我来吧。"

"谢谢。"

司机把行李箱拿进别墅中。

送菜的快递员也到了，简兮快步去门口取菜拎回去，一楼已经不见蒋霖屿的踪影。她放下菜，取出柜子里的一次性拖鞋换上，拎着巨大的便利袋到厨房，洗手整理菜单。

蒋霖屿这边有专人打扫卫生，几个月没人住也不见灰尘。简兮先煮上粥，又处理青菜。她从小就做这些事，做起来十分娴熟。

简兮把最后一个清炒时蔬放进白瓷盘子里，粥香四溢，蒋霖屿擦着头发上的水下楼，松松散散地穿着深蓝色浴袍，赤脚踩着一双拖鞋。他的下巴线条十分好看，再往下看，锁骨延伸到浴袍深处。

蒋霖屿的近视六百度，不戴眼镜时喜欢垂着眼。微湿的黑色发丝耷拉在他的额头上，整个人透着慵懒劲。

简兮把清炒时蔬送到餐桌上，回去盛了一碗粥放到他面前。

“吃完放洗碗机里，或者等阿姨明天早上过来收，我就先走了。”

蒋霖屿拿勺子盛粥，食指点了一下对面的位子，没抬头，只淡淡地说道：“坐。”

简兮不知道蒋霖屿什么意思，但还是拉开对面的椅子坐下：“蒋总？”

“你就煮了一碗粥？”

“锅里还有。”

“再盛一碗。”蒋霖屿吩咐道。

这位少爷屁事真多，吃一碗还要晾一碗吗？

简兮又回去盛了一碗端着出来，蒋霖屿专心致志地吃芦笋炒牛肉里面的牛肉：“晚上住这里。吃饭。”

蒋霖屿因为粥的热气，唇上有了颜色，少了几分冷意。

她在对面坐下，拿过勺子搅着粥，看对面挑食到变态的蒋霖屿对蔬菜视而不见，牛肉吃完后就放下筷子。

蒋霖屿不喜欢吃蔬菜，但餐桌上没蔬菜又难受，认为搭配不均衡影响了他的健康。

纯属有病。

简兮原本没觉得饿，热粥下肚，饿意就从四面八方席卷而来。她吃完一碗粥加一份清炒时蔬才把自己解救出来，之所以吃清炒时蔬，是其他的菜她吃不了。下午磕到了嘴唇，只有吃时蔬时不疼。

简兮抬头就对上蒋霖屿探究的眼神，正靠着椅子双手抱臂看她。

她放下筷子，问：“怎么了？”

蒋霖屿忽然起身，推开椅子，椅子摩擦地面发出声响。他绕到简兮这边，手就落到了她的下巴上。

蒋霖屿生得高大，这么一站，几乎挡下了全部的光。

简兮落在蒋霖屿的阴影中，绷紧了身体："蒋总？"

蒋霖屿的手托着简兮的下巴，拇指指腹落到她的唇上，俯身贴近，嗓音沉得有些哑："嘴怎么了？"

蒋霖屿靠得极近，呼吸落到简兮的肌肤上，她闻到了他身上淡淡的茶香。

简兮屏住呼吸，也不敢开口，刚吃过饭有味道他又要嫌弃。于是她憋着气，眨了一下眼。

蒋霖屿扬眉，拉开距离，懒洋洋地靠在餐桌上，嗓音淡淡的："简秘书，脸憋红了。"

简兮长出一口气，脖子滚烫。

"溃疡。"

"又吃辣了？"蒋霖屿半靠在餐桌上，长腿随意地敞着，腿的一侧贴着简兮的膝盖。既然是溃疡，就对她的嘴没兴趣了。

简兮吃辣必溃疡，老溃疡了。

他们在一起三年，蒋霖屿知道她这个毛病。

简兮点头，对号入座，这个解释没有后患。

她坐直，两条腿并紧给蒋霖屿让出空间。蒋霖屿很霸道，他在的地方，所有人都得给他让位。

"过几天就好了。"她说。

蒋霖屿还看着她，她不知道他在看什么，便坐好任由他打量。

大约有一分钟，简兮被看得后颈有些麻，没话找话地说："你是怎么看出来的？"

蒋霖屿再次倾身。

男人的睫毛很长，浓密乌黑。眸子是深色的，不戴眼镜看人总带着居高临下的审视。

他修长的手指碰了一下简兮的额头，直起身往楼上走："收拾完上来。"

蒋霖屿的脚步声渐渐不见，空旷的别墅一楼再次陷入宁静。简兮才松一口气，端起桌子上的玻璃水杯一口饮尽。

蒋霖屿留她，时间管理大师。

简兮放下杯子，手指抵着玻璃杯沉默许久，才起身把餐具放进洗碗机，又在一楼客房洗漱好上楼。

简兮推开主卧的门，蒋霖屿站在落地窗前接电话。他讲粤语，简兮精通不少语言，唯独粤语学不会，也听不懂。

蒋霖屿的声音很好听，语调缓慢，浸着笑，跟人聊天，耐性极好。

落地窗能看到外面人工湖上的灯光，星星点点地映入视线，湖面灯光璀璨，仿若地上的银河。

简兮的目光不由自主地再次落到蒋霖屿身上，身材比例很完美，浴袍的腰带松松垮垮地挂在腰上，长腿隐隐可见。他是简兮见过的男人里长得最好看的，符合她的审美。

蒋霖屿抬了一下眼，简兮迅速收回视线走进衣帽间。她在蒋霖屿这里放了几套衣服，挤在衣柜的最角落，她取出睡裙出门。蒋霖屿挂断电话，把手机撂到沙发上，落地窗的窗帘缓缓合上。

他吃饭前洗过澡，没有吹头发，柔软的黑色发丝垂在额头上，显出些温柔的意味。

“过来。”蒋霖屿说话时，嗓音里还带着刚刚聊天时温柔的余韵。

简兮走到蒋霖屿面前，嘴角微微上扬，漂亮的眼睛弯了下去。灯光在蒋霖屿的侧颈拓出阴影，喉结近在咫尺。

她喜欢了四年的男人，一直追逐的男人，近在咫尺。

简兮抬手搭在蒋霖屿的肩膀上，他有一米八五，她不穿高跟鞋净身高一米六九。她踮了下脚，心跳毫无征兆地快起来。

简兮其实有些想他，如果往日，可能在车里就会忍不住看他。可当真相摆到面前，想念和爱恋都显得格外可笑。她抿了一下嘴唇，几乎贴到他的下巴，柔软的声音犹如天鹅绒：“霖屿哥。”

这个称呼是一个信号。

他们在一起的第六个月，蒋霖屿表示不想听简兮叫“蒋总”。于是给了她一个选择，叫“霖屿哥”或“霖屿”。蒋霖屿比她大三岁，她就选了“霖屿哥”。

蒋霖屿垂下眼时，揽住简兮的腰稍一用力把她拉到了怀里。他的吻就要落到她的唇上时突然顿住。

片刻，蒋霖屿象征性地亲了下她的嘴角，打横抱起她，大步走向床。

这半年蒋霖屿忙着跨国合作，两个人除了公事几乎没有接触，上一次亲热还是去年。

简兮在他的“鱼塘”里随波逐流，回过头看他，他的脸有些模糊，她看不清晰。

他们刚在一起的时候，简兮还幻想过爱情，灰姑娘遇到了王子，穿上水晶鞋便成了王后。

然而现实，灰姑娘是伯爵的女儿。

简兮只是凡尘中的一粒尘埃，于她来说，蒋霖屿高不可攀。

她忽然就想到了第一次，蒋霖屿没有跟她接吻，也没有任何承诺，甚至没有叫她的名字。那时候她看着上方的他，逆光下格外俊美的脸。她曾短暂地迷恋过他，但很快就被拉回现实。

他们仅此而已。

简兮的头上多了一只手，她很眷恋蒋霖屿的抚摸。他的手指很长，指腹温暖细腻，手掌又大，有一种她这辈子求不到的安全感。

简兮心中微动，刚想回头，蒋霖屿已经起身离开。她把脸埋回去。她昨晚失眠，今天摆谱装了一整天，又累又倦。

简兮闭着眼，听到蒋霖屿离开的脚步声。

蒋霖屿不会跟她一起睡，一般情况下她会离开去隔壁客房睡，二般情况，蒋霖屿去隔壁客房。

这天似乎是二般。

简兮半夜被渴醒，卧室亮着一盏壁灯，灰黄的光照亮了房间。

简兮挣扎着起床捡起睡裙穿上，蒋霖屿的卧室里有个小冰箱，会放饮用水。她取出一瓶冰水拧开灌了一大口，鸡皮疙瘩立即涌了上来。

空旷的主卧寂静无声，蒋霖屿这里的装修主深色调，大片的黑白灰。晚上一个人在这里，有些恐怖。

房间内空调温度很低，简兮又喝了冰水，打着哆嗦往洗手间走。她寻思着将来买房子，装修一定要装暖色调，只要打开灯满屋子都是暖意。

简兮晃到洗手间，坐到马桶上想自己的新房。她手里有两百万元的存款，在这个城市够支付一套小房子的首付。

她低头，猝不及防看到脚上歪歪扭扭的蓝色创可贴。

她偏了一下头，长发垂下，仔细看那创可贴。创可贴是她买来放在药箱里的备用品。什么时候贴的她一点印象都没有。

这样的伤在不穿鞋的情况，晾着最好，一天就结痂了。贴创可贴反而会加重伤口，不知道为什么，简兮并没有把创可贴撕掉。她在蒋霖屿这边洗了个澡，换上自己的衣服下楼从玄关处拿起背包找到车钥匙，走出了门。

简兮跟蒋霖屿在一起的第一年，他送了她一辆全球限量版银色跑车。她一个穷打工的哪里敢开，租的房子也没有车库，只好停在蒋霖屿这里。

闷热的空气扑面而来，夹杂着暴雨之后大地蒸腾的气息，简兮深吸一口气，彻底活过来。

半夜三点，简兮的银色跑车开出了阳湖别墅，平缓地行驶在绿荫遮盖的马路上。

简兮的房子在三环高铁站旁，两室两厅，她租其中一个房间，租金四千元一个月。离公司三站路，出行方便。邻居是个常年出差的工作狂，几乎没见过面。

简兮回到房间撂下车钥匙，房间内又热又闷，她找到空调遥控器打开空调。旧款空调，噪音很大，刚开时有塑料味。

这套房子是简兮在上屿站稳脚后租的，她对睡觉的环境要求不高，之前的房子更差劲，一个七十平方米的房子被二房东改出五个房间。她住在阳台，仿佛被关在笼子里的鸽子，每天抻着脖子去呼吸窗外的新鲜空气。

蒋霖屿这两年给的待遇很好，简兮的年薪达到了百万元。顺利的话，她第二年的薪酬可能会翻倍。

简兮毫无背景，在上屿也不出挑，能在五年内成为蒋霖屿的秘书，前途一片光明。没有她和蒋霖屿那层关系，根本不可能实现。

一切都是公平的。

简兮匆匆忙忙冲了澡，倒头就睡。她是被手机铃声吵醒的，一开始以为是闹钟，她迅速坐起来拿起手机刚要按掉，却看到来电显示是“蒋总”。

早上七点二十分，这天周六，休息日。蒋霖屿打电话来干什么？

简兮揉了揉脸让自己清醒过来，接通电话：“蒋总？”

蒋霖屿应该是刚睡醒，嗓音还有些哑：“几点走的？”

“三点。”

“简秘书的体力很好。”蒋霖屿停顿一下，低哑的嗓音里带着笑，慢条斯理道，“看样子，是我低估了简秘书。”

蒋霖屿平时不这么笑，十分明显，他生气了。简兮皱了一下眉，他们一向如此，这兴师问罪是唱的哪一出？

周明妍回来了，他找她的碴儿想结束关系？

“蒋总——”

“半夜三点有精力跑出我的房子。嗯，还是在脚受伤的情况下。”蒋霖屿的笑意更深，语调缓慢，“简秘书，需要我给你颁发个年度最佳跑路奖吗？还是身残志坚精神可嘉奖？”

简兮对奖金比较感兴趣，奖杯就不必了。

“我今天早上有事，要早起去办，怕打扰你。”简兮听出蒋霖屿话里的讽刺，但不知道他因为什么生气。男人心海底针，她摸不透他的心思，也懒得去猜。

电话那头沉默，简兮不想再跟蒋霖屿拉扯这种事，她在他手底下做事，得罪老板不是什么好事。

她刻意放缓了声音，语调温柔：“你睡醒了？吃早餐了吗？要不先试试阿姨的手艺？合口味就留下来，不合口味我跟家政公司那边再联系。”

简兮可以不要蒋霖屿，但不能不要工作。在下一步没走稳之前，她不会得罪他。

蒋霖屿干脆利落地挂断电话，不吃她这套。

简兮看着手机屏幕暗了下去，不想打电话回去，随他吧。她把手机撂到一边，拉起被子蒙住头。

《春和日丽》的音乐在房间响起，是简兮的手机铃声。她推了被子拿起手机，来电是盛城国际的置业顾问，这天盛城国际开盘，邀请她过去看房。

现在能打电话邀请看房的楼盘都是位置偏僻，或者有其他硬件问题。卖得好的楼盘，根本不需要打电话，抢名额都要抢破头。

可简兮手里的钱，只能买这种垃圾盘。蒋霖屿送她的那些东西，在没彻底分干净之前，不能卖掉。

简兮一直有买房的梦想，想有个完全属于自己的空间，按照她的喜好装修。无论外面风雨多大，走进家门，就是她的世界，可以遮风挡雨。

她不必跟人合住，不用担心室友会不会带奇奇怪怪的人回来，不会因为房东卖房被赶出去。

简兮跟那边约好看房时间，挂断电话起床洗漱。

盛城国际是新楼盘，在燕城和怀城的交界上，属于燕城但出门遛个弯就能收到“怀城欢迎你”的短信提醒。位置偏僻，当然房价也便宜。简兮换乘两次地铁，坐了一个小时才到售楼部。售楼部周围还算能看，她坐上看房团的车，一路往西开。

越走越荒凉，车停下后简兮几乎傻眼。荒山野岭，四周没有任何配套设施，孤零零的高楼矗立在荒野之上。

她知道偏，只是没想过会这么偏。

“这里将是未来燕城的高新区，三年之内必然发展起来，不过三年后房价就是另一个价格了。”置业顾问指着旁边的一个大土堆，说道，

“已经被WJ买下来了，要建商圈。商场、超市、学校，都会在未来三年建起来。”

简兮环视四周，这鬼地方三年内能发展起来？按照城市规划，十年也发展不起来。

她低头看自己的黑色平底鞋已经变成灰色，一辆渣土车轰隆隆地开过来，抬手捂脸晚了一步，灰尘进了眼里。她睁不开眼，闭着眼摸索着从包里拿纸。

“无论自住还是投资，都划算。”置业顾问看到简兮捂着眼，立刻上前，道，“你没事吧？需要帮忙吗？”

“没事。”简兮擦干净眼里的灰，泪流满面，幸好没化妆，不然妆得糊一脸。

简兮环视四周的荒芜。她这年二十七岁，攒了五年的钱，要全部砸在这片不知道未来发展如何的荒野上吗？

手机铃声在包里响着，简兮收拾心情，走到一旁的树荫下拿出手机。来电是母亲，她的后背瞬间起了一阵凉意。

夏日的炎热和置业顾问的聒噪加在一起都没有母亲的电话更令人恶心。简兮怔怔地看着手机响到第二遍，才垂下眼，敛起所有的情绪接通电话。

“招娣，你在忙吗？”

简兮细眉紧蹙。她的曾用名“简招娣”，她的人生价值就是为了招弟弟。高一时，她背着家里去派出所改了名字，母亲知道后差点打死她。

母亲说她改名会害了弟弟。

“你有事？”简兮拿纸巾擦掉额头上的汗，语气冷淡。

“你手里有多少钱？”

简兮的眉头皱得更深：“要钱干什么？”

“你弟要订婚了，女方希望你弟在市区有一套房。前几天我们去看了房子，看中了一套新房，户型方方正正。就是价格有点贵，均价一万一千元，一百五十平方米算下来一百六十多万元。你弟的工作不能贷款，我们攒了六十万元，还差一百万元。你给拿一百万元，装修不要你出钱。”

简兮简直想冷笑，六十万元是他们攒的吗？明明是吸她的血。

“把我拆开卖了，也没有一百万元。”简兮把纸巾攥在手心，被汗浸湿的纸巾硬成了块，“没钱就买个小房子，他去找个正经工作只要交公积金就能贷款，公积金贷款利息还便宜。”

“你怎么没有钱？简招娣，你就是不想给。你没钱不会跟你那个老板要吗？”

简兮的耳朵嗡的一声，血液直冲大脑，张了张嘴没发出声音。

“人家跟个普通拆迁户都能弄几套房子，你跟个大老板连一百万元都要不到。你要不到的话，那我去燕城找他——”

简兮猛地挂断通话，抿紧了唇看着手机，母亲再次打过来……

“简小姐，你看怎么样？”置业顾问上前说道，“要不，我们先回售楼部，你再慢慢看看合同。”

简兮把手机调成静音，拂过耳边的头发：“改天再看吧，我今天还有事，先走了。”

“改天就不是这个价格了，你可想清楚，房价和其他的不一样，水涨船高每天一个价格。”

简兮点了点头，转身快步往公路走去。

手机又响，简兮拿出来把母亲的电话拉黑。她从有记忆起就被母亲指着骂废物，她的存在就是为了弟弟，将来她要赚钱给弟弟娶老婆。她没有受过那个女人一天的恩惠，那个女人仿佛血吸虫一样，死死地贴在她身上。

简兮跟着爷爷长大，初中考高中，拿到全县第一的好成绩，被招入县一中。只要她能保证每年成绩前三，学校就给她免全部费用，每年补助的五千元自己没见过一分，因为卡在母亲手里。

简兮十六岁时，她爷爷去世了，没有人给她生活费。她朝母亲要属于自己的生活费，只得到了恶毒的咒骂。

求助无门，母亲歇斯底里，到她手里的钱不可能吐出去，简兮几乎要走上绝路。那一年上屿集团和慈善机构合作开展了一项资助女孩子读书公益，这个钱是以现金形式送到每个女孩子手里的。

简兮靠着资助读完了高中，高考以优异的成绩被第一院校燕大录取，本科毕业签入上屿。

她很少回去，也很少跟他们来往，她觉得自己跟那家人没有关系。

前年弟弟来燕城找工作，撞见过一次蒋霖屿去找简兮，不知道从哪里知道的她跟蒋霖屿的关系，拿这件事威胁她，要她给他们钱，不然就来燕城找蒋霖屿闹。

简兮当时对蒋霖屿还有期待，怕闹大了蒋霖屿不要她。她在他面前姿态已经够低了，自卑让她不敢说出自己的家庭情况。只好拿钱堵他们的嘴，这两年，她陆陆续续被敲走了六十多万元。

简兮站在烈阳之下，抬起头看太阳，阳光的尽头是铺天盖地的黑暗。她叹了口气，真傻啊，为什么要给钱呢？

穿上华服她也变不成公主，也站不到蒋霖屿身边，野心用错地方就是小丑的表演，再卖力也只是别人眼中的笑话。

简兮的手机响了一声，拿起来看到陌生号码的短信："我们养你这么大，怎么都值一百万元。月底我见不到钱，我去燕城找你。"

他们跟简兮要钱，甚至不愿意伪装一下，哪怕假装爱她，拿爱绑架。

想得美，她一分钱都不会给他们。爱谁谁，这辈子别想从她手里抠走一分钱。

简兮回复："欢迎你去法院告我，从今天开始，你不会再从我这里拿到一分钱。"

她再次把陌生号码拉黑，打开打车软件，提交订单等了五分钟，迟迟无人接单。

烈阳高照，高温之下，简兮感觉呼吸都有些急促。又一辆渣土车开过来，灰尘滚滚，她迅速转身，这时一辆黑色越野车急刹车，她还是吃了一脸灰。

“简秘书？真的是你？我还以为看错了。”

简兮看清驾驶座上的男人。他穿着黑色T恤，吊儿郎当地偏头倚在车窗上，手指勾着墨镜边缘往她这边看。

林浩阳，林氏集团的大少爷，蒋霖屿那群狐朋狗友里的其中一员。

“你怎么在这里？”林浩阳上下打量简兮。灰尘漫天，简兮穿着简单的黑色连衣裙，长发扎起来，素面朝天，干净得仿佛山间清泉。

“看房子。”简兮指了指不远处的楼盘，硬着头皮跟林浩阳打招呼，“好巧啊，林总。”

“这个垃圾楼盘？”林浩阳看了一眼楼盘，顿时嗤笑出声，“看房子？你给自己看吗？蒋霖屿是破产了？还是上屿停牌了？”

简兮抬手遮住烈阳，不想这件事传入蒋霖屿耳朵中，说道：“我帮朋友看。”

“你朋友呢？大热天就让你来受罪？这是什么朋友？你没开车？”林浩阳往简兮身后看，不像是开车来的样子。

“没开。”

“上车，送你一程。”

“不用了，谢谢。”

“你可以付钱给我，不白送你。”林浩阳一挥手，把墨镜又戴了回去，说道，“快点上来，热死了。”

简兮拿出手机看上面还是没人接单，热浪滚滚，眼瞅着又一辆渣土车开过来。她不想吃灰了，于是快步绕到副驾驶座拉开车门坐进去，取消了软件上的订单。

“您怎么在这里？”

“你说这事巧不巧，盛城国际是林氏集团旗下的产业。”林浩阳升上车窗玻璃，把灰尘隔绝在外，把车开出去，“我呢，恰好被不做人的老爷子踢过来负责这个项目。后面冰箱里有水，喝水自己拿。”

“谢谢林总。”简兮打开包从里面抽出湿纸巾擦手上的灰尘，坐上车才发现自己的衣服几乎被汗浸湿，狼狈至极，“到前面地铁口就行，麻烦了。”

“我回市区，顺路带你一程，不收你钱。”林浩阳开过太阳最烈的阶段，拿掉墨镜，转头看简兮，“简大总管——”

林浩阳的目光落到简兮的手腕上。她在擦手腕上的灰尘，手表滑下去露出手腕内侧的一道疤痕，雪白的肌肤上，伤疤十分狰狞。伤疤应该有点年头，表面泛白，但还是能看到曾经缝针的痕迹。

“你手上怎么有这么大一道疤？”

简兮把手表又戴回去，收紧表带。她把湿纸巾装回包中：“小时候撞的。”

简兮记不清这道疤是什么时候来的，隐隐约约记得好像是撞到什么地方，好多血，特别疼。具体她想不起来，父母也没提过。

她是留疤体质，这道疤并没有随着年龄的长大而变淡，所以这几年一直戴手表遮疤。

林浩阳迅速调整情绪，但还是不由自主地往简兮手腕上看：“能撞到手内侧，你小时候也挺皮的。”

简兮看了林浩阳一眼，觉得林浩阳这话有点奇怪。撞到手腕内侧有可能是车祸或者意外，为什么是她的原因？

“林氏集团的楼盘，是不是找你可以打折？”简兮转移了话题，不太喜欢别人提手上的疤。

“你朋友单身还是已婚？近几年有要孩子的打算吗？自己人给你透个底，别买。”前方红灯，林浩阳踩下刹车，回身伸长手到后座的冰箱里取出一瓶水拧开递给简兮，“五年内周围什么都没有，要发展得奔十年。燕城不会发展这边，得等怀城新区扩建。”

和简兮猜的一致，十年是开始发展，并非成熟社区。

“有闲钱买房投资的话可以入手，总会涨起来。”林浩阳对简兮的印象很好。她长得漂亮，脾气好，温温柔柔，跟谁说话都轻声细语，眼睛又清又亮。

“林总这么卖房，不会被股东们投诉吗？”简兮不禁扬唇。

“诚信为本，生意人的基本原则。”林浩阳也笑，“这就要投诉，可能会被踢出董事会。”

“谢谢林总建议，林总是这方面的专家，想请教林总。燕城哪里还有差不多价格的楼盘？三五年内能入住的。”简兮喝了一口水，看向林浩阳。

林浩阳长得英俊，短寸让他冷峻的五官更加立体。

林氏集团是燕城最早一批靠房地产起家的企业，风光的时候和国内四大行业龙头齐头并进，上过世界富豪排行榜。这几年市场形势不好，林家也顺势低调缩小规模，可到底家大业大，根基深厚。

难得林浩阳没有少爷脾气，比蒋霖屿好接触得多。简兮和蒋霖屿那群哥们儿，说过最多话的就是林浩阳。

林浩阳的手指搭在方向盘上敲了一下，认真思索：“希盛怎么样？”

简兮倒吸一口冷气。

林浩阳怕是对价格不高有什么误解，果然不能对这群少爷抱期待。

“希盛均价过十万元了吧？”简兮简直想骂人，这叫不贵？希盛也是林氏开发的，开盘价六万元，多少人仰望这里的房子买不起，“而且，希盛房源紧张，没有空房。”

“你先说，你跟你那个朋友，关系好到什么程度？”林浩阳转头看简兮，每次见简兮，他都有种熟悉感。他想给她买巧克力，很想看她吃巧克力是什么样。他决定回去就吩咐秘书，多买一些巧克力放车里，万一再遇到就可以送给她，“我再决定给你什么价格。”

简兮喝了一口水，在考虑该怎么回答这个问题。

车子上了高架桥，简兮看了一眼窗外，又看向林浩阳：“我买。”

“那希盛的房子配不上你，便宜了。”简兮是蒋霖屿的人，蒋霖屿的有钱程度，提起希盛这类房子都要嗤之以鼻。

“你需要的话，我给你推荐几个别墅楼盘，回头有时间我安排秘书带你去看看。”

简兮敛起笑，十个她也买不起别墅，林浩阳为什么会这么说？

因为蒋霖屿能买得起别墅。

在这群人眼里，简兮是蒋霖屿养的。

“谢谢林总，以后再说吧。”简兮保持着脸上完美的微笑，朝林浩阳点了一下头。

“房子方面，随时可以找我，你是不是还没加我的微信？”林浩阳报出一串数字，说道，“我的手机号码也是微信号，以后看房的事微信联系我就行，燕城的楼盘没有我不清楚的。”

简兮不好拒绝，只好硬着头皮加上林浩阳的微信，他的微信头像是张陈旧的小女孩儿照片。她鬼使神差地点开，看到上面的寻人启事，一开始以为是表情图，刚要返回结果按错放大了图片。

寻人启事：林阳希，一九九二年三月十六日出生于燕城，一九九五年走丢。

“你的头像是寻人启事？”

“我妹妹。”林浩阳看着前方的路，目光沉下去。前方红灯，他踩下刹车转头看窗外，半晌才看向简兮，“跟你差不多大，我把她弄丢了。”

林浩阳靠在座位上，拿起烟盒取了一支烟咬在唇上，金属打火机清脆一声响，蓝色火苗卷上香烟。他深吸一口，抬了一下手指道：“有线索的话可以提供给我，线索有用，我送一套别墅。不，多少套都可以，只要能找到人。”

林阳希。

简兮在心里念着这个名字，似乎在哪里听过。

她看着手机屏幕上的照片，女孩儿戴着粉色兔子帽子站在花园里笑得眉眼弯弯，像洋娃娃一样漂亮。

“没有公开找吗？”简兮没听说过林家找孩子的事。

“找了，那几年被骗得我们那个区的公安局局长都住进了我家，花样百出地骗，全是假的。”前方变成绿灯，林浩阳发动引擎开出去，听到身边的人咳嗽，立刻把烟按灭，“抱歉，让你抽二手烟了。”

“没事。”简兮明白为什么林浩阳比其他富二代接地气了，他们家在找人的过程中应该是接触过各个阶层的人。

富豪家丢孩子找不回来，那这孩子凶多吉少。那么大的警力，那么高的悬赏，活着的话不可能找不回来。

林浩阳扬了一下唇，没笑出来："警察建议我们不要再大张旗鼓地找，没什么用，全是骗子。我妈前几年心脏不好做了搭桥手术，经不起一次又一次的欺骗。这几年就私底下找，没有公开了。"

"有没有高清的图？我也存着吧，回头我放朋友圈问问。人多力量大，说不定就找到了。"简兮没想到林浩阳家是这个情况，十分震惊，"一定会找到。"

"谢谢。"林浩阳看向简兮的手腕，她手上的疤已经被手表遮住了，"我朋友圈有寻人启事。"

林浩阳的朋友圈有几条开放的寻人启事，简兮把图存起来。

林阳希是一九九五年失踪，距今二十三年。

林浩阳把简兮送到她住的小区门口，她推开车门下去："谢谢林总。"

"不用客气。"林浩阳偏了一下头，看车外的简兮，停顿了一下说道，"你长得很像我妹妹，名字里也有个'xī'。有需要帮忙的地方，尽管跟我联系，一定帮到底。"

简兮关车门的手一顿，站直身子，非常认真地朝林浩阳点头："好。"

她名字里的"兮"是她自己取的，其实一开始不叫"兮"，她想取个壮志凌云的名字，打算叫"简凌云"。去改名时填资料，突然就想到一个画面，有个女人把她抱在怀里叫"xī 儿"。

简兮不知道那个女人是谁，但那个画面非常清晰。她鬼使神差地把名字改成"简兮"，"兮"没有特殊含义，只是这个字让她感受到温暖。

被拥抱的感觉，简兮从来没有过。

林浩阳的越野车开出去，汇入车流。简兮才感觉到烈阳之下的燥热，转身快步往小区里跑。

炎炎夏日，动一下就汗流浃背，简兮从小区门口走到家，手指上都是汗。她推开门，猝不及防看到客厅抱在一起的男女，一怔，手里的钥匙掉到地上。

室友抬起头："你回来了？"

"嗯。"简兮点了点头，没有看客厅的人，捡起钥匙往房间走。

合租的女人回来了，简兮走回房间听到外面男女的说话声，他们还没回自己的房间。

简兮租的主卧带洗手间，影响不大。她回房间洗澡、换衣服、点外卖，打开电脑，登录工作微信查看工作消息。

郑尧竟然没有留在D国，这天回总公司。简兮往下拉，蒋旭发信息过来邀请她吃饭。

简兮在心里冷笑。她刚刚坑了蒋旭，他就请她吃饭？他可能想喂她吃毒药，她才不去呢。

周明妍："我这里有两张话剧票，周末有时间吗？一起去看？"

后面跟了个可爱的小女孩儿表情图，大眼睛楚楚动人。

简兮看着周明妍的聊天框，聊天内容再平常不过，大部分是关于蒋霖屿的。周明妍关心蒋霖屿从简兮这边入手，也算正常。

蒋霖屿去D国的时间，她们聊了半年。

简兮把消息全部处理完，外卖也到了。她走出卧室取外卖，被烟熏得想咳嗽。她捂着鼻子快速拿到外卖，余光看到阳台上男人赤着上身在抽烟。

简兮想要搬家，立刻搬家，她不想跟烟鬼住在一起。

客厅通风不好，烟味迟迟不散。简兮走过客厅，仿佛穿越了战区，一身硝烟味，连饭都吃不下去了。

简兮恨不得再洗个澡，拿出手机找到私人微信发消息给邻居："你们现在是两个人住吗？"

租房合同上写的是一个人，两个人的话属于违约。

邻居："房子下个月到期，我不续了。"

邻居："我下个月回老家，我要结婚了。你要继续住下去的话，请尽快找合租。"

整租的话这套房子一个月七千元，加上交通费、吃饭、正常社交，以及护肤品的消耗，简兮每个月要花一万五到两万元。

她把手机撂到床上，仰靠在电脑椅上看天花板。盛城国际的房子买了也住不进去，还是要租房。

简兮靠了一会儿，只觉得烟味从门缝里透进来，飘进她的生活空间，臭气熏天。

她盯着衣柜看了几秒，拿起床上的手机回信息给邻居。

“我整租下来。请你男朋友不要在公共场所抽烟。”

简兮感觉自己的衣服、包包、鞋子都被熏臭了，手落到发送键上却始终没按下去。出门在外，孤身一个人，多一事不如少一事。

简兮把内容删除，坐起来吃外卖，拿起了桌子上的专业书。

蒋霖屿除了周六早上打的那个电话，两天里再没有找她，她落得清净。

周一。

简兮早上六点钟接到郑尧的电话，要她准备周一九点例会的会议内容。

她的头发还凌乱着，盘腿坐在床上，膝盖上放着便笺，指间夹着笔，快速记着重点。

最近半年，郑尧一直跟在蒋霖屿身边，这些工作一般是由郑尧负责，怎么突然要她准备了？

“我已经把全部文件发送到你的邮箱，记得查收。”郑尧说。

“好。”简兮把笔放下，接通郑尧的电话她就清醒了，这会儿脑子冷静得都能去参加演讲比赛了，“郑秘书，你今天不参加例会吗？”

“蒋总安排我去做其他的事。”郑尧的语气一如既往地温和轻松，他是公司里有名的好脾气，“接下来蒋总的秘书工作，要简秘全部负责了。”

简兮：“呃……”

蒋霖屿搞什么？

“好的，我知道了。”

挂断电话，简兮把手机撂到桌子上，半透光的窗帘让房间看起来有些昏暗。她坐在床上看着窗帘缝隙漏进来的光想，蒋霖屿是不是安排郑尧去怀城了？

那她忙了这么久，忙了个寂寞？

难怪蒋霖屿两天没找她，他是老板，为什么要找她？他手底下有的是人，她算什么？

简兮之所以帮徐暖是为了给自己铺路，她想去怀城。

怀城一直是蒋旭的人在负责，账务有问题，蒋霖屿肯定要找机会安插自己的人进去，怀城这块骨头他不可能不啃。这个人位子还不能太低，得是他贴身的人，这简直是为她量身定做的。

简兮本科读的是工商管理学院，跟了蒋霖屿四年。专业和关系，她都有。

蒋霖屿安排郑尧去了。

就因为她之前惹他不高兴？她深吸气，拿起手机想打电话给蒋霖屿，看着手机屏保才彻底冷静下来。

她有什么资格给蒋霖屿打电话？有什么立场？

她和蒋霖屿是什么关系？她是蒋霖屿的秘书。

调令还没下来，一切还来得及，不是吗？简兮迅速从床上起来。

蒋霖屿为什么周六跟她打那通电话？不满意自己没黏他？可他是会腻歪的人吗？

蒋霖屿到底想要什么？

简兮快速洗漱好，吹干长发，打开衣柜。她的衣柜泾渭分明，一边是各种高奢名牌，蒋霖屿送的。他每个季度都会送衣服过来，各式各样。一边是她自己买的平价品牌。

简兮怀疑蒋霖屿可能都没看过这些衣服的具体样式，送礼物仿佛做任务，随手一点，一键发送，任务完成，积分入账。

她选了一件白色衬衣搭配高腰裸色半身裙，拉开窗帘，阳光争先恐后地铺洒进来，落了满室。

简兮深呼吸，拿起手机联系给司机。安排好时间后，她又打电话给蒋霖屿家的保姆，那边接得很快。她询问吃饭的问题。保姆说蒋霖屿不让她去了，这两天保姆没有去蒋霖屿家。

简兮按了一下眉心，走到书桌前，扒开满桌的汽车类专业书籍，露出底下的化妆品开始化妆。

七点，简兮坐上蒋霖屿的座驾，买上蒋霖屿一直吃的那家早餐直奔阳湖别墅。

司机在开车，她就坐在副驾驶上将会议资料整理好，发给秘书室的助理打印。

七点半，车停到蒋霖屿的别墅前。简兮放好早餐，推开车门下去。蒋霖屿已经走出房子，长腿迈下一级台阶。

蒋霖屿穿着白色休闲衬衣，下摆松松散散地扎在黑色长裤中，袖扣没扣，散开的袖子能看到手表金属边缘的光泽。他戴着银丝边框眼镜，镜片下一双眼微垂着，黑眸沉静，清冷的脸上没有多余的情绪，径直走过来。

简兮快步走过去拉开车门，蒋霖屿抬眼，浓密漆黑的睫毛下眸子如同深潭。

简兮站直："蒋总，早上好。"

蒋霖屿收回视线，弯腰坐进车内。简兮关上车门绕到前面坐进副驾驶座，说道："给你带了早餐，左手边。咖啡是热的，小心烫。"

简兮翻开平板电脑，打开工作计划："九点开会，会议主题是——"

"坐后面。"蒋霖屿的嗓音响起，缓缓地说，"我耳朵不好，简秘书坐得太远我听不清楚。"

简兮看蒋霖屿是脑子不好。

她回头，蒋霖屿懒洋洋地靠在座位里，已经安安稳稳地系上了安全带，正在慢条斯理地拆咖啡杯子。

阳光从蒋霖屿身后照进车内，他白皙的肌肤被映上了浮光。

简兮解开安全带推开车门下车，绕到后面坐进去，柔声道："耳朵不舒服吗？需不需要去医院看看？"

蒋霖屿喝了一口咖啡，冷冷淡淡地说："不用。"

简兮："呃……"

简兮跟蒋霖屿重复了一遍这天的行程，他在吃早餐，整个人都懒懒的，她也不知道他到底听进去了没有。

"蒋总，家里的保姆不满意？"简兮的嗓音轻柔，漂亮的大眼睛中带着笑，温柔如水。

蒋霖屿吃完早餐又喝了一口咖啡，抽纸慢慢地擦干净手才抬眼："你怎么会过来？"

"给您送早餐。"

简兮不是第一次给蒋霖屿送早餐，刚做他的秘书时，他四面楚歌，每天跟各路人打交道。有时候大清早就需要出差，根本没时间吃早饭，她过来接他会顺便带早餐。

蒋霖屿偏头看简兮，他抿着薄唇看人时总透着一丝刻薄之意。

"有事？"蒋霖屿调整坐姿，长腿敞着，占据了很大的空间。

"也没什么事。"简兮斟酌着用词。

"那就不要说了。"蒋霖屿把衬衣袖扣扣上，扣得一丝不苟，拿起手机发消息。他的手肘懒洋洋地支在扶手上，手臂线条漂亮清晰。骨节分明的手指握着手机，指尖被手机屏幕的光映得泛白。

咖啡浓郁的香气在车厢内萦绕，蒋霖屿专心地玩手机。

简兮看着蒋霖屿的侧脸，他看着脸皮挺薄，实际上厚如城墙。她看了他五分钟，他眼都没抬一下。

"郑秘书回国了？"简兮开口。

"嗯。"蒋霖屿依旧没抬头，嗓音冷淡。

"郑秘书不回总公司吗？"

蒋霖屿放下手机抬眼，锐利的目光直直地看着她。

简兮不由得坐直了一些。

“你很关心郑秘书？”蒋霖屿的语调依旧缓慢。

简兮关心郑秘书为什么把所有工作推过来，秘书室是不是要有大的人事调动……但蒋霖屿这个语气是什么意思？他的眼底深处的漠然又是什么情况？

“郑秘书去怀城了吗？”简兮索性开门见山地问，“蒋总。”

蒋霖屿的黑眸彻底沉下去，垂下睫毛靠在座位里，修长的手指交握，缓慢地敲了一下手背，又端起纸咖啡杯喝了一口，淡淡道：“你这么关心郑秘书，怎么不打电话给他？”

蒋霖屿不会好好说话吗？

简兮想把咖啡泼到他那张好看的脸上，但他是她的顶头上司，还极其小心眼，泼了的话她就别想在燕城混了。

小不忍则乱大谋。

简兮抿了下嘴唇考虑怎么开口，想来想去，也没有好的思路，不能太急功近利或者抢郑尧的工作。

郑尧人很好，是简兮的前辈，她想往上爬也不能踩着他的肩膀。

“我周五去怀城了，怀城那边没看上去那么平静，现在派人过去怕是打草惊蛇。怀城分公司是上屿集团最重要的一条生产线，又靠近燕城，占据最佳地理位置。我们只有拿下怀城分公司掌控权，才能开展L3计划。要动怀城，得有百分之百把握——”

“谁让你去怀城的？”蒋霖屿将咖啡一饮而尽，把纸杯放回去，转头看向简兮。他镜片下的黑眸平静，没有丝毫的波澜：“我有没有跟你说过，不准去怀城？”

简兮眨眨眼，往后移了些，单薄的脊背挺得笔直。她的长发扎了一半，其余的全散在肩头上。细眉明眸，唇红如樱。

她的气质极好，衬衣恰到好处地落到锁骨下方，精致白皙的锁骨线条延伸到深处。白衬衣整洁又干练，高腰半身裙勾勒出细腰长腿。

“我是为了公司的利益。”简兮的语调不卑不亢，漂亮的眼睛直视蒋霖屿，“L3项目的推进必须要经过怀城分公司，可蒋董根本不会让步。”

蒋霖屿垂下眼，长腿交叠，姿态慵懒地靠在座位里，修长的手指缓缓地敲了一下座位扶手，没有接话。

上屿集团是二十世纪八十年代发展起来的汽车品牌，经过多次改革，一直到如今二〇一八年，上屿集团在汽车市场占着重要的份额。旗下有四个子品牌，从低端到高端，横跨整个市场，满足每个消费层的需求。可汽车行业饱和了，这几年汽车销售业低迷，他们需要突破创新。

所以就有了L3计划——全自动驾驶。

但上屿集团内部分裂得厉害，蒋霖屿经过五年的构建，也才拿下百分之六十。很多计划根本没法推进，蒋旭就是蒋霖屿对立面最大的一张牌，他们互相掣肘了五年。

“我们必须要强势地主动出击。”简兮的包里放着一份怀城分公司未来发展企划案，只要蒋霖屿这边松口一点，她立刻就把企划案交上去，申请调到怀城。

简兮观察着蒋霖屿的表情。他的表情平静，看不出喜怒，她只能把话继续说下去：“李总怕得罪蒋董，把查账推给了徐主管。徐主管无权无势，怀城那边不买徐主管的账，徐主管的资历也啃不下怀城分公司。我不过去，这件事就糊弄过去了。”

“为什么不汇报给我？”

简兮想了想，说道：“当时你在开会，我怕夜长梦多。想办完后再跟你汇报，这是我的错，我越级办事了。”

“李玉海怕我三叔，你就不怕？”李玉海就是财务部的李总，蒋霖屿的手指彻底落到扶手上，“怎么？你比别人多长脑袋还是刀枪不入？”

简兮：“呃……”

蒋霖屿到底什么意思？重点是她吗？重点是怀城。

她想去怀城，想立刻离开蒋霖屿。

“我是你的人。”简兮一口气把话说出口，紧紧地盯着蒋霖屿。

蒋霖屿虽然为人比较讨厌，但非常护短。他可以不喜欢简兮，但别人也不能碰她，这点很早之前她就验证过。她打开包，手落到企划案上：“蒋总，非要现在动手的话，怀城那边需要放一个你的人，且有一定的话语权、管理能力，我……”

可以自荐。

“这件事你不要再插手。”蒋霖屿没等简兮说完就开口。他的手机响了一声，有信息进来，他一边回信息一边说道，“我已经交给郑秘书去办，郑秘书在上屿十年，有胆识也细心，做事稳重。秘书室以后由你负责，你做一份人事调动通报，下周一发布。”

她一时间不知道是该反思自己的语言组织能力，还是建议蒋霖屿去看看耳朵，他的耳朵可能真的有问题。

简兮攥着手里的企划案，深吸一口气：“蒋总？”

“以后不要一遇到我的事就急，我是蒋霖屿，上屿集团的‘屿’，不是五年前的我。”蒋霖屿的手落到简兮的头顶，很轻地抚摸了一下，滑下去落到她的后颈上，“做好你的工作，你是我的秘书，辅助我的工作是你的职责，其他事不归你管。”

蒋霖屿的指腹贴着简兮的肌肤，温热的肌肤贴在一起，她只淡淡地看着蒋霖屿。他一开始就没有把她放出去的打算，秘书晋升的第一步，就是放出去。

简兮攥着手里的企划案，犹不死心，还想挣扎一下。她关心的根本不是蒋霖屿，关心的是自己的前途。

蒋霖屿把一个蓝色丝绒盒子递过来。他的手指很长，干净得一尘不染：“补你的生日礼物，十四日那天原本打算回来，工作耽误了。”

简兮的生日是六月，蒋霖屿会在每年的七月十四日送她礼物。一开始她以为他记成了阳历生日，也不好意思纠正，就按照他记的那个日子过。直到上个月，她才知道，他记的是周明妍的生日。

周明妍七月十四日生日，简兮是六月七日。

“拿着。”蒋霖屿的手机响起来。

简兮接下盒子，蒋霖屿便拿起手机专心致志地接电话。D 国合作方的电话，他已经切换了 D 国语言。

蒋霖屿毕业于 M 国的大学，但他的语言能力很强，D 国语言前前后后也就学了一年。

简兮学过四年 D 国语言，也就跟他差不多的水平。

她时常感叹造物主的不公平，有些人的天赋满得都要溢出来，令人嫉妒。

她打开盒子看到一条硕大的粉钻项链，虽然蒋霖屿素来送礼物大方，但她还是被这颗粉钻惊讶到了。目测十克拉左右，价格上千万元，这个男人果然是个没有感情的送礼物机器。

简兮把盒子合上，准备找个合适的理由还回去，这礼物过于贵重她不想收，结果一直到下车她都没找到拒绝的机会。蒋霖屿这个电话一直讲到进了办公室都没有结束，她被关到了门外。

简兮抱着文件快速走进秘书室，秘书室一共六个人，走了郑秘书还有五个。她进门放下文件，把工作牌戴上，助理凌言就把打印好的文件送过来："兮姐，已经通知下去。蒋总是什么时候回来的？"

"周五。"简兮接过文件坐到椅子上认真审查，能到蒋霖屿手里的文件，不能出一丝纰漏。

"哇，兮姐，你被求婚了？"凌言看到桌子上的丝绒盒子，"戒指吗？"

"你看这盒子像戒指？戒指盒要是这么大，那得戴手腕上。"蒋霖屿私底下送简兮的东西，她绝不会放明面上。

她和蒋霖屿的关系是，她很缺爱。而他需要一个替身填补空缺。只要出了那栋别墅，他们就是清清白白的上下级关系。她十分谨慎，一点儿也不敢大意。她打开抽屉把盒子扔进去，关上了抽屉，说："L3 合作案的资料尽快整理出来，之后我们全面接手。"

"郑秘书呢？"凌言跟着简兮做了两年多的助理，比简兮小两岁。

简兮一直拿她当妹妹照顾，她深知简兮脾气好，就经常在死亡的边缘试探。

简兮抬眼，目光锐利：“哪那么多话？去做事。”

凌言秒厌：“我错了，我走了，再见。”她转身往自己的位子走，走到一半回头，用下巴点了点简兮抽屉的方向，用口型道，“男朋友送的礼物呀？”

第二章 秘 密

简兮不知道男朋友是什么样的存在，蒋霖屿是她第一个喜欢的人，但他不是她的男朋友。

“想被扣奖金，你就继续八卦。”简兮翻着文件，想着怀城的事，表情彻底冷了下去。

凌言一溜烟跑了。

简兮这年二十七岁，她的同学大部分都刚刚读完研，参加工作。年薪百万的并不多，甚至说寥寥无几，她算是运气比较好的那一拨。本科毕业被破格招进上屿集团这种大公司，以六级跳的升职速度飞到了蒋霖屿身边，跟对了老板，短短几年就站稳脚。

上屿集团的员工福利非常好，未来发展也很好，是一家有前途的公司。简兮绝不会傻到因为私人感情放弃这份高薪、有前途的工作，想调开还不能太得罪蒋霖屿，这事得等周明妍彻底离婚回来。她就不信了，周明妍的心能大到将自己留在蒋霖屿身边。

简兮从背包里抽出怀城分公司未来发展企划案，看都没看，直接扔进抽屉。

蒋霖屿拥有一票否决权，一票把她否决了。

八点四十分，简兮把会议资料送到蒋霖屿的办公室，他还在打电话，只抬手示意她放桌子上。她带上门直奔会议室，检查设备以及会议座位，这么多年她做事很少出错。不管手底下人怎么做，最后都要经过她的检查。

蒋霖屿只喝美式咖啡，座位前面不用放水。

简兮给蒋霖屿准备好咖啡，有些头晕。她早上六点被叫起来没喝一口水就过去找他，碰了一鼻子的灰。到公司又要接手郑尧的工作，这会儿闲下来就有些虚。她快步走进茶水间，给自己接了一杯咖啡，往里面放了两颗糖，靠着喝了一大口。

上屿集团总部位于开发区中心位置，办公楼是二十九层的上屿大厦，蒋霖屿的办公室是顶层二十九楼。这一层只设置了会议室、总裁办公室以及秘书室，茶水间几乎是专供。

简兮靠在茶水间的桌子上看手表上的时间，还有五分钟她就要去蒋霖屿的办公室。

滚烫的咖啡落入胃中，她这才舒服了一些。她站在茶水间的落地窗前眺望远处，只有这一刻属于她自己。

从有记忆开始，简兮就犹如一个陀螺，飞快地运转。小时候帮爷爷干活赚钱才能有饭吃；读书时为了能拿到免学费的名额疯狂学习；高中每一天都恨不得把时间拉长到四十八个小时；到大学又担心毕业不能进上屿，努力填充自己……

进了上屿还不能放松，上屿遍地人才，她一个本科毕业生根本不够看。拼专业、拼努力、拼细心、拼谁的脑袋够尖能扎进机会里……她的人生就像攀岩，身后是万丈悬崖，眼前是陡立峭壁。

她必须抓住每一块可以利用的石头，才能往前走一小步，才能不让自己精疲力竭，掉下去。

“简秘书？”

简兮迅速敛起所有的情绪，脸上保持着职业微笑，转头看向来人。

财务部李玉海，是公司的元老了，吃得多、长得胖。XXXL 的衬衣都兜不住他肥硕的大肚子，镜片下，他一双眼微眯，脸上带着笑："听说简秘书周五帮了我们财务部一个大忙，真是感谢简秘书了。"

简兮贸然插手财务部的事，徐暖越过李玉海把问题材料报给了蒋霖屿，李玉海是今天才知道这件事。

"不必客气，分内之事。"简兮的嘴角上扬，保持着得体又优雅的微笑，"举手之劳罢了。"

李玉海盯着简兮，推了一下鼻梁上的眼镜，也笑了起来："那简秘书这手举得有点高了，这么举着容易得肩周炎，小心了。"

"我刚做完体检，非常健康。"简兮面不改色，放下咖啡杯站直，目光平静地注视着李玉海，嘴角的笑依旧挂着，漂亮的眸子中波光潋滟，"我最近在做手臂力量训练，教练叮嘱我多举举，最好举高点，利于背部塑形。李总，您有时间也练练吧，您这身材再放纵下去——"

简兮说话的语调慢悠悠的，目光也柔和，上下打量李玉海，玩笑道："财务部总经理办公室的椅子，您怕是坐不进去了。"

李玉海脸色顿变，简兮这是在威胁他。

他很早之前就想搞走简兮了。可她死死抱着蒋霖屿的大腿，一时半会儿也动不了她。

本来大家可以相安无事，可这次简兮明着摆了他一道，还当面讽刺。他一脚踢到茶水间的门上，挡住了她的去路。

"简秘书，做人呢，不要太嚣张，给自己留几分。花无百日红，假以时日，你落下去也有路可走。"

简兮和李玉海之间是老恩怨了，她当年进的是上屿的财务部，进去第二个月就被李玉海骚扰。她当时还小，不懂该怎么处理，李玉海就变本加厉。

简兮第一次揍人就是揍李玉海。那是她进公司半年，李玉海借着工作带她去酒局，喝完酒就开始撒泼。

简兮把酒瓶砸在他的脑袋上，帮他清醒。他位高权重怎么肯吃这大亏，非要弄死她。

简兮仓皇地逃出门，从手机里找到了一个存了很久却从来没敢拨打的手机号码。她给蒋霖屿打了电话，那时候他们还不熟。

第二天，蒋霖屿把简兮调到了总裁办秘书室。

李玉海扬言不让简兮跪下道歉，他就不姓“李”。他从蒋霖屿的办公室出来，咬牙切齿地把“李”字吃回去了。

简兮一飞冲天。

李玉海对简兮恨之入骨，碍于蒋霖屿的面子，他确实不会对她怎么样。但这不代表他不会恶心人，她一个普普通通的灰姑娘是怎么爬到总裁秘书的位子的？

漂亮的女人上位必然伴随着花边新闻，简兮以色侍人上位的流言就是从李玉海这边传出去的。

谣言最盛的时候，简兮连蒋霖屿的手都没碰过。

简兮敛起笑，抬头看向李玉海，还没说话，目光停住，她越过李玉海看到了不远处拎着文件的蒋霖屿。他就站在茶水间的出口，穿着白衬衣、黑色长裤，身姿挺拔修长，面容俊美清冷。他慢条斯理地抬手推了一下镜框，抬起下巴，道：“简秘书。”

李玉海倏然回身，看到不远处站着的蒋霖屿。他脸上的肉狠狠抖了一下，喉咙滚动，叫了一声：“蒋总。”

“早。”蒋霖屿把手里的文件递给简兮，她接过文件，看到是 L3 的项目资料。他接着道，“复印十六份，开会用。”

简兮看了一眼手表上的时间，还剩三分钟，点头：“好。”

不管有多想把咖啡机砸到李玉海的头上，面对工作、面对蒋霖屿，她就是上了发条的铁皮青蛙。

简兮拿着文件快步走回办公室。

茶水间的走廊寂静，一尘不染的大理石地面光可鉴人。李玉海后背有汗，觉得自己似乎掉进了简兮的圈套，不然哪有这么巧的事？

简兮在算计他。

蒋霖屿发展得太快，手段越来越狠辣，去年还动了公司的一个元老。

李玉海坐镇财务部，是上屿重要的位子。他的危机感越来越重，生怕蒋霖屿动自己，又不敢完全信任蒋霖屿。自从他得知徐暖越过自己跟蒋霖屿告状，就坐立难安，担心自己成为下一只“鸡”。

被杀鸡儆猴。

蒋霖屿看简兮离开，单手插兜，朝李玉海点了一下头：“李总，怀城的账怎么回事？”

来了，悬在脖子上的刀落了下来。

“徐主管是我手底下的一员大将，她有能力去查，她能负责得了怀城。”

“我的意思是，”蒋霖屿抬起眼皮，居高临下地审视李玉海，“你跟我三叔怎么回事？”

“蒋总？”李玉海的眼猛地瞪大，“你怀疑我？”

“这倒没有，我没有立场怀疑任何人。只是你涉及怀城分公司经济案，警方可能会找你谈谈。昨天怀城的警方已经出动，审查组进入怀城分公司。”蒋霖屿虽是笑着，但整个人透着股冷冽的气势，没插兜的手抬起来整理了一下衬衣领口，“这几年怀城的账一直是李总在负责吧？”

李玉海觉得后颈发凉，蒋霖屿早就想把他从财务部挪走，一直没有机会。为什么会把这么重要的事交给他办？怀城只是诱饵，他才是那条鱼，砧板上的鱼。

蒋霖屿看着笑眯眯的，不声不响，可办事手段极其恶毒。

“蒋霖屿，你进公司的时候，我是一直站在你这边的吧？”李玉海脸上的肥肉在发抖。他尽力克制自己的情绪，但已经心慌气短了，“我在上屿二十年，你爸活着的时候也不敢这么对我！”

“要不你去跟我爸通个信，告我一状？”蒋霖屿的薄唇噙着浅笑，微一颔首，白色的灯光落到他的眼镜片上。他抬起白皙的手腕，腕表精致，“三分钟，警察会过来请你过去配合调查。当着所有人的面被带走，或者体面一点主动配合，你可以做选择，你是自由的。在案子查清之前，我为你保留职位。”

蒋霖屿浅笑着转身，依旧手插兜，姿态随意，看似没有任何变化，只是嘴角的笑变成凉薄的讽刺。

花无百日红？那他就打造个金花，拿世界上最明艳、最昂贵的红宝石点缀。看它能不能红过百日，能不能艳压群芳。

他想让花红，花就能永远红下去。

简兮复印好资料，用最快的速度整理好，抱着资料赶往蒋霖屿的办公室，蒋霖屿拎着会议资料从办公室走出来。

大理石地面，现代科技感十足的落地玻璃办公室。蒋霖屿高贵优雅，高高在上，衬衣只留了一颗扣子，黑色碎发一丝不苟，鼻梁上的眼镜片泛着冷光，迈着长腿走过来。

简兮往旁边退了一步，蒋霖屿越过她，停住脚步。

她抬头看向蒋霖屿："蒋总？"

蒋霖屿才继续往前走，简兮跟在他身后。

"资料准备好了吗？"

简兮接过身后助理抱着的文件，说道："十六份，已经分类好。"

蒋霖屿看了一眼，继续往前走。会议室的门打开，里面瞬间安静。简兮站在门边等蒋霖屿越过自己，才走到会议室主座后排一米处靠边的位子坐下。

财务部的李玉海没有参加会议，他的位子空着。

蒋霖屿听到她和李玉海的对话了吧？

简兮开始反思自己有没有说什么出格的话。她威胁李玉海的那句话，蒋霖屿听见了吗？

"简秘书。"

简兮突然抬头，对上蒋霖屿的目光。他侧着身靠坐在椅子上，一只手撑在会议桌上，注视着她。

"把资料发下去。"蒋霖屿的睫毛微动，嗓音低沉，连语调都没有多少变化。

简兮立刻站起来。她竟然走神了。

会议持续了一个小时，主要是各部门汇报工作，蒋霖屿靠坐在座位上翻看报表。他一直垂着眼，镜片下的眼眸幽深。

会议后半段，蒋霖屿突然把L3的资料递给简兮，双手抱胸靠在椅子上，往后滑了半步，抬起下巴示意她上去讲项目发展。

简兮有种上课突然被老师点名的感觉，但很快就将状态调整过来。她跟了蒋霖屿四年，什么突发事件没遇到过，还怕这个？

这份L3的资料只是雏形，关于上屿集团未来的发展。

简兮复印资料的时候快速浏览了一遍，跟她查到的相差不多。她这半年为了调去怀城费尽心思，没少研究公司的新项目。

她拿起遥控器走到会议室中间，打开投影仪。

她肤白如雪，气质极好，天鹅颈修长白皙，穿着落落大方的衬衣、半身裙，精致优雅又干练。

十分钟概念展示完毕，她才看向蒋霖屿。他偏了一下头，黑眸微敛才抬手示意她坐回去。

简兮的十分钟演讲几乎是脱稿，她很熟悉这个项目。

会议结束，蒋霖屿率先起身离开办公室。总裁秘书室的人才紧随其后，简兮抬手整了一下衬衣。

“来我办公室一趟。”蒋霖屿大步走在前面，声音传过来。

“好。”

简兮以为会议结束蒋霖屿要训她，李玉海的事她确实草率。她是谁？蒋霖屿的秘书，一个秘书而已，敢威胁财务部经理？

进入办公室，蒋霖屿把手里的文件扔到巨大的办公桌上，摘下眼镜，揉了揉眉心，弯腰拉开抽屉取出眼镜布，修长的身子倚靠在办公桌一侧，擦着眼镜片：“把门关上。”

简兮关上办公室的门，走到蒋霖屿面前主动认错：“蒋总，早上跟李总碰到，我说了不该说的话。”

逆光下，蒋霖屿俊美的五官更加立体。他擦着眼镜，偏头凝视简兮：“哪句话不该说？”

蒋霖屿不戴眼镜时黑眸格外幽深，如同盛满星辰的银河，寂静又温柔。

简兮对上他的眼睛，心跳快了几分，又迅速被理智压下去。

蒋霖屿散光加近视，不戴眼镜，看狗都显得深情。

“嗯？”蒋霖屿一开口，那个温柔劲儿瞬间消失，“威胁李总？”

蒋霖屿把眼镜戴回去，坐到宽大的办公椅上，打开电脑：“过来。”

蒋霖屿的“过来”是带着暗示的，从不在外面说，这是他们之间的信号。为什么要在办公室说“过来”，他有事吗？

“我还有工作。”简兮不为所动。

蒋霖屿又起身，简兮浑身上下都写满了抗拒：“蒋总？”

“你以为要干什么？”蒋霖屿走向简兮，抽走她抱着的文件放到桌子上。他倚坐在办公桌上，牵住她的手。

蒋霖屿平时不太哄简兮，觉得没必要，她是个非常聪明的女人，能自己调整。

可今天不一样，他在茶水间见到的简兮，仿佛回到四年前，他接到她的电话，赶过去，在暴雨中接到了她。瘦弱的姑娘，单薄的身躯，漂亮的大眼睛里满是迷茫，脆弱得不堪一击。

蒋霖屿这两年修心养性，装模作样学君子，很少动肝火。也很少这么简单粗暴，像个土匪，但那一刻他就是忍不住。

简兮是个什么样的人不重要，会不会玩心机也不重要。简兮在他身边，是他的人，谁敢动就是找死。

蒋霖屿跟简兮十指相扣，肌肤紧贴。他扣着她的手拉近，她抿了一下嘴唇。

蒋霖屿拿下眼镜搁在办公桌上，手也往下，最后停在她的腰上。

非常近的距离，非常暧昧的姿势。蒋霖屿抱着简兮，还把她抱进怀里。

“我的花想怎么红就怎么红。”蒋霖屿的嗓音低哑，语调缓慢，微微偏头，碰到简兮的唇，“想怎么横就怎么横。”

简兮看着蒋霖屿，他的护短和记仇不相上下。不知道将来她如果得罪他，会不会被他搞死。

周明妍到底行不行？会不会管男人？真养鱼呢？

既然周明妍靠不上，那她得想新退路了，反正她不想再做蒋霖屿“鱼塘”里的鱼了。

蒋霖屿这天用的香水尾调是平和的安息香，萦绕在空气中。简兮以前迷恋蒋霖屿，会在拥抱的时候假装亲他，实际上是在闻他身上的香味。

安息香的温和，对简兮是致命的诱惑，可也是假象。安息香是香水的气味，并不是蒋霖屿本身。

“怎么不戴我送的项链？不喜欢？”蒋霖屿的吻落到简兮的唇上，吻得很轻，吻了一会儿才松开。他抱着她，抽纸擦掉唇上残留的口红，“换口红了？”

简兮换了红管唇釉，新款。

“你送的项链太贵重，不方便戴，我还给你吧。我今年也没有过生日，不需要生日礼物。”简兮推开蒋霖屿，怕他再亲下去，唇妆就全花了，她又没随身带化妆品补妆。

“今年没陪你过生日，不高兴？跟我闹脾气呢，嗯？”蒋霖屿的黑眸盯着简兮，嗓音低沉，“想要什么？”

如果不是简兮有较强的自我管理意识，能管住表情不扭曲，她的白眼都要翻到后脑勺了。

蒋霖屿确定是陪她过生日？眼瞎、耳聋、心盲的东西。

“不是，我不需要过生日，也不需要礼物。”简兮尽可能让自己平静下来，也让蒋霖屿信服自己的平静，“真的，蒋总，我们——”

可以结束这种畸形的关系了。

“晚上我订了餐厅，把你的生日补上。”

蒋霖屿摸了下简兮的头发，动作非常温柔。

简兮所有的声音卡在喉咙里。她明知道蒋霖屿把自己当替身，但他偶尔的温柔，她还是很贪恋。

蒋霖屿把她揽进怀里，用拇指把她嘴角的口红印擦掉："你这口红掉得厉害，什么牌子这么差？以后不要涂了，味道也不好。"

"我不喜欢。"蒋霖屿的手指移到简兮的耳朵，轻轻捏了一下她的耳垂，"项链不喜欢戴就扔着吧，回头选喜欢的。"

"蒋总，我们之间有误会，我只是不需要这么贵重的礼物。"简兮怕了蒋霖屿的礼物轰炸。他们要分开了，她不想欠他那么多，"我平时也用不到，很浪费。"

"东西是死物，价值是人定义的，喜欢才有价值，不喜欢就没有任何价值。你是因为我送的才觉得贵重？"蒋霖屿停顿了一下，才道，"喜欢我？"

"贵重难道不是价格衡量的吗？"简兮迅速压下心虚，找到逻辑点。蒋霖屿的逻辑非常奇怪。

蒋霖屿的目光沉了下去，松开简兮，绕回去坐到椅子上。他往后一靠，拉开抽屉，把一份名单递给简兮："私事到此为止，把这份文件发给人事部。"

简兮麻木地接过文件，打开看到人事调动名单，主要是财务部。蒋霖屿这么快就做好了？她把自己的思维从混沌中迅速抽离，冷静地分析眼前的情况，怀城的账确定是周五才查的？

财务部总监董行舟暂时负责李玉海的工作，财务部另一个主管提到了财务部总监的位子上。徐暖没有升职，那李玉海呢？

"警方已经介入怀城分公司，在案子结束之前，所有相关人员都需要避嫌。李玉海暂停职务，他回不来了。"

简兮瞬间明了，这事绝对不是上周蒋霖屿命令下来才开始行动的，而是很早之前了。她和徐暖去怀城，只是走个过场。

蒋霖屿这个人心思缜密，猜忌心特别重，做事又狠，简兮这个贴身大总管都不知道他的计划。他掌握全局，居高临下地看戏。

她有些后怕，刚刚如果说错话可能就会失去工作。

简兮朝蒋霖屿点了一下头，收起文件转身往外面走。回到办公室看到桌子上放着“春园”的打包袋，她把文件放到桌子上：“凌言，谁碰我的办公桌了？”

“早餐是财务部的徐主管送过来的。”

蒋霖屿早有计划，徐暖应该是交了一张他不满意的答卷，所以没有升职空间了。简兮也应该少跟徐暖来往，她将早餐放到凌言的桌子上，说道：“不要随便放人进秘书室，秘书室跟所有部门建立友好的关系，但跟所有部门都要保持距离。”

郑尧移交过来的资料非常多，简兮一直在整理，中午都没时间出去吃饭。让凌言把午餐带到办公室，她顺便给简兮带了一盒牛奶。

简兮把文件收起来，拎着牛奶和饭到办公室休息区：“帮我接一杯热水，谢谢。”

简兮隔着包装盒就闻到了小炒肉的香味，上屿餐厅的小炒肉超多辣椒。她很少吃辣，不单单是溃疡，她的胃也不好，这几年几乎不碰辣椒。她很少让凌言带饭到办公室，凌言也不知道她的忌口。

“蒋总中午出去吃饭，是不是出去约会了？”凌言接了一杯热水放到简兮面前，坐到对面拆开一袋零食嚼着。她真是年轻无畏，也不怕胖，什么零食都往嘴里塞，“好像也没见过他谈恋爱。”

蒋霖屿出去了？除了饭局，他很少中午离开公司。那约会的可能性比较大。

“蒋总越长越帅，今天早上开会他往这边看了一眼，我的心跳都飙到了一百八。再在秘书室待下去，我就要工伤了！”

“那我明天帮你打个报告，把你调到市场部。”简兮拆开牛奶先喝了一口才吃饭，“市场部的许总你一定把持得住。”

市场部的许总一脸麻子，还矮，丑得明明白白。

“老大，你做个人吧。”凌言跟简兮年纪相仿，又是个自来熟，“兮姐，你谈恋爱了吗？”

“没有。”

“那今天那个盒子——”

“蒋总发的员工福利。”简兮看了她一眼，“你没事干了，是吗？”

“午休时间，又不是上班，我们是朋友，随便聊聊嘛。老大，你喜欢什么样的男人？”

外面很多传言说简兮靠色上位，凌言不太信。虽然简兮长得确实漂亮。但她觉得简兮纯靠个人实力走到这步，别人“九九六”就要上热搜，简兮是“零零七”，每周七天，每天十六个小时，拿命在上班。

最重要的是，这两人在一起合作也有四年多了，除了工作，凌言没见过他们有什么私底下的联系。保持距离，十分清白，就差原地拜把子。

简兮的理想型是温柔斯文有安全感的男人。

“温柔、脾气好、工作能力强。”简兮比较欣赏工作能力强的人，跟她有共同话题。她想了想，又补充道，“戴眼镜，身高一米八以上，体重不要超过一百五十斤。”

“那不就是我们貌美如花的蒋总？！”

简兮一口咬到小米椒，瞬间辣得面红耳赤，眼泪都出来了。立刻端起水喝了一大口，目光就撞上了站在门口的男人。

蒋霖屿单手抄兜，靠在门边，另一只手拎着“江南春”餐厅的打包袋，隔着一段距离注视着简兮。

“蒋总。”简兮站起来，忍着两眼饱满的泪，小米椒辣得她快要当场炸成蘑菇云了。

蒋霖屿的嘴角上扬，黑眸中的笑荡开，但很短暂。他清了清嗓子，下巴微抬：“简秘书。”

“蒋总？”凌言转头看到蒋霖屿，原地起飞弹跳起来，“中……中午好！蒋总！”

燕城地邪，说谁谁到。

蒋霖屿没有进秘书室，只是把手里的打包袋放到门口的柜子上，手指缓缓地敲了一下，嗓音低沉沉慢：“给你带的汤，以后记得按时吃饭。”

蒋霖屿修长的手指推了一下纤细精致的眼镜框，心情大好，点了一下头，转身离开秘书室，走进了自己的办公室。

秘书室一片寂静，凌言长吁一口气，转头看向简兮道："老大，蒋总给你送汤——你哭什么？"

"辣的。"简兮拿起牛奶盒子用力地吸，胃里火辣辣地烧，刚刚蒋霖屿笑什么？

"你不能吃辣啊？对不起，对不起。今天我下去得晚，餐厅就剩下小炒肉了。"凌言双手合十，连连道歉，"我下次一定注意。"

简兮喝完水加牛奶才压下辣意，起身走向门口。"江南春"是蒋霖屿很喜欢吃的一家江南菜馆。她打开包装，是粉蓝色的便当保温饭盒。

"在秘书室，话越少越好，谨言慎行。以免惹火上身，死都不知道怎么死。"简兮也在反思自己有没有说不得体的话，应该没有。她拎着手提袋走回去，抽出保温桶，"想要在这里走得更长远，以后不要在秘书室谈论私事，无论是上班还是下班时间。"

简兮这天也是糊涂了。

凌言刚想点头，但想到自己的上司就是简兮，在秘书室走长远，那是要顶替谁？

她把话咽回去了："那老大，你吃饭，我去忙了。"

在简兮眼中，蒋霖屿是个非常自我的男人，从不会考虑别人，更不会为任何人带饭。他怎么突然送午餐过来？

简兮打开保温桶，里面是两菜一汤一饭，一个清炒时蔬加一个黑椒牛肉，全是蒋霖屿喜欢点的菜。

她把小炒肉推开，盛了一碗汤继续吃饭。谨言慎行是给凌言的警告，也是对她自己的警告。

下午简兮收到林浩阳发过来的一组图，是顶层带花园复式楼，精装修。装修是简约风，非常漂亮。

林大公子家大业大，还用倒卖二手房？

简兮回复："哪个小区？多少平方米？多少钱？"

"希盛，建筑面积一百六十平方米，上面一层是送的，送一个一百平方米的花园，户型不错。不想买别墅但还是想要小花园，这里很合适。”

简兮：“呃……”

希盛，她买得起吗？

简兮又看了一遍图，美是真的美，是她最近看过的房子里最美的。希盛是花园洋房，一共六层，绿化非常好，环境也好。

简兮曾经陪徐暖去看过这里的房子，无可挑剔地喜欢，每一个地方都是她喜欢的，她那时候还做梦有一天能买一套希盛的房子。

“总价多少？”简兮深呼吸，虽然买不起，但咸鱼也有梦想，问问又不犯法。

林浩阳：“上次你是为自己看房？”

简兮按着手机打字又删除，最后只剩下一个字：“是。”

手机页面上一直显示林浩阳那边正在输入，持续了两分钟，才回复：“这套总价一千万元左右，你买的话，我可以给你一千万元。”

简兮：“林总，这套房子里出过命案？”

简兮又补充道：“我没有其他意思，我不介意命案，只是想知道这套房子的真实情况。”

即便是命案房也能买，希盛的房子顶层复式卖一千万元，价格太离谱。

林浩阳发了个“问号脸”表情：“清退房，友情价，不要算了。”

“要！”

一千万元的首付就是三百万元，简兮已经有两百万元存款，再找人借一点就够了。这可是她的第一套房，能买到希盛，她的心都在颤抖，做梦一样。

林浩阳：“这两天有时间吗？过来看看房，合适就签合同。”

“明天中午可以吗？”简兮每一个字都打得小心翼翼，“谢谢林总。”

“我也有件事想请你帮忙。”林浩阳说，“打电话说吧？方便吗？”

简兮主动给林浩阳打了电话，响了一声对方就接了起来。

“林总，您说。”

“不用‘您您您’的，我们也差不多大。”林浩阳的声音里带着笑，说道，“叫浩哥或者浩阳。我有事想请简秘书帮忙，希望你不要觉得唐突。”

“你还让我不要客气，你太客气了。”

“我妈昨天体检结果不太好，她这辈子最大的遗憾就是没找到我妹妹。”林浩阳停顿，随即语气沉下去，“你和我妹妹年龄相仿，我有一个很荒唐的想法。能实施的话，希盛那套房子我可以送给你。”

“你能假装是我妹妹吗？”

林浩阳电视剧看多了吧？

“林总，我有父母，虽然我的户口是独立的，但我的父母都在。这不是演电视剧，现实中这涉嫌诈骗，我做了就是诈骗犯。另外，你妹妹是被拐走的吧？其中人贩子和买主全部违法需要负法律责任，警方查下去，谁来担责？”

“我们可以签协议，我找律师公证。将来出现任何问题，我全权负责。”林浩阳说，“警方那边我会找人配合，绝不会涉及你的父母。”

“抱歉，我做不了。”这个涉及的法律问题太多了，简兮不是法盲。她对那对吸血鬼一样的父母没什么感情，但她怕自己掉进去。

电话那头沉默许久，才再次开口：“抱歉，确实是我唐突了。我有个不情之请，这周末我妈妈生日，我能邀请你过来参加我妈妈的生日宴吗？以我朋友的名义。不需要做什么，陪她吃块蛋糕就行。”

“你妈妈喜欢什么？我准备礼物。”

孩子失踪是很残忍的事，那是一个家庭的悲剧，每一个人都陷在悲痛中。林家找女儿找了二十多年，简兮不知道这二十多年来他们是怎么过的。

寻找一个可能已经不存在的人，抱着没有希望的希望，行走在没有归路的沙漠上。

“你会来？”

“我会。”

“谢谢。”

简兮挂断电话，抬手按了按眉心，放下手机往后靠在椅子上。她看着落地窗前的高大竹芋，不知道为什么，胸口闷闷的。

希盛的房子每平方米在十万元左右，林浩阳便宜了八百万元给她，就为了让她过去陪他妈妈吃顿饭。

简兮的胸闷持续到下班，秘书室其他人陆续离开。她整理着资料，余光关注着蒋霖屿办公室的位置。

蒋霖屿不离开办公室，简兮就要一直等下去。她得走在他后面，以免他有事找不到人。

夕阳西沉，天边最后一道霞光坠入黑暗。城市的灯光亮起，夜幕降临。

简兮胸口的闷疼缓缓散去，肚子又开始疼起来。她才反应过来自己可能是快要来例假了，连忙起身去洗手间。疼只是前奏，这前奏也够长、够有存在感的。

简兮疼得坐立难安，胸疼、肚子疼、腰疼，胃里也火辣辣的。她第三次去接热水，蒋霖屿从办公室出来。她放下杯子起身摘下工作牌，关掉秘书室的灯。

“我现在去怀城。”蒋霖屿大步往电梯方向走。

“我要跟您一起去吗？”简兮佝偻的背挺直，尽量让自己看起来不那么虚弱，职场女性没有痛经。痛到影响工作，上司就会考虑换个不来月经的。

“不用。”蒋霖屿按下总裁专用电梯，电梯门打开他走了进去，“明天回来。”

简兮也跟进电梯，按下负一层按键：“注意安全。”

她抬头，猝不及防地撞入蒋霖屿幽深的黑眸中，他正在看她。她忍着腹部的不适站直：“蒋总，有事？”

蒋霖屿忽然俯身过来，简兮面前落下一片阴影。她往后，背贴到了电梯墙壁上。他骨节分明的手指抵着她的下巴，尾指落到了她脖颈的肌肤上。

炽热的吻席卷而来，蒋霖屿霸道不讲道理，吻得凶悍。

简兮被亲得发麻，仰起头，蒋霖屿才结束这个吻。他揉了一把她的头发，手落下去打开她的包，拿出抽纸，擦掉唇上的口红。

“有事给我打电话。”电梯门打开，蒋霖屿率先走出去，走出两步又回头道，“没事也可以打，别在我睡觉的时候打，我有起床气。”

打什么？简兮想打人。他们合作这么多年，只有蒋霖屿半夜给她打电话，把她叫醒忙工作的情况。

简兮在电梯门关上之前走出电梯，目送蒋霖屿的车开出了B区。她又折回去搭电梯到一楼，地铁口离公司不远。她要买房，每一分钱都要用到刀刃上，绝不能乱花。

八点半地铁还拥挤得水泄不通，简兮上地铁找到柱子抱住才苟得一片安宁。

没安宁多久，电话就响了起来，看到是周明妍的来电她特别不想接。她把脑门儿磕在柱子上，闭上眼，耳边是嘈杂的声音。

有人公放音乐，有人刷短视频，尖锐的笑声落入耳中，她的肚子疼，后腰也酸疼。电话响到第二遍，她深呼吸，调整情绪让自己进入一个最佳的状态才接通电话：“你好，周小姐。”

“简秘书，”周明妍娇软的声音传过来，十分温柔，“你周末有没有时间？”

“我约了朋友。”简兮的语调优雅大方，说道，“要去朋友家吃饭。”

“那真是遗憾，本来想约你吃饭。”周明妍说，“你们蒋总最近很忙吗？”

——你自己不会打电话问吗？你没钱交电话费吗？

简兮的肚子疼得难受，地铁人贴人，挤得她不知道自己出的是冷汗还是热汗。她在想怎么回答对方，于是站直想呼吸上层空气，一转头看到一个男人贴着一个女孩儿在蹭。女孩儿看起来年纪不大，背着书包，一只手拼命地按住裙摆，无处可躲。

“周小姐，蒋总应该有时间接你的电话，你要不给他打个电话？”简兮说，“我这边还有点事，再见。”

她挂断电话，打开手机录像功能一边拍摄，一边往女孩儿身边移动。

男人蹭了两站，周边没有人制止，就变本加厉，越来越大胆。忽然，他的手腕被人猛地抓住。他抬头，看到一个漂亮明艳到张扬的女人，一愣。女人美得跟明星似的，他上车时怎么没看到这么个美人？

女人的高跟鞋踩到了他的脚上，他惨叫着变脸，想抽回手打人："你有病啊？"

下一刻，他的手腕传来一阵剧痛。女人的膝盖直击他的肚子，动作干脆利落，没有丝毫犹豫。他捂着肚子跪了下去，女人的声音在车厢里响起来："臭流氓！去公安局让你蹭个痛快。"

•

黑色轿车一路往南，灯影掠进车厢，落到男人俊美的脸上。他面前放着电脑，骨节分明的手指落到键盘上，电脑的白光映在他的眼镜片上，折射出冷光。

手机叮的一声，蒋霖屿看了一眼屏幕，看到是无聊的新闻推送。这个垃圾软件是他上周配合一个采访才装上的，还没来得及卸载。

蒋霖屿拿起手机，抬手按了一下眉心才解锁屏幕，按着软件打算卸载，却不小心把软件打开了。他眉头紧蹙，耐着性子等软件页面完全显示再返回删除。

软件直接跳入新闻页面，蒋霖屿返回的手停住。片刻后他才放下手机，抬眸吩咐道："掉头，去北城派出所。"

原本密不透风的地铁车厢，随着流氓被踹到地上轰然散开。不禁让简兮感叹，人的潜力无穷无尽。

"臭疯子打人了！救命！"男人顺势躺在地上，声嘶力竭地喊。

简兮一把拉过小姑娘推到自己身后，拿出手机播放刚刚的视频："我都拍下来了，希望你到派出所嘴还能这么硬。"

男人见形势不对，起身，正好地铁到站，他便想混入人群跑路。几个年轻男女扑上去把人按到站台上，地铁警察随即赶到，抓住了流氓。

简兮作为当事人之一，跟民警去最近的北城区派出所做笔录。

那个被侵犯的姑娘，虽然之前在地铁上胆怯，但简兮站出来后就立刻勇敢地指控男人的侵犯行为。

简兮做完笔录签了名后，肚子疼得更难受了，额头隐隐地冒冷汗。

“很感谢你的见义勇为。”负责案件的警察是个年轻男人，跟简兮握了一下手，“你很勇敢。”

“我该做的。”简兮站起来说道，“我可以走了吗？”

“注意安全。”

简兮走出北城派出所，闪电劈过乌云滚滚的天空，雷声随即而来。变天了，她拿出手机叫车，一辆两公里外的车接了单。

她挎着背包站在路边的树荫下等。

“美女小姐姐。”

简兮回头看到三个男孩儿。为首的男孩儿穿着球衣、球鞋，十八九岁的样子，长得很漂亮。丹凤眼，一股子纨绔气，个子很高，至少一米八。他伸出手：“你叫什么？”

“小姐姐刚刚打人超飒！”另一个男孩儿笑着说，“我们能不能加你的微信？”

他们刚刚也参与了抓流氓行动。简兮朝他们点头，但没有告知自己的名字，她不喜欢在外面透露太多个人信息。

高挑男孩儿绕到简兮面前，手机摊在他的手心，页面上是微信二维码：“你是不是学过拳击？是在哪家学的？”

简兮万万没想到自己会被小孩儿搭讪，觉得好笑，也就笑了起来。她偏了一下头，刚想说话，身后车灯一闪。她还保持着松弛的姿态，回头一看，猝不及防看到蒋霖屿的车。

蒋霖屿的车是上屿定制的高端车，车牌号是五个“1”。

他怎么在这里？

后座的车窗降下来，简兮看到了蒋霖屿。他坐得笔直，黑眸幽深：“处理完了？”

“将总？”简兮所有的情绪僵在脸上。他怎么知道她在这里，“已经处理完了。蒋总，你还没走？”

“忘了东西，回来取。”蒋霖屿的嗓音淡淡的，由上至下审视着简兮，确定她完好无损才道，“上车。”

蒋霖屿在她身上装定位系统了吗？

忘记带文件？要她去取？

简兮快步走下台阶，拉开副驾驶座的车门，蒋霖屿的声音从后面传来：“后面。”

简兮绕到另一边上车，取消了快车的订单：“要我回公司拿文件吗？”

“取你，拿到了。”蒋霖屿升上车窗，不再看窗外那几个小崽子。他往后靠，重新拿起电脑继续工作，“有工作，怀城出差要两天，你跟我一起去。”

“取”和“娶”同音，简兮听得心跳漏了半拍，随即反应过来自己白日做梦，停止了遐想。

黑色轿车汇入了车流，与城市的灯光交相辉映。闪电再次劈过乌云滚滚的天空，照亮了黑暗。

“你是怎么知道的？”简兮扣上安全带，心中疑惑，她谁也没说，蒋霖屿怎么知道？

“两天的话，我需要回去收拾行李。”

“没时间，缺什么到怀城再买。”蒋霖屿头也没抬，“你坐地铁坐到上新闻，优秀的简秘书。”

新闻？简兮连忙拿出手机打开微博，热搜二十二条社会新闻标题：飒爽小姐姐地铁抓色狼。

热度最高的微博直接配上了简兮的照片，现场有很多人拍照，简兮三百六十度被人拍了一个遍。评论里有人夸她的颜值，有人夸她的英姿飒爽。她还没到派出所，新闻就已经冲上了热搜。也可能是社会新闻指标不够，她被推上了热搜，人物、地点、出警人员，写得清清楚楚。

“地铁舒服？”蒋霖屿的语调没变，修长的手指敲击着笔记本键盘，发出清脆的声响，电脑屏幕的光映得他俊美的脸更加深邃。他没有抬头，嗓音淡漠，“怎么不开车？”

蒋霖屿送的东西全是千万元起步，简兮能开出去吗？

“市区堵车厉害，地铁更方便。”

“别告诉我，九点还会堵车。”

简兮就是不想用蒋霖屿送的东西。她以前背过他送的一个包，其貌不扬，标志都看不到，她以为安全就背出门了。被人议论了一圈才知道这款包价值五十万元，单纯五十万元也就罢了，她硬着头皮也能买。可那个包是会员定制款，能升级到买这个包的会员消费不会低于八百万元。那些奢侈品跟她不是一个阶层的。

蒋霖屿需要的是一个精致矜贵的白富美，可简兮就是个普通的上班族。他把那些原本属于周明妍的东西拼命往她身上加，阶层被强行拔高是另一种负担。

简兮拒绝不了蒋霖屿送的那些东西，只能尽可能不让这些东西出现在自己的社交圈里。

一旦出现就是“简兮被包养”“简兮以色侍人”……那样一来，她所有的努力都会化为乌有，只剩下桃色绯闻。

“那辆车太贵重，怕剐蹭。”简兮找了个靠谱的借口。

“坏了就送修，不想开车让司机开。”蒋霖屿的语气缓了下去。简兮很珍惜他送的每一样东西，说到底还是他送得太少，“为了保护车挤地铁，简秘书的逻辑课及格过吗？”

蒋霖屿半晌没听到简兮的声音，抬眸看过去。

简兮垂着头，靠在座位里，姿态脆弱。海藻般的长发随意地落在肩头，无精打采。秀气的细眉弯着，纤长浓密的睫毛微垂，眸子里有着雾气。她挺瘦的，只是平时她的姿态过于强势，很少有人看出她的单薄。

“受伤了？要不要去医院？”蒋霖屿蹙眉。

“没有。”

恰在这时，蒋霖屿的电话响起来，他暂时收回目光接通电话。来电人是郑尧，询问他晚上的饭局几点到。

“你陪李局吃饭，今天的饭局我到不了。”蒋霖屿道，“我这边有点事，可能要十二点才能到怀城。”

简兮听见蒋霖屿的话，抬起手腕看时间——九点整。他如果不回来接她，应该快到怀城了。

蒋霖屿今晚有饭局？

车刚上高速暴雨就落了下来，密密麻麻的雨滴砸在车玻璃上，高速路上的反光带闪烁着亮光。车速慢了下来，整个世界都陷入雨幕里。

简兮拿起手机打开天气预报，台风在南港口登陆，燕城受台风影响可能会持续降雨。

果然，这场雨一直下到他们到怀城。十一点四十分，简兮举着伞撑在蒋霖屿的脑袋上方，快步走进酒店大厅，司机在后面拿着蒋霖屿的行李。简兮站得笔直，小腹一直坠疼着。

郑尧迎面走过来，看到简兮时目光停顿了一下，才把房卡递给她：“顶层套房，901。”

蒋霖屿只让他订了一个房间，那怎么带简秘书来出差？

“情况怎么样？”蒋霖屿往电梯方向走。

简兮把雨伞合上，接过司机送过来的行李箱。蒋霖屿知道出差让司机回去取行李，偏偏不给她收拾行李的时间。

“按计划进行。”郑尧抬手挡着电梯门让蒋霖屿和简兮进去，说道，“那我就不送你们上去了。”

蒋霖屿抬手示意他不用送，电梯门合上，简兮按下九楼翻看房卡。

郑尧订的是五星级连锁酒店，蒋霖屿每次出差都会住这家，套房设施几乎一致。简兮进门把行李箱放到沙发旁，厚重的地毯走上去发出轻微声响。她把房间里所有的灯打开，找到隐藏冰箱取出一瓶水放到桌子上——蒋霖屿洗完澡要喝水。

简兮放好水，说道：“那我下楼再去开个房间。”

“只剩一个房间。”蒋霖屿把电脑和手机一起扔到进口处的桌子上，反手关上门，抬手慢条斯理地解衬衣扣子，“今晚你跟我住。”

“我来例假了。”

蒋霖屿下车时发丝被打湿了一片，一缕头发耷拉下来，落到他冷白的肌肤上。镜片下，他的黑眸暗沉，注视简兮片刻，继续往前走。

蒋霖屿又解了一粒扣子，走到简兮面前时，已经解开了三粒扣子。衬衣布料垂坠，眼镜片折射出冷光。

他倾身，长手落到简兮身后的桌子上，平视她。

蒋霖屿特别喜欢这样近距离地看人，不戴眼镜这么看简兮能理解，他拿下眼镜就是半个盲人，实在看不清。可戴着眼镜为什么也这么看？她都快碰到他的眼镜框架了。

“简秘书，”蒋霖屿的嗓音低沉，缓缓地说，“你的意思是，我们在一个房间就必须发生关系？”

简兮：“呃……”

“懂了。”蒋霖屿垂下浓密的睫毛，黑眸越发幽深，嗓音哑哑的，“你每次去我家，就是为了睡我。”

简兮目瞪口呆。

蒋霖屿的逻辑课不单单是满分，还能做附加题，延伸逻辑甚至在没有逻辑的地方强行架设逻辑。

蒋霖屿还撑在简兮上方，静静地看她。安息香淡淡地萦绕在空气中。镜片下他的目光纯粹。

承认便只是贪他的色，否认不单单是贪他的色，还觊觎蒋太太的身份简兮选择闭嘴。

“房间只有一个。”蒋霖屿等了一会儿没等到简兮的回答，垂下浓密纤长的睫毛，又靠近了一些，落到桌子上的手指叩了一下，语调缓慢，“不如这样，先欠着。等你的例假结束，我补给你。”

蒋霖屿的衬衣解开了三粒扣子，大片肌肤显露出来。

简兮深吸一口气，那是什么好东西吗？大可不必。

“蒋总，这个真的不必了。”

“不用太客气，该你的。”蒋霖屿的嗓音低沉，摘下眼镜随手撂到桌子上，走向他的行李箱，“你睡里面还是外面？”

简兮盯着蒋霖屿的脊背。她怎么那么想揍他呢？

简兮刚开始还幻想自己会不会拥有灰姑娘的爱情。他会不会是她的王子，事实证明，他是王子的兄弟——王八蛋。

“简秘书？”蒋霖屿赤着上身打开行李箱拿出睡衣，没听到简兮的声音，又问了一句。

蒋霖屿的身材极好，宽肩窄腰，后背线条近乎完美。冷白的光由上至下，线条轮廓清晰分明，透着极致的美感。

“都行。”蒋霖屿换好衣服，简兮才回神，拿起手机说道，“我去买生活用品，你需要吗？”

“你那个会持续几天？”蒋霖屿走到洗手间门口，回头，漂亮的黑眸眯着。

简兮一时间没明白什么意思，但知道蒋霖屿说的“那个”是什么，便答：“三四天。”

“今天第一天？”

“嗯。”

“那我不需要。”蒋霖屿进了洗手间，反手关上了门。

简兮默了几秒，回过味来，蒋霖屿是要她带……

这是人？

简兮没有叫司机，司机这天开了长途需要休息。她向酒店租了车，直奔超市。外面还在下雨，天空阴沉沉的。路灯下，潮湿的地面泛着光。

怀城是一座休闲、慢节奏的城市，晚上十二点街道上空荡荡的，马路上的车也很少，整个世界仿佛都静了下来。前方红灯，简兮踩下刹车，手指闲闲地搭在方向盘上。

她无端想到那个经常出差的室友，曾经因为不想回老家的小山城在客厅握着手机跟父母激烈地争吵。室友这年三十岁，选择了回去。她是自愿回去吗？不是，她是被这座城市淘汰了。

简兮的本科专业并不是很硬，二十七岁重新找工作的话短板非常明显，很难找到比上屿工资待遇更好的工作。

她在超市买齐了日用品，但找了半个小时没找到二十四小时营业的药店。她的肚子疼得厉害，心里也躁，外面空气潮湿，车内空调冰冷，她整个人仿佛浮在地狱之中，半截身子坠入寒冰。

简兮开车回了酒店。

她进门时蒋霖屿还没睡，他穿着月白色衬衣式睡衣坐在电脑前工作。洗完头发没有吹，自然干的结果就是头发微卷、凌乱地翘着。他的目光还在电脑屏幕上："简秘书？"

"超市比较远。"简兮放下手提袋，"怎么还没睡？"

"明天早上八点我跟怀城这边的人见面，原定是打高尔夫，下雨要改计划，你再找个地方。"

"好。"简兮忍着腹疼走回去，拿出包里的笔记本迅速查怀城的休闲娱乐场所，最后定在西山度假区。西山度假区环境好、隐私性强，休闲娱乐一应俱全。

简兮迅速联系西山度假区，定下第二天的行程。蒋霖屿已经放下电脑上床了，她怕吹头发的声音大，吵着他，就没有洗头发，只冲了澡换上睡衣出门。

她疼出了一身冷汗，不死心地又拿出手机搜索二十四小时药店，不吃止疼片她明天会死。

这座城市没有二十四小时送药。

床上有两床被子，蒋霖屿和她泾渭分明。她躺在另一侧，低声询问他要不要关灯，话音刚落，他就把灯关了。

敢情这人没睡。

简兮躺着好受多了，疼痛缓解了一些，才迷迷糊糊地睡着。她又做梦了，漆黑的空间，她抱着头躲在缝隙里。看到很多又长又粗的腿，来来回回地走，突然一个人一脚踹到她的肚子上，她在剧疼中清醒过来，急促地喘息，泪滚了出来。

"简兮？"简兮恍恍惚惚，还没彻底清醒，那些脚密集地落到她的身上，很疼却无处可躲。

“简兮，看我。”

灰黄的灯光下，她的视线渐渐清晰，看清面前的男人。蒋霖屿轻拍着她的脸，皱眉：“做噩梦了？”

房间很安静，蒋霖屿半抱着她，温热的手臂隔着薄薄的睡衣贴在她的皮肉上：“叫得这么大声。”

“肚子疼。”肚子疼醒是一种什么样的疼？是有一万个人在踹她的肚子的那种疼。

“晚上吃什么了？”蒋霖屿揉着简兮的肚子，很温柔。

简兮的额头磕在蒋霖屿的肩膀上，死死地抵着他的肩膀，深呼吸还压不住想哭的那股劲儿。梦太真实了，疼也真实，恐惧让她无所适从。

“痛经。”

空气安静了一分钟，蒋霖屿开口，嗓音依旧是沙哑的，音调却沉了下去：“要吃什么药？”

简兮的头发汗湿了，蜷缩在蒋霖屿的怀里。他从没见过这样的简兮，她一直是踩着高跟鞋，背挺得笔直，铠甲战士一般冲锋陷阵。

“止疼片，昨晚没买到。”家里有，但蒋霖屿不让她回去取。

简兮疼得额头蹭着蒋霖屿的肩膀，死死地控制着手，怕自己忍不住去掐他。

“躺着，我让——”蒋霖屿的话到嘴边停住。他生活中的全部琐事都是让简秘书、郑秘书和司机去办。郑秘书现在负责怀城，已经不是他的秘书了。他沉声命令，“先躺着。”

蒋霖屿把简兮塞到了柔软的被子里：“不准动，听话。”

简兮急促地喘息，似梦似幻，不知道眼前的一切到底是不是真的。蒋霖屿出了门，她迷迷糊糊地睡着。

简兮不知道是蒋霖屿出去买药还是司机买的，再次醒来时，蒋霖屿把杯子送到她嘴边。她喝了一口，烫到怀疑人生。

简兮彻底清醒过来。

她接过杯子，拖着沉重的身体，起床从冰箱里取出一瓶水倒进热水中和成温水，药有好几种，除了止疼片还有红糖姜。她冲了一包红糖姜水，送服一片止疼片。

“谢谢蒋总。”

“把行程发给我，今天你不用跟着我。”蒋霖屿整理衬衣，往外面走，“不准出酒店，就在这里躺着休息。”

蒋霖屿这个对身边人要求极高的工作狂魔放秘书假？听起来很不可思议。简兮一时间不知道他说的是反话，还是认真的。

“蒋总？”

“能起床吗？能起来就把行程发给我。”

简兮连忙下床，穿上拖鞋过去打开电脑把行程发给蒋霖屿，同时说道：“我吃完止疼片就好了，可以工作。”

蒋霖屿修长的手指触着手机屏幕，屏幕上的光映得他的指尖更加冷白，他迈开长腿转身往外面走：“下次再痛经，我会找人替你。我不希望我培养了四年的秘书，因痛经而亡。”

蒋霖屿走出了门，房门被关上，发出沉闷的声响。

简兮这才发现天已经亮了，晨光与室内的灯光同亮，让人分不清哪个更亮一些，雨还在下，酒店的落地玻璃上一片雨雾。她仰面躺回去，抬手盖在脸上。

真没用。

简兮缓了一会儿，发信息给林浩阳。她这天有事看不了房，希望他能把房子留下来，她到时候直接过去签合同。

信息发出去迟迟没有回音，简兮以为林浩阳因为她的爽约，不搭理她了。她的工作变数太大了，很多时候计划赶不上变化，也没有办法。

她又发了一条语音道歉。

十点半，林浩阳打视频过来，简兮愣了一下才接通：“林总，今天真的很抱歉，临时——”

“真人实景拍摄，我替你看房。”林浩阳英俊的脸先出现在视频里，举着手机调整角度，“这样是不是帅一点？”

简兮的嘴角上扬，心情大好：“是很帅，世界第一帅。”

“那就是比蒋霖屿帅了，我很满意。”林浩阳笑着切换了后摄像头，说道，“我在房子入口，给你看四周的绿化和安全问题。”

林浩阳居然跑到房子那边连线让她在线看房，这么细心吗？

“谢谢林总。”简兮感激不尽。

“客气，回头请我吃饭。”

“你想吃什么都可以，我请你。”

房子比图片上拍摄得还要漂亮，是简兮梦寐以求的房子了。

顶层复式，巨大的落地窗玻璃能看到小区中心的天鹅湖，视野开阔。二楼是巨大的书房和一个卧室，推开书房的玻璃门就能看到露天的大平台。

简兮都可以想象，在这里种上花会有多漂亮。这是属于她的房子，她可以装修成任何模样。

小时候她跟着爷爷从一个窝棚搬到另一个窝棚，初中时搬到一家养鸡场后面的小窝棚。昏暗、潮湿、脏乱，空气中气味复杂，有腐烂的霉味，也有排泄物发酵的臭。房子矮到直不起腰，她每天低着头上学，低着头回家。

“简秘书，你那边是不是卡了？还能听见我说话吗？”林浩阳低沉的嗓音里浸着笑，“你要是住过来，这露台上的花，我给你承包了。我妈养的花生了一堆，我家院子都摆不下了。”

“花还会生小花吗？”简兮第一次听到这么可爱的描述。

“当然会，花也有生命。它们会繁衍，生很多小宝宝……”

简兮脑子里浮现出一个画面，臭屁的小男孩儿昂着头：“花妈妈和花爸爸相爱了，就会生很多花宝宝。你弄坏了花宝宝，花妈妈会哭……”

“简秘书？”

“嗯？”简兮回神。她的脑海中经常会有一闪而逝的熟悉画面。明明没有去过的地方，路过时却觉得熟悉；明明是没有见过的人、没有听过的话，却似乎在哪里见过、听过……传说这是前世记忆。

也有科学家表示，这是人死亡之后留在世界上的脑电波，有些人基因相符，经过恰好碰到残留的脑电波就会产生熟悉感。

“你是不是在走神？”

“我在想，林总，你有没有征求花妈妈的同意？我把花宝宝领养走，花妈妈会难过的。”简兮的话出口就被自己幼稚笑了，“林总——”

“简秘书，冒昧问一句，你的名字是谁取的？‘兮’这个字有什么特殊的含义？”

简兮不讨厌林浩阳，甚至挺喜欢跟他聊天。

可林浩阳这个问题确实唐突，她很忌讳别人问起自己的家庭。她厌恶那个家庭，厌恶自己的出身。她努力学习，拼命地想要脱离原生家庭。

苦难并不相通，不会有人因她经历过苦难给她让路，路是自己开辟的。苦难只会拉低她的身价，成为别人攻击她的利箭。

“原本是朝露待日晞的‘晞’，户籍部弄错成了‘兮’。”简兮维持着脸上的温柔静美。她曾经这么幻想着，父母是爱她的，会为她取一个好听的用心的名字，“林总，怎么突然问这个？”

“你的名字很好听。”林浩阳又切到后摄像头，嗓音沉了下去，“你在出差？”

“在怀城。需要带什么？回去给你带土特产。”

“土特产就不必了，我老家是怀城的。”林浩阳说，“你们老板大天让你出差。简秘书，考不考虑来我的公司。”

“暂时不考虑。”简兮的嘴角上扬，林浩阳和蒋霖屿是铁哥们儿，他断不会去撬蒋霖屿的墙脚，都是玩笑话，她也跟着笑，“上屿挺好的。”

“你们老板没我帅。”林浩阳的笑声低沉，道，“你不觉得，跟一个帅的老板更有面子吗？”

林浩阳这个自恋的劲儿……简兮沉吟片刻，说：“我觉得蒋总更能衬托我的美貌。”

林浩阳在那头爆笑，笑得镜头直晃：“你再说一遍，我把这段录下来，放给蒋霖屿听。”

林浩阳在林氏集团总部的职位不高，林氏集团主要是他家老爷子掌权。他的秘书工资只有简兮的一半。

明显上屿更有“钱途”。

她跟林浩阳又聊了几句，林浩阳把钥匙留在物业，她随时可以过去看房。

挂断电话后，简兮在朋友圈和微博分别发了林阳希的寻人启事。

林阳希是一九九二年三月十六日出生的，一九九五年五月二十六日在燕城失踪。丢的时候三岁零三个月，当时林妈妈去公司拿文件，让司机在公司楼下停车，后座坐着林浩阳和林阳希。

林浩阳在玩游戏机，司机也没注意后面，林阳希摸下车大概是去找妈妈。当时的车没有开门声音提醒，等林妈妈下楼，林阳希已经找不到了。

简兮看了好几遍这个寻人启事，还是觉得林阳希凶多吉少。

中午吃完饭，简兮的痛经就缓解了。她先把蒋霖屿乱扔的衣服熨烫好挂起来，才出门去附近的商场买了几套衣服。蒋霖屿虽说出差两天，但她会备三天以上的衣服，以防万一。

套房确实没有了，但普通房间还有。

简兮订了一个房间，上楼继续工作。蒋霖屿第二天要参加怀城分公司的会议。她要规划行程，写会议稿、定会议行程。一个优秀的秘书需要把所有的工作都准备好，无论上司选择什么方案她都有备用。

蒋霖屿到了晚饭时间没回来，简兮给他的司机发信息说回来了通知她一声。她刚把全部文件整理好，打算搬到隔壁房间，司机的电话就打了过来。

“简秘书，蒋总让我来接你。”

“蒋总晚上不回来？”

“应该要回来，他没说，只说了接你过去。”司机说，“我还有十分钟到酒店。”

“好的，我知道了。”

蒋霖屿接她去干什么？郑尧不是在那边吗？

雨暂时停了，门口的大理石地面反射出光泽，车就停在正门口。简兮走下台阶上车，把备用雨伞放进手袋里：“郑秘书在吗？”

“郑总有工作，下午就走了。”司机发动引擎，把车开出去。

郑尧成郑总了，以后不能叫“郑秘书”了。简兮一想到郑尧在怀城任职，就特别酸。她平衡了一下自己的嫉妒心，她的资历比郑尧确实差远了。

从市区到西山车程一个小时，车进了山，雨又开始下。雨雾笼罩着天空，落到车玻璃上，朦胧一片。

山路灯光有限，光很微弱。转过一道弯，简兮看到灯光点缀在山间。车开进了西山景区，再往里走，就是西山别墅群了。

灯光越来越密集，路边的绿植都泛起光。车停到一栋别墅前，简兮撑起伞推开车门下去，高跟鞋踩在地面上发出清脆的一声响。

“他们在喝酒吗？”简兮猜测道。

“在打牌。”司机说。

简兮进了别墅就听到说话的声音，以及女人的笑声。服务员迎了上来，她把雨伞合上放好，跟着服务员上楼。

二楼的地毯厚重，入眼全是娱乐项目，水晶灯亮在头顶。简兮看了一眼，上面隐隐有缭绕的烟雾。

房门被推开，很轻的一声响，简兮保持着脸上的微笑，抬眼就看到靠在椅子上抽烟的蒋霖屿。

蒋霖屿这个人很奇葩。他平时不抽烟，但遇到这种场合一定会抽，好像别人抽烟，他闻二手烟亏了似的。

除蒋霖屿，还有三个男人，各有漂亮的女人陪着，他们一齐看过来。有人认出简兮，笑着说道：“简秘书过来了？”

蒋霖屿的手指上夹着烟，烟雾袅袅。他抬眼看向简兮，眼镜松松地挂在鼻梁上，姿态漫不经心：“简秘书，来，替我打一会儿。”

他的嗓音被烟熏得略哑，尾音沉沉的。

“蒋总还叫外援。”

“今天运气不好，我扛不住。”蒋霖屿随手打出去一张牌，桃花眼眯着，似笑着说道，“简秘书来给我换个运气。”

简兮穿着白色衬衣，下摆束在黑色鱼尾窄裙中。细腰长腿，小腿线条流畅地延伸到脚踝，落入珍珠白高跟鞋中。

她白得泛光，美得清雅。

室内这几个人简兮都认识，全是怀城这边的人。她跟人一一打招呼，绕过去走到蒋霖屿身边。

蒋霖屿咬着烟起身示意简兮坐到他的位子上，然后拿下烟，弯腰，轻轻地把烟灰掸到一旁桌子上的烟灰缸里，才懒洋洋地靠在她身边，问：“好点了吗？”

蒋霖屿的声音很低。

简兮点头，一看到蒋霖屿的烂牌，顿时觉得眼前一黑。十三张牌，能做到每一张都没关系，他是非常不想赢了。

简兮回头看蒋霖屿，他在她身边坐下：“随便玩。”

一局结束，对面姓周的中年男人笑着看向简兮：“简秘书长得这么漂亮，有男朋友吗？”

“有啊。”蒋霖屿把烟掐灭，端起茶杯，姿态慵懒地倚靠在椅子上。他的笑意极深，声音低沉，“不是在这里坐着吗？”

“啊？”对面的人一愣，随即笑着道，“我就说嘛！难怪呢！”

简兮心里震惊，但面上没有显露任何，只用余光看蒋霖屿。他这是拿她当挡箭牌？

简兮微皱了下眉，以前也有这种局，蒋霖屿介绍她是秘书，别人就用暧昧的目光看。蒋霖屿是不拒绝、不承认，只暧昧，有她这个挡箭牌在，不会有人塞女人给他，他也不用对她负责。

这还升级了？可蒋霖屿的正牌前女友即将离婚回来找他，他又要怎么圆？

简兮看向对面几个说笑的人，不知道他们会把这个“女朋友”传播成什么样。

影响她所剩无几的声誉。

简兮也知道这牌局蒋霖屿不是为了赢，就配合着赢一把输三把。深夜两点，牌局结束，简兮安排所有人入住度假别墅。

雨还未停歇，空气潮湿，简兮打着伞往回走。黑色轿车开了过来，她合上雨伞打算去往副驾驶座，后面的车窗就降了下来。

“后面。”蒋霖屿的嗓音喑哑。

简兮坐上车把雨伞合起来装进袋子里，拉上安全带：“回去？”

“嗯。”蒋霖屿拿下眼镜，靠在座位里，手指按着眉心，“熏得头疼。”

两个人身上都沾染了烟草味，十分难闻。

“明天的会议能继续吗？”简兮问，“会议资料我已经整理好。”

蒋霖屿那边没声了。简兮看过去，蒋霖屿把手盖在额头上，另一只手上挂着眼镜。

“蒋总？”

蒋霖屿就这么睡着了。

简兮看向窗外浓到化不开的黑暗，很轻地呼出一口气，额头抵在玻璃上，冰凉的玻璃让她清醒。大约过了两分钟，她坐起来，拿起备着的毯子盖到蒋霖屿身上。

蒋霖屿怎么会介绍她是他的女朋友呢？那些人在怀城也都有头有脸，介绍了又该怎么收场？

简兮和蒋霖屿回到酒店已经三点半，洗完澡四点。七点要起床，只有三个小时的睡觉时间。

简兮凑合着睡了三个小时，闹钟响的那一刻立刻坐起来。她在最短的时间让自己清醒，关掉闹钟，直奔洗手间。

蒋霖屿不用化妆，可以比简兮晚半个小时起床。她换上蓝白色半身裙，头发扎起来，露出白皙修长的脖颈。她一丝不苟地出门，把蒋霖屿要穿的衣服整理好，蒋霖屿才起床去洗手间洗漱。

再从洗手间出来时，已是清冷肃然的蒋霖屿了。

“八点到怀城分公司，八点半正式会议——”简兮站在旁边重复行程。

"简兮。"蒋霖屿打断了简兮的话，冷白的手指搭在深蓝色的领带上，把领带递了过来，"帮我系领带。"

蒋霖屿不喜欢系领带，一向喜欢散着领口，今天犯的什么毛病？

简兮接过领带，上前，抬手要绕过蒋霖屿的脖子，他却微俯身凑到她面前。他没戴眼镜，黑眸幽深无比，近在咫尺，浓密且根根分明的睫毛在眼下拓出阴影。

蒋霖屿身上有草木清香，淡雅得仿若清晨铺满阳光的大地。简兮的目光从他的脸上移开，专心致志地给他系领带。

上一次这么系领带还是三年前的董事会议，蒋霖屿票选压过了蒋旭，成为上屿新的掌权人。也是那一天，他们发生了关系。

"今天蒋董会过来？"蒋霖屿只有对上他那个三叔，才会这么反常。

"嗯。"蒋霖屿的手落到简兮的腰上。

"有风险吗？"简兮把蒋霖屿的领带整好，却没能退开。

蒋霖屿握着她的腰拉近，两个人几乎贴在一起。他的黑眸注视着她，语气却轻佻缓慢："有啊。简秘书，怕不怕？"

他们第一次正式见面时，蒋霖屿还不认识她。他额头上的血往下流，遮住了漂亮的眼睛。他眯着眼，笑着递给她一根棒球棍，也是这个语气，他问她怕不怕。

谁有蒋霖屿可怕？

简兮回神，推开蒋霖屿，转身抽出领带夹的盒子找了个带钻的领带夹给他别上，不想看他："你怕吗？"

蒋霖屿的嘴角上扬，轻嗤："给他十个胆子，他也不敢动我。"

简兮刚进上屿，蒋衡夫妇就遭遇车祸去世了。蒋霖屿回国进公司，四面楚歌，那些亲戚每个都想弄死他。

也就是那个时候，简兮认识了蒋霖屿。一开始她没想过会跟他有什么深交，为了报蒋家的恩，她想保护他。于是跟了他一周，见到了那场人为的车祸。他一身是血，从车上下来，递给她一根棒球棍。

简兮活了二十多年，第一次打架。

警察赶到，结束了那场混战。简兮紧紧攥着棒球棍，整个人是木的。蒋霖屿抹掉眼睛上的血，忽然就朝她笑了一下。他的桃花眼潋滟，薄唇上扬。

简兮傻愣着看他，蒋霖屿走到她面前，男人的气息更加浓厚。他很高，挡住了大片的灯光，逆光下，睫毛又长又密。带着血的手指修长白皙，漂亮得要命。他倾身时带着笑意，慢悠悠地抽走她胸口挂着的圆珠笔。

简兮的手落到蒋霖屿的手心，他拿着圆珠笔在她的手心写下电话号码。

笔触碰到手心，有一些痒。蒋霖屿的手心很热，简兮等他和警察离开，才急促地喘出一口气。她感觉心脏仿佛被蝎子蜇了一下，酥酥麻麻的。

时隔半年，简兮打了那个手机号码，成为蒋霖屿的秘书。

蒋霖屿不信任司机、不信任保姆，她就学开车、学做饭、学服装搭配、学各国语言。全心全意把一颗心捧给他，她曾经以为再举高点，他总会看见。后来才知道，并不是他看不见，而是他不想看见。

蒋霖屿不想看，她举得多高都没用。

他们之间有着巨大的差距，简兮想过他们会分开，只是没想到会这么残酷。从头到尾她都是替代品，他们在一起的那晚不单单是蒋霖屿赢了上屿，那天还是周明妍结婚的日子，请帖是她收的，只不过她当时不知道周明妍是蒋霖屿的前女友。

他们从高中到大学，有着共同的教育背景，有着差不多的家世，门当户对。如果不是蒋家出意外，他们可能会顺理成章地结婚，生儿育女。

所有错位的东西，都会回到最初的位置上。

简兮退后，拿起西装外套递给他："需要安排保镖吗？"

"不用。"蒋霖屿伸手穿上，大步往外面走，清冷的嗓音落在后面，"跟着我，不要离开我的视线。"

简兮跟着蒋霖屿下楼走出酒店，雨已经停了，天空阴沉沉地压在头顶。她拉开车门让蒋霖屿上去，才绕到另一边上车。

半个小时的车程。

车进了上屿分公司园区，外面是整齐的警车。果然，蒋霖屿这个人心思缜密，从来不打无准备的仗。

蒋旭还会出现吗？

简兮转头看向蒋霖屿。他叠着腿坐，身体斜倚在一边扶手上，专注地看会议资料，头都没抬。

“蒋董还会来吗？”

“我要他来，”蒋霖屿慢条斯理地翻着手边的文件，嗓音淡淡的，“他就得来。”

简兮：“呃……”

看出来了，蒋霖屿已经把所有事处理好了，出发前问怕不怕就是逗她玩。他筹备了不是一天两天，所有人都是他棋盘中的棋子，包括她。

车停在上屿分公司办公楼门口，郑尧穿着衬衣、西装长裤，带着分公司高层等在原地，里面已经有不少熟面孔了，是总公司调过来的。这么大的动作，简兮竟然刚知道。

简兮先下车，打算过去帮蒋霖屿开车门，但他已经下了车。他抬手整理西装，迈开长腿往里走，郑尧带着人紧跟其后。

整个过程无比安静，只有脚步整齐划一。

蒋旭是八点半到的，阴沉着脸坐在蒋霖屿对面。

蒋霖屿扶了一下眼镜，笑意极深，嗓音缓慢低沉：“三叔，早上好。”

蒋旭看了一眼蒋霖屿身后的简兮，又看向蒋霖屿。蒋旭来怀城时，他以为蒋霖屿要动手，实际上蒋霖屿已经在收网了。

他一头扎进蒋霖屿的网里。

蒋旭气得半死，还要被这个狗崽子威胁来看戏。

蒋旭三年前没斗过蒋霖屿，现在怎么可能斗得过呢？这三年蒋霖屿吃激素一般生长。连简兮这个身边人都弄不懂蒋霖屿想什么，蒋旭算个什么？

简兮抬眼，猝不及防看到蒋旭阴狠的眼。忍不住扬眉。难怪蒋旭斗不过蒋霖屿呢。看看蒋霖屿多会精准打击，蒋旭始终没狠到点上，瞪她有什么用？她有话语权吗？

会议持续了两个小时，主要是人事调动，蒋霖屿过来坐镇。郑尧正式接任怀城分公司总经理的职务，上屿怀城分公司高层涉案人员一共有十三个，全部被控制住，分公司高层进行了一番大清洗。蒋旭的人被换掉，蒋霖屿培养的人安插进来。

会议结束，蒋旭起身把手边的资料拍到桌子上，撞开椅子大步走出去，会议室的门被摔得震天响。

蒋霖屿漫不经心地推了一下眼镜框，起身，简兮连忙跟上。他垂下头时脸色变得格外阴沉。

“回燕城吗？”简兮低声询问。

“嗯。”蒋霖屿把手里的文件递给简兮，单手插兜往外面走。

简兮要跟郑尧交接文件，晚了十五分钟下楼。郑尧送她往出口走：“听说简秘书身体不舒服，好点了吗？”

简兮看向郑尧，她痛经的事蒋霖屿到处宣扬吗？郑尧这年快四十岁了，竟然还关心她这个。

简兮一时之间尴尬不已。

“好多了。”简兮忽然想到一件事，“餐厅还有吃的吗？”

她可不想一路面对蒋霖屿那张阴沉沉的脸，看久了会觉得空气潮湿阴冷。

“有，你要吗？”

“给蒋总带。”简兮说，“他没吃早饭。”

“我这就去拿，你等我五分钟。”

“谢谢郑总。”

简兮站在一楼拐角处，透过落地窗看外面的黑色轿车。

很快郑尧就跑下了楼梯，把纸袋递给简兮：“里面有两份，这边的黑咖啡质量不怎么样，给蒋总拿了牛奶，你的是酸奶。”

“谢谢。”

“客气了。”郑尧笑着说道，“好了，走吧，注意安全。”

“好。”简兮微笑着优雅地点头，“再见。”

郑尧抬手放到耳朵边：“电话联系。”

简兮长得漂亮又懂事，非常好相处，跟那些年轻漂亮的女孩子不太一样。她的脾气好到挑不出毛病，做事有着超出年纪的稳重，郑尧很喜欢与她共事。

“蒋总，需要我去接下简秘书吗？”司机从后视镜里看蒋霖屿阴沉沉的脸色，开口。

蒋霖屿莫名其妙情绪低气压，车内温度并不低，司机却起了一身鸡皮疙瘩。

“不用。”

蒋霖屿眯眼，盯着窗外。简兮穿着裙子，踩着高跟鞋往这边走，露出来的小腿又直又白，漂亮极了。

不远处郑尧微笑着目送简兮走过来。

蒋霖屿抬手解开了一粒衬衣扣子，仍觉得喘不过气，吩咐司机道：“把温度调低。”

司机看了一眼蒋霖屿，他默默从储物箱里拿出外套穿上，降低了温度。

简兮上车，蒋霖屿收回视线，拿起手边的报表冷静地翻着，却一个字都没看进去。他调整情绪，放缓了嗓音：“拿的什么？”

“早上没吃东西，胃还好吗？”简兮看蒋霖屿，果然脸色还是很难看。她拿出酸奶和牛奶，“喝哪个？酸奶无糖，牛奶是甜的。”

蒋霖屿转头注视简兮片刻，拿走甜牛奶插上吸管，垂下浓密漆黑的睫毛，往后靠进座位里，姿态闲适了很多：“你只是跟郑秘书要早餐？”

车开了出去，乌云散开，亮光落进车厢，蒋霖屿的肌肤被镀上了一层光。他喝着牛奶，喉结滚动，转头看向简兮。

除了要早餐她还能跟郑秘书谈情说爱吗？郑秘书的孩子都读初中了。

“交接工作和准备早餐，耽误了您的时间，我很抱歉。”简兮的话语一贯温柔，却没几分感情，“您吃牛肉三明治还是鸡肉？”

“牛肉。”蒋霖屿又看了简兮一眼。

简兮拿出牛肉三明治给蒋霖屿，他们去酒店拿了行李箱直奔燕城。简兮在车上加班整理资料，怀城这事还没结束，周五又要开董事会议。她想在白天尽快整理完，晚上要睡个好觉，不然她真的怀疑自己会猝死。

蒋霖屿也在忙，从怀城开始接电话，一直接到燕城。进了市区，蒋霖屿见缝插针地吩咐司机：“先送简秘书回家。”

“下午不用去公司吗？”简兮抬头。

“不用，放你半天假。”蒋霖屿挂断电话，手指抵着眉心，“我也要回去补觉，困。”

蒋霖屿先把简兮送到她的住处，她下车拿行李箱，快步地走进小区，头也没回。

蒋霖屿皱了一下眉，收回目光。

时机不到，再等等吧。

蒋霖屿回家洗澡换衣服，睡了三个小时被电话吵醒。他闭着眼拿到手机脾气暴躁地接起来：“说。”

“晚上酒局，来吗？”林浩阳的声音传了过来，“我请客。”

“不去，滚。”蒋霖屿打算挂电话。

林浩阳说：“哥！屿哥！蒋大爷！别急着挂，问你件事。”

蒋霖屿想杀人，抬手搭在额头上：“如果不是重要的事，林总，你最好原地切腹，别等我去杀你。”

“简秘书身份证上的生日怎么是六月？不是七月吗？”

“六月初七，身份证上是农历，她过阳历生日。”蒋霖屿放下手，黑眸沉了下去，语调冷而缓慢，“你在跟我打听简秘书？”

“我好奇不行吗？你每年七月给简秘书过生日，我看到她的身份证上日期不对，就问一下。”

蒋霖屿撑着床靠坐起来，抬手开灯，摸到眼镜戴上，声音更冷：“你怎么有简秘书的身份证？”

电话那头沉默了有一分钟，林浩阳说："我怀疑简兮是我妹妹。"

"你想象力这么丰富应该去写科幻小说，一定比你卖房有前途。"蒋霖屿拿起遥控打开窗帘，天色已暗，世界陷入暗沉，空旷感从四面八方席卷而来。他懒懒道，"切腹自尽吧。"

"不跟你开玩笑，我妹妹是五月二十六日丢的，简秘书是六月生日，你先不要说农历阳历，我不太相信你的记忆力。六月七日，那离希儿丢的时间不远。我看过很多案例，收养小孩的人不知道出生年月会按照收养日算。简秘书的手腕上是不是有一道疤？这个疤多久了？"

蒋霖屿起身，赤脚走到落地窗前，把额头抵在玻璃上，冰凉的触感让他清醒："不信我还问？滚。"

二〇一三年七月十四日，他在车里看到简兮坐在街边的长椅上插蜡烛许愿。他鬼使神差地把车停下来，关掉车里的灯，远远地看着。

简兮吹灭了蜡烛，安静地吃着蛋糕。她吃得很文静，每一口都特别珍惜。吃完蛋糕她把盒子收起来放进垃圾桶却没有走，而是坐在空荡荡的街头，把脸埋在膝盖里。许久后，她的肩膀轻轻地抖着，似乎哭了。

蒋霖屿一直看到她离开。

后来简兮到了他身边，他每年会跟她说一句"生日快乐"。

"信你！蒋大爷，你的记忆力真好，棒棒的。"林浩阳说，"可以回答问题了吗？简秘书的疤是什么时候留下的？"

"我认识她时就有。"

"她没说什么时候弄的吗？"

"没有。"

"那就不是这几年的，是不是有五个白点？我妹妹两岁半的时候从楼梯上摔下来，手腕摔到玩具汽车上，越野车后面的金属板，缝了五针。简秘书的疤跟希儿的一样，是不是太巧合了？"

蒋霖屿离开玻璃，黑眸深沉，站在窗户前看外面升起的灯光。

简兮的手腕上是有一道疤，她是留疤体质，横着的缝针痕迹很明显，最后一针是斜着的，已经淡到看不清，确实是五针。简兮挺忌讳这个疤，蒋霖屿多看一会儿她就要翻脸，林浩阳是怎么看到的？

“你什么时候看过简秘书的手腕？”蒋霖屿的语气很淡，黑眸却阴沉沉的。

“你别跟审犯人似的行吗？简兮要是我妹妹，你就是我妹夫，你对我客气点。”林浩阳说，“我是你大舅哥呢。”

蒋霖屿侧身靠在玻璃上，垂下睫毛，淡淡道：“我有个信息，你不透底的话，我也不用给你。”

“什么信息？是不是关于我妹妹的？哥！别这样！我们是异姓亲兄弟！”林浩阳现场表演变脸。

他有这个猜测却不能直接冲上去对简兮说：“你是不是我妹妹？跟我去做DNA（脱氧核糖核酸）检测。”就像简兮说的，她有父母，她不是孤儿。她会觉得他是神经病，人家的父母凭什么不是亲生的？

简兮跟蒋霖屿在一起很多年了，他试图从蒋霖屿这里得到信息。

“你是怎么看到简秘书的手腕的？”蒋霖屿重复了一遍。

“上周六简兮去盛城国际看房子没开车，我去盛城国际开盘剪彩，碰上了。我送她回市区，那天灰特别大，她在车上拿湿纸巾擦手腕我就看到了。希儿的伤是我看着缝的，我记得特别清楚。”林浩阳停顿了一下，说，“一模一样。”

“她去盛城国际看房子？”蒋霖屿大步走回去，拿起床头柜上的电脑打开输入盛城国际，纯垃圾盘，“这种垃圾盘有什么好看的？是简兮买？”

“你能不能不要歪话题？重点是我的楼盘垃圾吗？重点是简秘书的疤跟我妹妹的一样。”林浩阳的脏话没出口，他不能得罪蒋霖屿，“所以你的信息是什么？”

蒋霖屿的眉头紧蹙，约莫过了半分钟，才开口道：“你的凭空怀疑让我很难信服，这涉及简兮的隐私，以你目前的证据，我不能跟你聊这些。”

“你是人吗？你等着，我给你发一张照片。”

很快林浩阳的照片就过来了，是一张泛黄的老照片，上面是戴着帽子的简兮，打扮偏港风。简兮原本就美得很有特点，这个风格更加明艳。

简兮是什么时候拍的年代主题照？怎么在林浩阳那里？

“是不是很眼熟？我第一次见简兮就觉得眼熟，但一时间想不起来在哪里见过。上次见到她的疤，我回去翻了旧照片，这是我妈！如果我不说你是不是认为是简兮？

“我一直没往这方面想，也是觉得太不可思议！谁能想到简兮跟我妈年轻时候像呢？我妈现在跟年轻时候都不像！”

没有无缘无故的相像。

短暂的沉默后，蒋霖屿开口：“简兮非他们家亲生，这件事简兮并不知道。”蒋霖屿推开电脑，直起身又走到落地窗前，“你去她老家查，注意匿名和保护简兮的个人信息。如果不是，你就永远烂肚子里，不要再提，也不要让她知道。没有人会喜欢成为孤儿，没有人会喜欢被人看成孤儿。”

“是领养还是……”林浩阳道，“你怎么知道非亲生？”

“我不知道。”蒋霖屿说，“简兮是去买房？”

简兮怎么会去看盛城国际那种垃圾房子？

“是，我给她推荐了希盛的房子，已经定下来了，明天签合同，不然我怎么拿到她的身份证？”林浩阳在平缓情绪，“你是不是查简秘书的 DNA 了？你查她 DNA 干什么？”

蒋霖屿不想回答林浩阳的问题：“她为什么要买房？她应该没有买房的需求，她可以来我这里住。”

“你为什么查她？你什么时候查的？你谈个恋爱就要查人祖宗十八代？ DNA 的资料能给我吗？”

“跟她在一起之前查的，不能给你，你自己查。”蒋霖屿淡淡道，“我不喜欢谈没有结果的恋爱，我需要确认她没有任何问题。”

林浩阳对蒋霖屿无话可说，这人脑子不正常。

“蒋狗，跟你说个恋爱真相吧，免费送你的。恋爱中的女人不通知另一方单独买房，一定是为分手做打算。”林浩阳说，“再见，我去周城了。”

林浩阳干脆利落地挂断电话。

蒋霖屿眉头紧蹙，握着手机看向窗外，手机屏幕亮起来，随即又暗下去，最后彻底锁屏。

他站得笔直，攥着手机的手紧到骨节泛白，许久后才松开。

简兮红着脸跟凌言说理想型是蒋霖屿，她喜欢他。之前他没有往感情方面猜，他也不太想猜感情，确定她不是来要他命的，其他的要什么都无所谓。

简兮需要什么他给什么，他要简兮陪在身边。听到她喜欢自己那一刻，他心里紧绷的那根弦突然就松了。

原来简兮喜欢他。

真好。

简兮没有离开他的理由，钱、权、地位，他都可以给她，她为什么要走？

林浩阳可能是有什么毛病。

简兮先把工作忙完，按顺序发到秘书室，然后洗澡换了套更利落的套装出门，直奔希盛。希盛交房已经好几年了，是成熟社区，周边配套一应俱全。物业也是一流公司，简兮登记完从物业拿到钥匙，在工作人员的带领下进入小区。

“需要了解哪方面，直接问我就好。”工作人员特别热情，林总的秘书是那种他们架天梯都碰不到的人，竟然亲自过来交代一定要好好带简兮去看房子。

小区内部绿化非常好，正值夏日繁花争艳，空气里弥漫着花香。

“好的，谢谢。”简兮看到房子一点都不困了，只剩下激动。

一梯一户的洋房，简兮坐电梯上楼，刷卡进门，停住脚步。房子比视频上拍的还要大，装修也比大部分市场上的精装房要好。

“这边的房子交房时间都在两年以上，甲醛含量很低。”工作人员说道，“基本上买了就能住。”

除了家具，其他一应俱全，确实是买了就能住的房子。正好她那边租房到期了，随便买几样家具就可以搬过来。

简兮看完一楼顺着楼梯上去，二楼更开阔漂亮。

林浩阳说的一百八十平方米是单层的面积，上面一层算是赠送，这套房子加露台接近四百平方米。简兮走到露台眺望整个小区，环境雅致，空气中还弥漫着雨后的潮气。

简兮深吸气，竟有种落泪的冲动，她有一个属于自己的家了。

这套房子产权属于林氏集团，简兮跟林浩阳的秘书联系。她原本的意思是过去送购房资料，刘秘书是恨不得穿过电话线的激动："您千万别！您在原地等着，我二十分钟就到！不，没有红灯的情况下，我可以十五分钟赶到。"

简兮见过刘秘书，挺稳重的一个人，这是怎么了？

在她目瞪口呆之际，刘秘书已经挂断了电话，物业的工作人员送来了精致的下午茶。

物业的服务这么到位吗？

刘秘书可能把一路的信号灯都拆了，十三分钟就赶到了物业处，跑得气喘吁吁，拿着购房合同直奔简兮而来："简小姐。"

"不用客气，叫我简兮就行。"简兮看他喘得厉害，说道，"要不要喝杯茶？"

"不用，身份证带了吗？"

简兮拿出身份证，刘秘书一抹头上的汗："我去复印，您先在购房合同上签字。"

不是应该先付首付吗？这就签字？简兮的首付还没凑够，原本是想问下能不能晚几天再交首付。

刘秘书把购房合同塞到她手里，一溜烟地跑了。

简兮翻看购房合同，和林浩阳说的一致。房子总价一千万元，她翻了两遍，觉得数字不对，仔细一看发现是全款合同。

林浩阳对她的财力有什么误解？

刘秘书拿着复印件冲下楼，急刹在简兮面前，深吸气，冷静下来说道："签完了吗？"

"合同是不是出错了？"简兮说，"我没看懂这个合同，分期好像不是这样的吧？"

"您要分期？"刘秘书把身份证原件还给简兮，借着推鼻梁上眼镜的动作擦掉了额头上的汗。

"是。"

"您住什么地方？您把地址给我，我明天早上给您送新的合同。首付比例您这边有什么计划吗？"

"按最低的，我首套房。"

"行，我回去换一份合同。您要回去吗？您开车了吗？没开车的话，"刘秘书收起文件，说道，"您住什么地方？我送您回去。"

简兮："呃……"

最近林浩阳身边的人怎么都疯疯癫癫的？一个个都不正常。

简兮原本想问从签合同到付首付，能宽限几天，但刘秘书太热情，她全程没有插话的余地，就被他送到了小区门口。

加上这个月的工资，简兮全部存款是两百一十万元。还差九十万元，该怎么凑？她也没什么能借钱的朋友。

她唯一能说得上话的就是凌言，可凌言在她手底下工作，上司借钱就不一样了，带着压迫意味。

跟蒋霖屿借钱，不如说是要。手伸出去了，就再也回不去了。

简兮在小区门口的小店吃了一份拌面才回家，邻居还没有回来，房子里还残留着烟草的气味。烟这个东西，在房间里抽会附在所有固体上，发酵变得黏腻恶臭。

简兮开卧室门时，怀疑门把手上沾了烟，进房间直奔洗手间，洗了半天的手才出去。

蒋霖屿送过她很多东西，从首饰到衣服、包、鞋子、车，却变不了现。

衣服和鞋不值钱，包值钱，可每一款都是限量。简兮今天拿出去卖，明天蒋霖屿就能知道。他是个会关注奢侈品的男人，关于奢侈品的知识她还是从他那边知道的。首饰更可怕了，每一颗钻都有拍卖纪录。

简兮拉出下面的黑色盒子，里面整齐地摆着手表。每一款都价值百万以上，只可惜，全是定制款，上面有蒋霖屿的个人标志。

卖了他送的东西，他会捏死自己吧？

简兮推开盒子坐到地毯上，靠着窗看头顶的灯。她犹如抱着金子饿死的难民，守着一堆随便卖就能卖个上千万的奢侈品，却挤不出九十万元的现金。

电话响了起来，简兮拿起来看到是陌生号码，归属地是燕城。

她接通电话："你好。"

"姐。"简龙飞的声音传过来，"我到燕城了，你搬家了吗？我没找到你，你来接我。"

简兮站起来，目光彻底沉下去："简龙飞，我不欠你的。"

"哪有姐姐不帮弟弟的？你还是大学生呢，都不知道长姐为母吗？你赚那么多不给我给谁？带去给别的男人？倒贴的女人可不被尊重。"简龙飞笑着跟简兮打感情牌，"将来你结婚了对方欺负你，还不得我给你撑腰？我们是亲姐弟。"

"我不可能跟你见面，我也不会给你一分钱。"简兮只觉得可笑，这些感情牌让她想吐。她按下手机上的录音键，以前她还对简龙飞抱着善意，想着也许他不是个畜生呢。事实证明，畜生就是畜生，"我给你们的钱已经够首付，你有手有脚，找个工作就还得起贷款。"

"工作多累，还要受别人管。"简龙飞说，"你到底给不给钱？不给钱我可就不客气了。"

简兮沉默片刻，道："要多少？不给的话有什么后果？"

"两百万元。不给，我就顺着你们公司门前的路挨个发传单。你跟你老板那些见不得人的事，也让别人知道知道。"

第三章
身 世

“我没什么见不得人的事，我和我们老板干干净净，我真的不知道你在胡说什么。你们已经从我这里要走了六十万元，我没有那么多钱给你。”

“没有关系，你们在车上亲嘴？”简龙飞笑了一下，说道，“那我去帮你宣扬，亲弟弟亲眼看到，看别人信你说的还是我说的。你现在的工资不低吧？这份工作对你很重要吧？你这样的作风能不能在你们公司继续待下去呢？两百万元和工作，你选吧。”

简兮不怕他们找蒋霖屿，也不怕被人知道自己不堪的家庭。可这种公开的侮辱方式，她不接受。

“法式贴面礼，蒋总在国外生活多年，留学归来喜欢西方的礼仪。”简兮紧攥的手缓缓松开，垂下眼，嗓音沉到了极致。她有种灵魂浮在上空，冷眼看自己麻木地跟魔鬼交易的感觉。

简兮曾经以为够努力就能上岸，就能脱离那泥沼，就能永远地离开。可真的太难了，她已经这么努力了，还是不行：“你不懂不要乱说，请你放尊重一点。”

“哄三岁小孩呢，给还是不给？不给我就去你公司闹。”

简兮手心冰凉，垂下眼轻轻呼吸：“这份工作确实对我很重要，可我没有那么多钱。”

“你有多少钱？”

“我没有钱。”

“两百万元，少一分我就去你们公司楼下发小广告。我现在就要，你马上给我，我们还是亲姐弟。”

“见面聊聊。”

“你到底给不给？什么时候给？”

“你总要给我点时间。”简兮的声音软下去，说道，“我们先见个面吧，明天我回燕城。晚上八点，我发地址给你。”

八点就算室友不回来，对面那几家也会在家。他们住的是一梯六户，隔壁一家有个家庭主妇带着两个孩子。

一开始他们跟她要钱，她就咨询了律师。亲属间的敲诈勒索很难界定。只有一个办法，她就可以永远脱离这些人。

“你先给我转一千元，我住酒店，我现在身上一点钱都没有，本来要投奔你，你还躲我。”

简兮眯了一下眼，看样子父母没过来，不自觉软了语气：“我没钱。”

“你到底给不给？一千元都不舍得？那我现在去你们公司闹吧，你就是欠骂。”

一阵漫长的沉默弥漫着。

“你把支付宝号给我。”简兮似无奈道，“我只有这么多了。”

简兮挂断电话，房间彻底静了下来。她重新坐到地上，保存录音，背靠床握着手机缓缓在手间转动。

手机响了一声，一串数字发了过来，简兮复制卡号打开支付宝转账，附言“求求你们放过我吧”。

输入密码，转账成功。

简兮把手机抵在下巴上片刻，起身走向洗手间。

她卸掉脸上精致的妆容，用洗脸巾擦干净肌肤。她撑在洗手台上看镜子里的自己，头发湿漉漉的，皮肤白皙。

简兮抬起下巴，嘴角上扬。

还有什么事情就一起来吧，决定不喜欢蒋霖屿后，她觉得一身轻，又有什么可怕的？

没有人在乎她，她也不在乎任何人，很好。

翌日，简兮换上一条黑色一字肩及膝长裙，从首饰盒里拿出一条碎钻锁骨链戴上，化妆吹头发，一丝不苟地出门。

她走出小区就看到了刘秘书的车，一时顿住。刘秘书也太敬业了吧？林浩阳真的改行去卖二手房了？

刘秘书看到简兮，脸上的笑绽放开，推开车门快步跑过来：“简小姐。”

简兮把包放到身前，轻轻颔首：“你好，刘秘书，这么早？”

“怕耽误你的时间，早上六点半就到了。”刘秘书把购房文件送到简兮面前，说道，“合同我核对过三遍，没有问题，你看一下。”

“麻烦你了。”简兮接过合同仔细看了一遍，刘秘书把手里的黑色圆珠笔递过去：“在右下角签字就好。”

“签合同是不是就要付首付？”

“我带了POS（销售终端）机。”说着刘秘书就要去车上拿。

“我不是这个意思。”简兮攥着合同看向刘秘书，“我的首付款还没凑够，我需要一周时间，能不能——”

“可以，一个月都可以。”刘秘书说，“合同上有写，半年内交齐。可以先交房，随后你再去银行办分期手续，领房产证的时间要晚一些。”

真的不是皮包公司？哪有半年期限的？所有公司的合同模板都是一周，最多延期半个月。难怪林氏集团越来越落魄，没一样东西符合规矩。

媒体天天唱衰林氏集团，黄昏对于林氏集团都可能是最好的祝福了。

“这份合同是经过法务的？”

“是法务出的模板，但林总改了几条细节，无伤大雅。买房这个事，你好我好大家好，才是真的好，我们的理念是一切为客户服务。”

“首付的话，我想直接付现金可以吗？”

刘秘书没想到这个年代还有人拿现金买房，愣了一下，说：“当然可以。”

“第一次买房，想体验一把拿着百万现金的感觉。”签名的地方比较多，简兮走到车前把合同放到引擎盖上，说道，“谢谢了。”

刘秘书笑了起来，成熟稳重的简兮偶尔还有点可爱，真希望她是老板的妹妹。他笑眯眯道：“都可以，什么方式支付都可以。”

全部签完，刘秘书收起合同，把房钥匙给简兮：“你这几天有时间去物业补一份授权协议，就可以进去装修了。”

这么快？

“谢谢。”合同签了，只要把首付款补上就是她的房子了。她在燕城扎根了，从今往后，没有人能去她的房子里赶人了。

“你装修需要帮忙吗？我们有很多合作的装修公司，走我们这边的话会有折扣。”

“不需要装什么。”简兮说，“我会亲自装，谢谢。”

“你没开车呀？需要送你去公司吗？”

“不用。”刘秘书热情得让简兮怀疑自己是不是有什么问题，忍不住往自己身上看了一眼，“那我先走了。”

“好的，再见。”

简兮坐上地铁开始挨个翻二手APP，打算卖前年蒋霖屿送的手表，二手手表比较好卖。她这边计划顺利，有简龙飞这个借口，蒋霖屿也不会太追究她的责任。

以她的能力，很快就能把钱赚到，到时候还给蒋霖屿，也不算太亏欠他。

百达翡丽星空经典款，九成新，几乎没戴过。简兮申请账号编辑图片，手机响了一声，她看了一眼，手停住。

来自银行的到账提醒，信息一闪就消失在手机顶端，简兮连忙打开短信。

五分钟前上屿财务部给她转了一笔钱，二百四十万元。

公司是二十日这天发工资没错，可二百四十万元是多少人的工资？

地铁到站，简兮拎着包快步走下去，又一条短信进来，这回到账是三十一万元。

十一万元是简兮的工资，二十万元是什么？

简兮七点五十分进办公室打卡戴上工作牌，推开蒋霖屿的办公室给他换上新的香薰，拿着他的杯子去茶水间接咖啡。

“兮姐。”

简兮回头看到凌言蹦蹦跳跳直奔而来，急刹到她面前：“你看到了吗？”

“什么？”

“今天大老板穿了一套蓝色西装！那脸、那腰、那大长腿，蒋总穿蓝色真好看，我要死了！”

“你再不去工作，你真的会死。”简兮提醒她，“昨天发给你的文件都复印好了吗？复印好了就发下去。”

凌言耸肩，接了一杯咖啡拆了包奶放进去：“姐，你看到蒋总不会心跳加速吗？忍不住小鹿乱撞的那种。”

“我看到钱会心跳加速。”简兮的嘴角上扬，笑得温柔，“罚五百元，你自己去写罚单。”

凌言端着杯子转身就走。

简兮端起蒋霖屿的杯子走了回去，她在办公室门前站直整了一下衣服才敲门。

“进来。”

简兮推开门就看到了穿着蓝色西装的蒋霖屿，亚麻蓝，偏成熟、贵气。他戴着银丝边框眼镜，细细的银色落到他白皙的肌肤上。他的西装外套搭在一边的沙发上，里面是白衬衣搭配了一条褐色的领带，外面套着蓝色马甲。

今天最高气温三十六摄氏度，蒋霖屿真不怕被热死。

简兮把咖啡放到他的办公桌上，帮他把西装外套挂起来："今天有重要的活动吗？"

蒋霖屿坐到电脑前解开了衬衣袖扣，还想扯领带，看到简兮又把手放回去："有。"

"需要安排吗？"

"不用。"

私人行程。

简兮点头，说道："那我去忙了。"

"来。"

简兮抬头看过去，蒋霖屿的目光落在电脑屏幕上，修长的手指叩了一下桌子："简秘书。"

早上的巨额奖金，让简兮的耐性非常好。

简兮走过去："怎么了？电脑有问题？"

她绕过办公桌，手腕突然一紧，抬头就触到蒋霖屿的镜片，他的眼睛幽深凌厉，她跌坐在他的腿上。

蒋霖屿从后面环住简兮，扣住她的腰，压住了她的挣扎："别动，挑个车。"

简兮看向电脑屏幕，蒋霖屿抱着她，呼吸拂过她的脖颈，嗓音也是沉的："喜欢哪一辆？"

电脑屏幕上是一系列跑车，每一个价格都让简兮头晕。

她转头看蒋霖屿，脸碰到他的，唇也几乎碰上，她连忙又回头看电脑屏幕："我不要车。"

蒋霖屿怎么又开始送礼物了？

他是不是平时太忙了，没时间花钱？赚了太多钱没地方扔，周明妍又结婚了，他也够不着，就拼命往她身上砸，疯狂且毫无节制地砸礼物？

"不喜欢跑车？SUV 呢？"蒋霖屿把她圈在怀里，下巴搁在她的肩膀上，“SUV 太大了，不适合女孩子开。”

简兮根本就没打算买车，就算买车，也会选公司那些十几万的中端车，能开就行，她不挑。

“我不喜欢开车，是我的问题。”简兮只想离开蒋霖屿的腿，办公室随时都会有人来，他玩得太大了。

“给你安排个司机？公司配车？就这样吧。”蒋霖屿抬手推了一下眼镜，还把简兮按在腿上，“以后不要再坐地铁，要去哪里司机接送，也安全。”

简兮看着蒋霖屿修长的手指。

——您老说什么就是什么吧。

“来，看看房。”蒋霖屿的嗓音低沉，缓缓地说，“不要车，送你套房吧。”

简兮转头看着蒋霖屿，电脑屏幕的光映到他的眼镜片上，看起来有些冷。

林浩阳是不是跑去跟蒋霖屿打小报告了？

“看房。”蒋霖屿把简兮的头扶正，让她看电脑，“喜欢哪个小区？选一套，我送你。”

“为什么要送我东西？”简兮从蒋霖屿手里挣脱出手，再次转头看他。

蒋霖屿扫过办公桌上的台历，理直气壮道：“节日礼物。”

“我买过房了，燕城限购，我的户口只能买一套。”简兮挣脱蒋霖屿的手，站到办公桌边，“谢谢蒋总好意。”

“什么时候买的？”蒋霖屿往后靠在办公椅上，长腿敞着，手指交叠，手肘撑在扶手上，抬眸看向简兮，“我怎么不知道？”

——你确定不知道吗？

简兮打算走，继续聊这个话题不合适。

“蒋总，早上我收到了两百四十万元，能问一下，这个是什么钱吗？”简兮到办公室就去查了转账记录，三十一万元走的是公司账户，她问了财务部，二十万元是季度奖金，这个奖金她每个季度都有，十一万元是工资。

两百四十万元走的是蒋霖屿的私人账户，以财务部的名义发给了简兮。

“奖金。”蒋霖屿其实想给简兮转两千六百万元，但简兮太谨慎也太清高，给得多她反而不会收，“我们合作了四年，四十八个月，每个月五万元奖金，一共两百四十万元，这是我个人奖励你的，走的是我的私人账户。”

“谢谢蒋总。”

“你该得的，你很优秀。”蒋霖屿还注视着简兮，在想昨天林浩阳说的话，买房证明她在为离开准备，真的吗？

“简兮。”

“嗯？”

——你有没有考虑跟我同居？

蒋霖屿看着简兮漂亮清丽的大眼睛，他们都在成长，跌跌撞撞走到现在，他骨节分明的手指缓缓地敲了一下：“家里的保姆做饭味道很重，我吃不习惯。”

——你做饭很好吃，我很喜欢。

“那我再帮你找一个？我这就跟家政公司联系。”简兮说着就要往外面走，“那我去忙了。”

蒋霖屿垂下浓密的睫毛，很快又抬眼：“等会儿，我话还没说完。”

——您老说话能不能不要大喘气？

间隔这么久，她怎么知道蒋霖屿这是句号还是逗号。

“您说。”

“晚上一起吃饭？”蒋霖屿换了个坐姿，若无其事地放下手，端起桌子上的咖啡喝了一口，喉结滚动，“今晚住我那里。”

“抱歉，我今晚有事。”简兮的嗓音柔软，温柔地婉拒。她以前一天二十四小时围着蒋霖屿转，都没有自己的时间。她不想转了，她想要属于自己的空间。

蒋霖屿把咖啡一饮而尽，注视着简兮。

简兮看他，一脸等待的样子，到底在等什么？句号？可是她说的就是句号，都没有停顿。

“要不然，”简兮在想客套一句算了，蒋霖屿这两百四十万元奖金不值得一句客套吗？她也给他一个台阶，“改天？”

“可以，我接受你的邀约。”蒋霖屿放下咖啡杯，施施然道，“明天晚上，我订餐厅。”

“简秘书，还有问题吗？”蒋霖屿说，“没问题就去忙吧。”

简兮：“呃……”

简兮回到办公室先跟银行打电话预约下午取现金，又跟刘秘书约好第二天中午过去送首付款，她特意交代了要现金交易。

挂断电话，简兮发了条朋友圈：“终于买到人生中的第一套房，开心。新的开始，努力工作！”

然后才开始工作，准备次日的董事会议资料。

蒋旭肯定要联合一部分股东搞蒋霖屿，每次董事会议都是兵戈相向，大家互相攻击，恨不得撸袖子干架。简兮面无表情地看着，想给他们搞个擂台，让蒋霖屿和蒋旭上去打，打死一个另一个才能走，世界清净。

蒋霖屿最近工作非常忙，中午是凌言送餐进办公室的，晚上可能也要加班。简兮今天不能等蒋霖屿，她有事要做。

她叮嘱凌言加班，蒋霖屿可能会有什么需要，这边得留个人。

下午四点半，简兮收拾东西出门，她要去一趟银行，再晚银行要下班了。

她刚走进电梯，就接到司机陈宇的电话。

“简秘书，你要出门？”

蒋霖屿又在自己身上按监控了？简兮抬头看了一眼电梯里的摄像头：“去一趟银行。”

“车在地下停车场等，你直接过来吧。”

蒋霖屿到底想干什么？简兮的本意是不想让他再送车，他们即将结束，送车没意思。她住的小区车位每个月停车费四百五十元，临时车位每天二十元，她一点儿也不想付这笔钱。

“不用了，我打车过去。”

“是蒋总吩咐过的，以后这就是你的专车了。”

浪费公司公共资源，蒋霖屿欠那群老东西骂。

“谢谢，麻烦了。”简兮按下负一楼，取消了一楼。

半个小时后，简兮从银行提走三百万元现金。司机把她送到小区门口，看她提着沉重的袋子，说道：“要不要送你到楼上？”

“不用，谢谢了。”简兮看车开走才拎着袋子回家，把袋子放在床上，打开了房间里的摄像头。这个摄像头是她刚搬进来时装的，装在卧室床上方，跟人合租以防万一。

跟室友相处久了，简兮就关掉了摄像头。她调试好摄像头，拿起钥匙，锁门出去。

她在小区门口的超市买了苹果和梨，又买了两罐可乐，拎着便利袋回家，发定位给简龙飞。

简兮再次回家，室友和男朋友都回来了。

餐厅里，室友的男朋友跷着腿玩游戏，客厅里气味复杂。简兮拔掉钥匙进门，室友在厨房收拾那个几乎没用过的炉灶。女强人工作狂一样的室友，居然会做饭。

简兮快步回到房间，从柜子下面拿出果盘洗干净。把苹果和梨放进去，从柜子里拿出水果刀放到桌子上。水果刀是蒋霖屿送的，D国产的定制款，特别锋利。

七点五十分，门铃声响，简兮过去开门就看到了简龙飞。简龙飞穿着黑色T恤，染着泛黄的头发，一身汗味：“姐。”

“别叫我姐，我们不是姐弟。”

“谁稀罕叫你姐？”简龙飞进门乍然看到个男人，看向简兮。

“室友，别打扰人家，进房间说吧。”简兮说。

简龙飞收回目光跟着进房间，简兮关上门把可乐给他："喝东西吗？"

简龙飞拆开可乐灌了一口，盯着简兮，问："钱呢？"

简兮打开水果刀的刀鞘说道："吃苹果吗？我给你削。"

"我不吃苹果，我来就是拿钱。"简龙飞在对面的椅子坐下，说道，"转账还是现金？我知道你有钱。"

"你们一天到晚跟我要钱，你们有没有考虑过我？我在这里活得有多难你们知道吗？你们非要逼死我吗？"

"你够活就行，反正早晚要嫁人，还能拿一笔钱。你们女人多轻松啊，身体就是财富。"简龙飞笑着看了简兮一眼，说道，"我们男人就不一样了，社会压力大啊。买房、买车，娶老婆，我们很累的。你现在不跟你们老板了吗？还是他不给你钱了？"

简兮看着他。

"你看什么？不是吗？你到底有没有把钱准备好？准备好了，我就拿钱走人。没准备好，我已经联系好印刷店，明天就去你们公司楼下发传单。"

"我没有钱。"简兮垂着头，长发落下去遮住了脸，显得很可怜。手一歪，锋利的水果刀切到了手上，顿时血流如注。她立刻起身往外面走，顺手把水果刀放到门口的矮柜上，"不要乱动我屋里的东西，我去处理伤口。"

简龙飞本来要起身，闻言嗤了一声，他反正就是来要钱的。她怎么样都跟他没关系，她又不是他们家亲生的。

简兮拉开门走了出去，门敞着。

简龙飞咬着苹果，简兮还住在这种破地方，估计是真跟那个男人分了。她真是废物。那个人他在新闻上看到过，上屿集团的总裁，非常有钱。

简龙飞拉开简兮的抽屉，看到里面摆着一块手表，拿起来戴到手腕上。金灿灿的，应该不便宜。随后他开始绕着屋子打量，看看还有什么可拿的。

他把简兮的屋子翻了一个遍，目光落到被子下面的一个大包。他掀开被子，看到里面放着个黑色手提袋。

简龙飞咬着苹果，将手提包拉到床边。手提袋非常重，他绕过去打开拉链看到了粉色的钱。一沓一沓的钱，整整一大包。

他长这么大第一次见到这么多钱。

这叫没有钱？他就知道简兮在装穷。这女人有钱，就是不想给他。

简龙飞迅速翻着袋子，整个袋子里全部是钱，拎起来好几十斤重。这有几百万元吧？他把苹果核扔到了地上，两眼放光。他妈说了，他们家所有的钱都是他的，简兮的钱也是他的，所有人都是为他服务的。

简龙飞把拉链拉上，拎起来直接往外面走，正面碰上简兮。

简兮刚处理好手上的伤，看到简龙飞拎着的袋子，脸色顿变，猛地推他的肩膀上。简龙飞才一米七，简兮穿高跟鞋比他还高一截。她的力气也很大，他猝不及防被推得差点摔倒。

“你把我的钱放下！这是我买房子的钱，谁让你动了？”简兮厉声说，“听见了吗？简龙飞！”

“这就是没钱？你都要自己买房了，没钱给我？”简龙飞才不可能放下，他拿着钱，“这正好，够我买房娶媳妇。”

“你把我的钱放下！”简兮突然提高声音，眼睛通红，扑过去抢钱，“你别想出这道门！”

简兮看起来柔弱，其实力气极大，简龙飞被撞到桌子上，打翻了水果盘，苹果和梨滚了一地。他欺负惯了简兮，抬脚就踹。见简兮倒了下去，他扛着包大步往外面走。

走到门口，他的脚再也走不动了。简兮扑过来拉住手提包，声嘶力竭道：“我不可能给你！救命！抢钱了！帮我报警！”

简龙飞又踹了简兮一脚，简兮撞到门口的矮柜上，手却没松开。水果刀原本放在矮柜上，哐的一声掉到地上，简龙飞捡起刀指着简兮：“你松手！”

“这是我的钱！三百万元，我买房的钱，我的血汗钱。”简兮眼睛泛红，死死地攥着包，“我不可能给你！”

室友的男朋友拿着手机走到大门口，推开门，一副随时要跑路的样子。室友拿着铲子，吼道："你干吗？我报警了！"

"别多管闲事！"简龙飞吼道，"滚。"

"报警！"简兮喊道，"求你报警！快点！"

室友连忙拿起手机报警。

三百万元，简龙飞红了眼。从小到大，他要什么简兮都得给，简兮的命都是他们家的，简兮有什么资格买房？

室友已经拨通了报警电话。

简龙飞手里的匕首划到简兮的手臂上，血瞬间就涌了出来。他猛地清醒，挥着刀吼道："你再不松手我杀了你！"

"你杀了我，也不能拿走我的钱！"简兮没感觉到疼，只是畅快。

简龙飞入室暴力抢劫三百万元，还划了她一刀，神仙都救不了他。

突然门口冲进来一个人，身形高大，身手矫健。

简兮眼前一花，简龙飞被来人撞到了墙上，匕首掉在地上。

她跌坐到地上，捂着满是血的手臂，听到蒋霖屿的喊声："快叫救护车！"

简兮千算万算没算到蒋霖屿会来找她。

简兮在短暂的愣怔过后，泪涌了出来，戏都到这里了，不唱完不合适。她哭得急促，颤抖着道："他抢我的钱！蒋总。"

室友看到这个男人制住了简龙飞，才冲上来拿铲子指着他："我已经报警了！警察马上就到，我这就叫救护车。"

她的男人像乌龟似的缩在门口，这会儿抻出脑袋看了一下。

蒋霖屿拿衣架把简龙飞的手别在身后，转身大步走向简兮。他半跪在地上，俯身去看简兮，他从来没有如此手足无措过。

一瞬间，他的大脑一片空白。

简兮身上全是血。

"伤到哪里了？"蒋霖屿的嗓音沙哑，"肚子？胸口？疼不疼？"

警察冲进了客厅："谁报警？怎么回事？"

室友傻了几秒立刻说：“在这里，已经制住了！入室抢劫。”

“我不是入室抢劫，她是我姐，她的钱就是我的钱！”简龙飞大声喊道，“她不撒手我才捅她的，她要是早把钱给我，我会捅她吗？你们怎么不抓那个男人？他打人！”

室友指着地上的刀，说道：“就是这个小子拿刀捅了简兮。”

警察直接把简龙飞压到地上，抽走衣架，用手铐铐上他。

蒋霖屿似乎清醒了，起身拉开简兮的衣柜，从里面抽出一条大毛巾跪到地上，把毛巾捂在简兮流血的地方，打横抱起她：“去医院。”

“手提袋里那三百万元是我买房的钱，我明天要交首付！”简兮人在蒋霖屿怀里，对警察哭着说道，“求求你们了，千万不要让他把我的钱抢走！”

蒋霖屿阴冷的眼睛因为这句话变得古怪了几分。

“先把人送医院！”警察开路，拿着对讲机呼叫附近的警察过来支援，“叫救护车了吗？”

“已经叫了，在路上。”室友说，“凶器是那把匕首！他抢钱捅人！”

蒋霖屿一路把她抱到小区门口时，救护车刚到，她被放到了担架上。护士上来就解她的衣服，她挣扎着说道：“手臂，被划了一刀。”

简兮的手臂上被划出了一道将近十厘米的口子，深可见骨，需要缝针。

蒋霖屿抬手推了一下眼镜，手指上的血把眼镜抹花了。他拿下眼镜擦拭，结果越擦越花，手上全是简兮的血。

“蒋总？”司机上前递给蒋霖屿纸巾，说道，“警察过来了，想问你情况。”

蒋霖屿面无表情地接过纸巾擦干净眼镜片，重新把眼镜戴回去。今天他原本打算约简兮吃晚饭，晚上工作安排得很少。

可简兮拒绝了他的邀约，他很不爽，她到底因为什么事拒绝？还有什么事能比他重要？

蒋霖屿第一次来简兮这里，逼仄拥挤的居民楼，一梯六户。走廊里的气味很复杂，他一开始看到门口站着打游戏看戏的男人还在怀疑是不是找错了，简兮怎么会住在这么糟糕的地方？

直到他听见简兮的声音，带着哭腔，声嘶力竭。

简兮真的住在这样的地方。

蒋霖屿冲进去看到简龙飞持刀对着简兮。

简兮一身是血，坐在地上，紧紧攥着黑色的手提包，里面有三百万元。

“蒋总，简秘书怎么样？”司机问道。

“在缝针。”蒋霖屿站得笔直，攥紧的拳头缓缓松开。他查过简兮，自然知道那个凶手是简兮的弟弟，简龙飞。一九九七年出生，二十一岁，不学无术。他又道，“我跟警察见个面。”

简兮的房间里有摄像头，租房的客厅也有摄像头。查起来并不难，她的手机里还有一段简龙飞的威胁电话录音，昨天也给简龙飞转过一千元。

今天早上简兮签订了一份购房协议，第二天交首付款。她跟签订合同的刘秘书说要带现金过去，想体验一下有钱是什么感受，所以下午去取了现金。

简兮下班把钱带回了家，安全起见打开了很久没用的摄像头。简龙飞过来找她要钱，她拒绝。她削苹果切到手，出去处理伤口，简龙飞偷偷翻她的房间。

简龙飞拿走了一块价值十五万元的江诗丹顿，又要拿现金，被进门的简兮撞见。简龙飞对她施暴打算强行带走钱，她仍不放手。随后简龙飞拿刀威胁她，扬言要杀了她，划伤了她，并且在她身上造成了多处伤口。

好在蒋霖屿赶到制住了简龙飞，不然后果不堪设想。

简兮的精神状态还算好，只是失血过多嘴唇有些白，她躺在病床上做笔录。

“钱没人命重要，以后遇到这种事还是要懂得取舍，钱没了还能赚，人没了就真的没了。”办案警察是个上了年纪的男人，叹口气，“他还是你的弟弟。”

“他不是我的弟弟，他是吸血鬼。”简兮的大眼睛里盈满了泪，“我是跟着爷爷长大的。我初中、高中时学校给的补助金，他们都拿走，不让我活，不让我上学。我靠着好心企业的资助读完了高中，考上了理想的大学。我拼命地想活个人样，我以为能摆脱他们，可他们每年都朝我要钱，我不给就侮辱我，给我泼脏水，侮辱我和我上司的关系，要去公司捣乱让我失业。我工作了这么多年，才攒了三百万元，那是我全部的积蓄。我想买套房子，我想在这个城市扎根。我已经二十七岁了，我还是一无所有。你们不知道三百万元对我意味着什么，那是我的命，我的全部。”

警察离开，简兮躺在病床上闭上眼长出一口气。这种案子一旦涉及亲属之间的犯罪就是扯不清，她得尽快找个靠谱的律师。

简兮在想燕城哪家事务所的刑辩律师更有把握，她被威胁了这么多年，该清算了。

大约半个小时后，病房门响了一声，简兮睁开眼看过去。

蒋霖屿的白衬衣领口散着，马甲不见了，眼镜松松垮垮地挂在鼻梁上。灯光下，他俊美的脸沉着。

得趁这个机会离开蒋霖屿。

“对不起，蒋总，给您添麻烦了。”简兮开口，“抱歉。”

蒋霖屿拿起纸杯走到饮水机前俯身接水，没有接话。

简兮看着蒋霖屿的脊背，衬衣很能勾勒出身材，男人的好身材展露无遗。他为什么去她家？还来得那么巧。

“您今天怎么会去找我？”

蒋霖屿接了一半热水，想到上次简兮被他倒的水烫得皱眉，又接凉水，隔着纸杯感受到温度正好。他端着杯子回来，拉过椅子坐到简兮面前，升高床头，喂她喝水。

“蒋总？”

蒋霖屿的黑眸凝视她，依旧沉默。

“我的家庭就是这么糟糕，他们没有底线。这不是第一次，也不会是最后一次。”简兮想笑没笑出来，也没有喝水，索性把话说开了。她看着蒋霖屿先对上屿表忠心，以免被开除，“蒋总，我很爱上屿，上屿是个非常温暖的公司，给了我重生的机会。在上屿总公司的每一天，我都很快乐。这件事发生之后，我若是继续留在总公司，他们一定会闹得鸡犬不宁。”

蒋霖屿看简兮不喝，端起杯子一饮而尽。他把纸杯搁到桌子上，双手抱胸靠在椅子上，暗沉的黑眸盯着简兮，居高临下地看着她。

她只是在酝酿情绪，又不是不喝。

他自己喝了是什么意思？

简兮抿了一下嘴唇，眼睛一下子就红了：“蒋总，能不能把我调到分公司？从基层做起，我会重新开始。”

蒋霖屿漫不经心地垂下眼，解开袖扣，把衬衣袖子挽起到手肘，依旧沉默地注视着简兮。

空气安静了一分钟，头顶的空调发出呼呼的声音。窗外的风声裹挟着梧桐树，瑟瑟作响。

蒋霖屿换了个坐姿，歪靠在椅子上。这张椅子没扶手，为了保持身体平衡只能把手放在一边的桌子上。

他修长的手指叩了下桌面，抬眼看简兮。

“这个案子我一定会告下去，我要让简龙飞坐牢。可我的父母极度重男轻女，儿子是他们的命，我让他们的儿子坐牢，他们不会放过我。我在总公司，会遭受不断的骚扰和言语侮辱。他们也许还会发动社会舆论，毕竟他们是我名义上的父母，这是一场恶战。”简兮的泪顺着眼角滚下去，隐入了枕头里，看起来有种倔强的楚楚可怜，她一咬牙，“我已经不配做你的秘书了，我不能让公司遭受损失。蒋总，我知道你是个好人，你对员工很好，对我很好，你一手栽培我，培养我走到今天，是我不配留在总公司。蒋总，你不要觉得为难，你把我调走吧。怀城也好，其他的分公司也行。我是心甘情愿走的，将来若是还有机会，我再报答你。”

蒋霖屿忽然俯身。

简兮逼着自己冷静下来，不要随便躲，省得蒋霖屿多想。一定要扛住这一关，她的理由充分，他没有留她的必要。

蒋霖屿相对来说还挺公私分明。至于他们的私下关系，周明妍回来了，他们之间本就会自然而然淡化。

蒋霖屿靠得很近，几乎贴到简兮的脸上。她感受到他的温热气息，他的眼睫毛很长。

蒋霖屿黑到纯粹的瞳仁如同旋涡，能把人吸进去。

他拉开一些距离，骨节分明的手指擦掉简兮眼角的泪，又姿态慵懒地靠回去。

“担心给我带来麻烦？”蒋霖屿的嗓音沉下去，有点喑哑，“我最不怕的就是麻烦，我倒要看看，谁敢来我门上动我的人。”

“蒋总——”简兮一口老血卡在胸口。蒋霖屿怎么按照剧本走？他们原本就是逢场作戏。他跟她又没有太深的感情，顺理成章把她推开不好吗？

“你不用护着我，我不值得。”

蒋霖屿的黑眸凝视简兮，片刻后抬手拿掉了眼镜，合上放到一边的桌子上，嗓音低沉而缓慢：“简兮，我们认识几年了？”

“从停车场那次算，我们认识了五年。若是从我做你的秘书开始算，我们认识了四年半。”简兮不知道蒋霖屿问这个干什么，但还是回答了，“谢谢你这么多年的照顾。”

蒋霖屿的车在停车场被恶意冲撞，车撞到了柱子上。他在刺目的车灯中，听到锐利的警笛声。

他转头看过去，跟了他一周的女孩儿冲过来用力拍着车门。轰鸣声还在耳边，他什么都听不见，只看到她的口型是：“快跑！”

蒋霖屿不知道简兮为什么要跟踪自己，也不知道她为什么要救自己，也许为了钱。

他像是冷血动物，静静地蛰伏在黑暗中，观察着入侵者的一举一动，敌不动我不动。

血流下来浸到了眼睛里，车上的人拎刀下来。

他拎着棒球棍下车，扔给简兮一根，他没有问过她为什么会跟踪自己。他没有问过她要什么，她要什么他给什么。

简兮不要，他也不会过问。

“你觉得我是个什么样的人？”蒋霖屿盯着简兮发白的嘴唇，不习惯她不涂口红的样子，苍白、孱弱。他又想到她是一身血的样子，心脏深处隐隐约约的疼缓慢地抵达胸口，“简秘书。”

蒋霖屿到底什么意思？要听她吹“彩虹屁”？

简兮认真思考之后，说道：“优秀的管理者，成功的商人。很有大局观，工作认真严谨，公私分明。讲义气，对下属也很宽厚。”

——求你了，为了公司的声誉放我走吧。

“错了。”蒋霖屿往后靠在椅子上，眯着黑眸注视着简兮，嗓音沉到有些哑，缓缓地说，“我公私不分，毫无底线地护短。”

简兮：“呃……”

“我只要还在，你就能稳稳当当地在总部做下去。”蒋霖屿的语调平缓，字句清晰，沉沉地说道，“我知道你对上屿有感情，上屿也不会辜负你的这份感情。”

“堂堂一个上屿集团，连自己的员工都护不住，才是真正的丢脸。”蒋霖屿又把衬衣袖扣扣上，没有戴眼镜的眼睛幽深、寂静，语调又带着一股蛊惑的意味，“我们的企业文化是什么？以人为本。”

“蒋总，我继续留在总公司会有很多流言蜚语，一定会影响到你的声誉，我实在羞愧。”

“我的声誉？说我们在一起？”蒋霖屿起身再次走向饮水机，又接了一杯水，走过来送到简兮唇边，“简兮，我们不是在一起吗？”

简兮突然抬头，蒋霖屿用下巴示意，命令道：“喝水。”

蒋霖屿不正常，非常不正常，他是不是知道了什么？

“那不是绯闻，我们确实在一起。”蒋霖屿倾斜杯子，让水接触到简兮的唇，温和地说道，“我们公开就好，不是什么大事，我明天回公司宣布。”

简兮不想喝水了，想杀人。

“你好好养着，我放你几天假。你父母那边，只要你想脱离，我会帮你脱离得干干净净。”蒋霖屿拿杯子堵简兮的嘴，不让她反驳，“我已经把这个案子委托给李鑫，他会给你一个满意的结果。”

李鑫是燕城第一刑辩律师，蒋霖屿居然请得动李鑫。

简兮终于喝完杯子中的水，从杯子后面抬起眼，漂亮的大眼睛泛红——纯粹是憋的：“蒋总？我……”

“不用谢，这是我该做的。”蒋霖屿施施然把杯子放到桌子上，抽纸擦简兮的唇，黑眸深深地注视她，“我是你的男朋友，简兮，你可以依靠我。”

她想辞职。

“今晚我陪你。”蒋霖屿放下杯子，摸了一下简兮的额头，“睡吧，我守着你，不会有人伤害你。”

蒋霖屿什么时候这么耐心过？还陪她睡觉？

简兮手上打着绷带，因为失血过多四肢发软，被蒋霖屿按回去躺着。

司机很快就把行李箱送过来，蒋霖屿去洗手间洗漱。

简兮一脸麻木地躺在病床上看着头顶的灯，仔细理顺整件事。设计简龙飞的计划因为时间短，破绽很多，难道蒋霖屿看出来了？怎么是这个反应？

自己的秘书做这种事，难道不是把秘书踢开？谁会放个心思深沉的人在身边？

难道蒋霖屿还有其他打算？

可就算怀疑她，简龙飞做了抢劫的全部事，如果不是蒋霖屿赶到他就把钱拿走了。抢劫事实存在，怎么都跑不掉。

十二点半，蒋霖屿换上睡衣在另一边躺下，睡了。

简兮昏昏沉沉地睡着，再次醒来是警察过来做笔录。她重复了一遍昨晚发生的全部，伤情鉴定也出来了，属于轻伤。

“我们有个疑问，希望你能如实告知。据我们调查，你不是会缺三百万元的人。”警察说道，“你柜子里的包，随便一个就价值百万。”

“那个柜子里超过十五万元的东西，都是我们老板送来装门面的，并不属于我。”简兮抿了一下嘴唇，抬头看向警察，“包括我的车都属于我们老板。”

“你跟你的老板关系不一般？”

“与案子有关系吗？”

“有。”

简兮沉默许久，笑着摇摇头：“我们是有一些关系，不过是私底下，希望你们能为我保密。他快要结婚了，这件事一旦传开，会让他蒙羞。他没面子，我就要失业。如今的市场，找一份工作不容易。”

两个警察互相看了一眼，点头：“我们会保密。”

“他精明又会算计，不会让人占到他一分便宜。我给他做秘书这么多年，工资并不高，他也没给过我工资以外的钱。那些东西看起来昂贵，都是虚的，证书和发票全没有，变不了现，我就是他橱窗里的一个模特，那些精美的礼物在模特身上展示完就拿走了，模特又能拥有什么呢？我们的关系结束就要还回去。”

警察又跟简兮确认了一遍是否立案，简兮坚持要立案。签好名字，警察又留下联系方式才离开。

护士来给简兮的胳膊换绷带，简兮看到狰狞的伤口，忽然头疼欲裂，这样的场景让她再一次感觉到熟悉。记忆中，也是到处是血，她声嘶力竭地哭，身边有人拼命地奔跑着。

“今天可以出院吗？”简兮没有带手机，那三百万元好像还在房间里，她要交首付款，天塌下来也不能影响她买房。

“包扎完就可以，注意点，看着有没有渗液情况，没有的话可以两天来一次，换药。”

“谢谢。”

护士离开，简兮下床去洗手间洗漱。蒋霖屿不在，他今天要开董事会。

终于走了。

简兮一只手艰难地洗着脖子上的血痂，看了一眼镜子里的自己。她眯了一下眼，心想辞职也可以。

交完首付她还有一百万元的存款，能花很久。

换一份工作隐姓埋名，她的吸血鬼父母再也找不到，也彻底跟蒋霖屿结束关系。只损失一份工作，损失一份钱。

病房的门被推开，发出声响，简兮抽毛巾擦着脖子出了洗手间就看到蒋霖屿。他换了一个带链条的金色细边框眼镜，细细的链条落到白皙的肌肤上，莫名勾人。他的白色衬衣领口敞着，露出锁骨线条，衬衣下摆收入黑色西装裤中，腿修长笔直。

四目相对，简兮站直："蒋总？"

"能下床了？"蒋霖屿反手关上了房门，把后面的司机关在门外，眉头紧蹙，"穿件衣服。"

"我没换洗的衣服。"简兮穿的是一件吊带，昨天被划伤后送到医院，衣服上全是血。室友送来了一件吊带和一条家居短裤，她就先换上了，吊带不碰伤口也好穿衣服。

简兮低头看到胸口湿了一片，春色隐隐可见，她用湿毛巾捂着才道："蒋总，我的手机在你那里吗？"

"等着。"蒋霖屿转身就走。

简兮回去倒了一杯水，刚喝了一口蒋霖屿进门就把一件深蓝色衬衣递给她："穿这件。"

"谢谢蒋总。"简兮艰难地把蒋霖屿的衬衣穿上，袖子长了很多，她挽起一截，"蒋总，你看到我的手机了吗？"

"今天可以出院吗？"蒋霖屿问。

"可以。"简兮说，"我正打算去办出院手续。"

"我让司机去办。"蒋霖屿从口袋里摸出手机给司机打电话。

这天天晴了，阳光斜着打在窗户上，玻璃泛光。蒋霖屿就站在窗前打电话，手指修长、冷白，眉目冷淡。

昨天蒋霖屿帮了她很多。她说道："谢谢了。"

蒋霖屿把手机装回裤兜："需要收拾东西吗？"

简兮是一身血来的，什么都没带："不用。"

"那走吧。"

简兮原本以为蒋霖屿是要送自己回去，他又不是第一次送她了，她也不好拒绝，在车上又谢了一次。

蒋霖屿看了她一眼，没说什么。

简兮看着车离她家越来越远，半个小时后，车开到了阳湖别墅。蒋霖屿先下车绕到她这边，她艰难地坐起来去推车门。车门从外面被打开，男人弯腰进车厢打横抱起她。

"蒋总？"

司机快步走过去开门，蒋霖屿抱着简兮进了别墅，大步往楼上走。

简兮很少白天来蒋霖屿这里，不知道他要干什么，也没有贸然挣扎。她已经这样了，他不至于霸王硬上弓。

蒋霖屿踩着台阶，一步步走上二楼，微抬下巴，示意简兮开门。

他两只手抱她，不够用。

简兮推开主卧的门，感觉头皮发麻："蒋总，怎么……来这里？"

蒋霖屿放下简兮，推了一下鼻梁上的眼镜，靠在一边的桌子上，凝视着她，嗓音低沉："去把床单拉掉。"

简兮觉得莫名其妙，干什么？

她这才发现屋子里大部分的东西都被盖着，从床到沙发，全部被蓝色的布盖着。

"不是吓人的东西。"蒋霖屿说，"去拉下来。"

简兮迟疑片刻，才走过去拉开床单。

入目是整整齐齐的钱，一沓一沓地摆在床上，摆出了床的形状。

全是钱。

"沙发。"蒋霖屿的长手搭在桌子上，缓缓地说，尾音有一些沙哑，"去，拿掉。"

简兮回头看蒋霖屿。他疯了？这么多现金，银行的负责人没拿刀把他砍了？人家全年业务都被他搞黄了，他是怎么取出来这么多钱的？

她深吸一口气，掀开沙发上的布，全是红色钞票。

整个房间铺天盖地满是钱。

蒋霖屿走向简兮，打横抱起她走到床边，把她放到钱上。他俯身，手落到用钱堆成的床上，撑在她上方，黑眸深沉，嗓音低沉："喜欢吗？"

简兮有那么一瞬间，特别想把蒋霖屿那张英俊的脸按到钱里，让他窒息而死，然后原地把他埋了，顺便把这些钱换成冥币，烧给他。

"惊喜吗？"蒋霖屿亲过简兮的唇，拇指抵在她的下巴，黑眸注视着她，"这里两亿元。"

蒋霖屿这个人任性又狂妄，不顾及任何人，从来没有站在其他人的角度考虑过问题，他就是这么一个人。

"这么多钱，干什么？"

蒋霖屿的账户有这么多现金流吗？

"哪家银行的？我跟人联系，让人来把钱拉走。"

"简秘书。"蒋霖屿把简兮的脸扶正，抵着她的额头，"你喜欢这么多钱吗？你喜欢现金吗？"

简兮挣扎，蒋霖屿的眼镜片贴上了她的眼睛，非常难受，她抬手揉了一下眼。

她跟蒋霖屿拉开距离，从他的眼睛里看到了自己，她像坐在钱堆里。他可以给她钱、给她东西、给她所有她想要的。

唯独没有爱情。

"像法制新闻现场。"简兮扬了一下嘴角，说了个不好笑的笑话。像凌迟她最后那点尊严的现场。

蒋霖屿靠近，侧头亲到简兮的唇上。他的眼镜框冰凉，碰到她的肌肤上，如蛇一般的触感。他身上有安息香的气味，嗓音哑然："我确实想作案，对你。"

简兮盯着蒋霖屿，眯了一下眼。

“喜欢钱，是吗？”蒋霖屿推了一下鼻梁上的眼镜，玻璃镜片折射出冷光，他淡淡道，“这些钱够吗？”

有一瞬间，简兮的血液直冲大脑。

“好好感受这些钱，别再因为几百万元就卖命，你的命很值钱。”蒋霖屿直起身，单手插兜，居高临下地审视简兮，“简秘书，你知道你的身价值多少吗？”

“我本质是个穷人，我没有身价。”简兮也像冷血动物一样观察着蒋霖屿，谨慎地回答问题。

蒋霖屿突然抬手扣着简兮的后颈，激烈的吻带着炽热的火气，把她全部的声音压了回去。

蒋霖屿吻得太凶，要她命似的。她身体里的氧气被抽干，被迫仰着头接受着他的吻。他疯了吗？

松开时，简兮急促地喘息：“蒋总，我受伤了。”

“有被划一刀疼吗？”蒋霖屿避开简兮受伤的右手，站在她面前，喉结滚动，嗓音沙哑，“那把刀有多锋利你知道吗？他杀了你怎么办？你知道他会拿刀捅你，你把自己放到刀口上。我不去你会怎么样？让他捅你一刀？拿你的命赌？你会死的。三百万元比命重要，那三亿元呢？”

“简兮，”蒋霖屿的嗓音沙哑，眼睛深不见底，他的手一挥，“这里的钱都是你的，另外一亿元我会转账给你。三亿元，能不能买你这辈子不要再受伤了？不够我可以再加。”

简兮怔住，看着蒋霖屿深沉的黑眸。

他说的是，这辈子不要再受伤了。

简兮已经明白过来怎么回事了，蒋霖屿应该已经知道了全部，怪不得他委托的是李鑫律师。

她和蒋霖屿认识五年，他们是这个世界上最熟悉彼此的人。

蒋霖屿在审问她。

简兮本来根就不正，从淤泥里挣扎出来，拼命吸收营养才活下去。她长出漂亮的枝叶、花朵，别人只看到了她的漂亮，只有她知道自己的根还埋在深深的淤泥里。

她并不是什么良善的人。

她以前腾空过心里的黑暗，盛过一段时间蒋霖屿。那时候，蒋霖屿是她心头最纯净的幻想。

后来知道他的真实想法后，那点纯净也就彻底没了。

简兮有时候会想，如果当初没和蒋霖屿发生这样病态的关系会怎么样？他对下属、对朋友都不错，是个极其护短的人，她在他手底下会活得很安全。

一辈子不要奢望、不要幻想，兢兢业业地工作。也许未来她会找个不那么有钱的男朋友，就那么平平淡淡地过一辈子。

可她贪恋拥抱时的那点温暖，贪恋他和她亲密无间。可他只是短暂地属于她，抽身离开时，她心里会疼。

简兮很清楚蒋霖屿不会娶自己，他们之间隔着太多阶层，她够不着他。

“昨天是意外。”简兮抿了一下嘴唇，嗓子哽得难受，说道，“谢谢蒋总，我不需要这么多现金。我以后会保护好自己，好好活着。”

“意外？”蒋霖屿亲着简兮的耳朵，咬牙，声音带着狠劲，“你再跟我说一句意外。”

简兮警惕起来，蒋霖屿到底要做什么？

“你说什么？”

蒋霖屿的喉结滚动，看着简兮的戒备，强行压下所有的情绪，转移话题：“为什么不告诉我？你可以跟我说，我会帮你，你完全可以信任我。”

简兮沉默，静静地看他。

蒋霖屿在原地走了两步，回来猛地俯身，手撑在简兮身侧：“你不信我？简兮，你不相信我可以保护你？”

“我要怎么跟你说？”简兮眨了一下眼，漂亮的大眼睛闪烁着湿润的光，“我说我活在沼泽里吗？还是说我活得不像个人？我说不出口，我有尊严。”

这些是简兮之前的想法，她的真实想法不能跟蒋霖屿说。她不想让他再追问，只能卖惨。

“二十几年来，我活在无边的恐惧中。躲躲藏藏，每天都担心他们找上门，打我、辱骂我、找我要钱。我的生活永远不能安宁，我摆脱不了。”

蒋霖屿只知道简兮的父母重男轻女，对她不好，不知道他们是这么残忍地迫害她。他抬手扯了一下衬衣领口，有些喘不过气。

蒋霖屿的怒火渐渐沉了下去，无声无息。心脏深处有隐隐约约的疼，他心疼简兮。

简兮从来没跟他说过，没有向他求助。他也没有问，他以为简秘书是超人，什么都能解决。

“蒋总，你不知道那有多屈辱。”简兮终于笑出来了，只不过带着泪，“我隐瞒着家庭背景，我不想告诉你。我维持着我仅剩的体面，我不想让人看不起。”

蒋霖屿走到简兮面前，手落到她的脸上，拇指擦掉她眼下的泪。

简兮很少在蒋霖屿面前哭。她一直很坚强，永远是笑眯眯的，眉眼弯着，好看得要命。

她不是想分手。

“我知道了。”

“蒋总，这个案子一定会曝光，我不想在公司待下去了。”简兮深吸气，吸了一口浓重的钱的气味，又把这口气给吐出去，“所以我想调离总公司，我想保持我最后的体面。如果蒋总为难，我也可以……”

“不用调离。”蒋霖屿蹙着的眉很快就松开，“你的事我不会让公司的人知道，你、简龙飞的父母，我也会处理，他们走不到你面前。”

蒋霖屿骨节分明的手指抵着简兮的脸颊，很轻地摩挲。他眼镜上的链条垂下，桃花眼深不见底：“简兮，谁敢碰你，谁敢侮辱你，试试看。”

“不管你做过什么，你怎么做，我相信你有理由。我说了，我这个人护短，没有底线。我对你只有一个要求，以后不要受伤。”蒋霖屿停顿片刻，说道，“我以前不知道你经历过什么，追溯不了，我知道了，我就会管到底。我在意的，永远是你会不会疼。”

"好好想想，你需要的是什么，人生中最重要的是什么。不要永远活在阴影里，往前走，往前看，前面的风景也许更好。"

比如他，就觉得自己挺好的。

人帅、不黏人，对简兮也没什么要求。她只要往前走两步，就会看到他这片美丽的风景。

蒋霖屿的手机响起来，他拿起来看到来电接通应了一声，就把手机装回口袋去。

"我出去一下。"蒋霖屿迈开修长笔直的长腿往外面走。

简兮看着满屋子的钱，看着这个房间，心里生出短暂的迷茫。索性眼一闭，什么都不管，糊涂一点比较幸福。

可她会深陷泥沼，再也没有生还的机会。

她二十七岁了，等不了多久。

往前走，前面的风景也许更好。离开蒋霖屿，就是往前走。

房门被推开，第一个箱子送进来时简兮还在发蒙。似乎是搬东西的工人，钱摆着，就这么让人进来？

简兮傻了。

"这里拍戏呢？这么多道具钱。"工人看了一眼，朝简兮点头，转身出去，跟同伴继续讨论，"剧组吗？那姑娘长得很像演员，那么漂亮，快搜搜是哪个明星。"

简兮的恋爱脑瞬间清醒，脸上的热度也散了，迅速冷静下来。

蒋霖屿一天到晚不干一点人事。

蒋霖屿可以肆意妄为，但她不能，她是他的秘书。她就是影视剧里最苦的配角，总裁的秘书。

"哟！这么多道具钱！"又一箱东西送到房间，工人看到满屋子钱，摸了一下，感叹，"做得好逼真，和真钱一模一样。"

"其他放走廊就行，不要再进卧室。"不管箱子里是什么，都不能有人再进主卧了。简兮也不矫情做作了，起身从门后面找到钥匙锁上主卧的门，还有不少箱子在往楼上送。

这都是什么？

简兮在走廊找到蒋霖屿，他靠在走廊的栏杆上指挥着人往上面搬箱子，长身玉立，如果忽略他的性格，他真的是个很完美的人。

“蒋总，这是什么？”简兮压低声音，看着来来往往的人，说道，“你房间里的钱，不需要处理吗？”

“给你的，你看着处理。”蒋霖屿抬手一指走廊上的东西，“这是你的东西，全部搬过来了。”

简兮：“呃……”

为什么她搬家她不知道？

最后一箱堆到走廊，司机送搬家公司的人离开，蒋霖屿还靠在栏杆上。他的手指在手机屏幕上快速地发着信息，黑眸看向简兮：“之前的事不要再想了，没有意义。”

“我并不想跟你同居。”简兮开口。

蒋霖屿放下手，站直，踩上最后一级台阶，到简兮面前：“我想。”

简兮的声音卡在喉咙里，有很多话想说，却什么都说不出口。

“我不会再把你放在外面，简兮，我想跟你同居。”

“你在这里养伤，我放你一周假。营养师中午就到，负责你的饮食。钱你自己看着处理，那是给你的，完完全全属于你。”蒋霖屿的电话又响了。他按断，手落到简兮的头发上，揉了一把，“我把董事会挪到下午了，我现在要去公司，准备下午的会议，有事给我打电话。”

蒋霖屿一夜没睡，一直在想怎么惩罚简兮。简兮敢拿自己做饵，太大胆了。他要让她长记性，但也不能太过。

他忍了一夜，闭上眼就是简兮一身是血地坐在地上。

蒋霖屿仿佛回到了父母去世的时候，一无所有，世界空荡。

他不敢想象永远失去简兮是什么感受，他和简兮在一起太久了。

他的父母走了，他成了孤儿。所有人都想要他死，想要他活的人不多。他想，不管简兮是谁、什么目的、想要什么，这个人他想留在身边，这一留就是五年。

蒋霖屿摸了一下简兮的头发，电话又响起来。他接了电话，大步走出门。随后他的车开出车库，驶离了别墅，把烂摊子扔给简兮。

简兮站在走廊怔怔地看着这一切。她的东西就这么被搬过来了，毫无准备。

她陷入迷茫，久久才拿刀拆开纸箱查看自己的东西，这是她打拼多年的全部家当。

三百万元不知所踪，手机和电脑放在一个纸箱里。

简兮从箱子里拿出自己的手机，手机已经没电自动关机，她让保姆先别管这些东西，然后下楼给手机充电。她找到充电宝给手机充上电，看着满地东西发呆。

蒋霖屿到底想做什么？

手机开机，简兮看到两百多个未接来电。父母急疯了吧？她把他们的宝贝儿子弄进了监狱，一定急着想来杀了她。

简兮冷笑把几个归属地是周城的手机号码拉黑，手机再次响起来，来电是林浩阳。

简兮坐到沙发上调整情绪，接通电话："林总？"

"简兮，我想跟你说一件事，可能有些唐突，但绝无恶意。"

林浩阳这一周都怪怪的，这话更怪了。简兮若有所思道："您说。"

"我之前看到你手上的疤，跟我妹妹的一模一样。你们年龄也相仿，我怀疑你是我走丢的妹妹。"

简兮："呃……"

林浩阳这个想象力是不是太丰富了？这么离谱的事，他也能想？

"林总，您这个……"

"你先听我说完，我在你老家周城。"林浩阳停顿了一下，说道，"简兮，你是一九九五年到了周城，你并非周城人，你可能是燕城人。"

"我知道我不应该这么查你的资料，这侵犯了你的隐私。但我查到的信息显示，你跟我妹妹极度吻合，我不想错过这个机会。"林浩阳说，"你的养父母交代，你刚到周城时，说话是燕城口音。我觉得你有知情权，如果可以，我希望你能跟我们家做个DNA对比。我这里有一份资料，等会儿传给你。”

天又阴了，乌云遮住了太阳，房间里的阳光黯淡下去，彻底消失不见。

简兮坐在空旷的客厅里，忽然觉得有些冷。

“好的，我知道了。”简兮说，“你把资料发给我。”

电话并没有立刻挂断，林浩阳那边沉默许久，说道：“我们找了你很久。”

简兮垂下头，整个人都是木的，她不是简家亲生的。

挂断电话，简兮按了一下眉心。林阳希说的这件事比看到蒋霖屿堆一屋子的钱还震撼。

简兮曾经做过无数次的梦，梦到自己不是那对恶魔的孩子，她有自己的父母，有人爱她，有人在等她回家。有人很珍贵地把她捧在手心里，她一辈子都不用吃苦，她能吃到香浓的巧克力，她会被宠爱。

没有挨打、没有穷困、没有食不果腹和恶臭昏暗的环境，没有嘲笑，也没有那些辱骂。

小时候有人说过她不是亲生的，他们骂她是捡来的野孩子。她哭着回家问爷爷，被恰好过来取东西的母亲撞见，接着就是一顿毒打。

她再也不敢问自己是不是亲生的，爷爷说她是亲生的，母亲打她只是因为爱她。

可母亲从来不会打简龙飞。

简兮跟爷爷住在小窝棚里，弟弟跟父母住在城里的楼房。她没有住过父母的房子，也不配跟简龙飞坐在同一张桌子上，她像一条流浪狗，蜷缩在角落里等所有人吃完饭才能上桌。

哦，她不是亲生的，才会这么被虐待。

房门打开，保姆进来，乍然看到简兮，“呀”了一声道：“简秘书，你在呀？”

简兮抬手抹了一把脸，保姆说：“蒋先生让我过来收拾房间，要先收拾哪一间？”

“先等会儿，不要管。”简兮开口，声音还有些哽咽。她调整情绪，缓了一下才说道，“也不要碰主卧。”

“好的，那我先打扫书房吧？”

“行。”

简兮拿起桌子上的水给自己倒了一杯，冰凉的水落入胃中，她的脑子稍微清醒了一点。她还要跟银行的人联系，替蒋霖屿的那两亿元找个落脚地。

简兮联系了熟悉的定点合作银行，由于常年跟银行的人打交道，审批文件相对好办。

简兮机械地做着这些事，脑子里还在想林阳希的事。

她挂断电话，又给自己倒了一杯水，静静地看着面前的手机，看到林浩阳发信息过来，手机屏幕亮了起来，随即又暗下去，她有些不太敢拿起来。

二十七年的噩梦，不对，如果她是林阳希，那就是将近二十四年的噩梦。三岁多应该有一点记忆，可她为什么没有记忆呢？

电话再次响起来，简兮拿起来看到归属地是燕城，是座机来电，她接通电话。

这回打电话的是警察，她的三百万元还在警察局，因为要取证。那边通知她第二天中午去取，还要签署文件。挂断电话后，林浩阳又发了一条信息过来：“如果你是林阳希，请你不要有被抛弃感。我们从来没有放弃过找你，我们一直在找你。”

简兮点开微信，看到林浩阳发过来的文件，一个音频，两张照片，还有一份简超按手印的收据。

上面模模糊糊能看清“一九九五年五月初七”的字样。

简超是简兮的父亲。

简兮是二〇〇〇年人口普查才上的户口，当时的日期可能也是随便填的。她在之前根本没有过过生日，应该没有人知道她是什么时候出生的。

“我查了一下时间，一九九五年五月初七是阳历六月四日。我们希儿是阳历五月二十六日走丢，那时交通缓慢，从燕城到周城需要四五天时间，时间对得上。”

后面还有林阳希的照片，以及简兮的一张合照。

“你小时候几乎没有照片，这是我从你的小学同学那里拿到的照片，当时你跟希儿还是很像的。”

简兮读小学时拍过合照，可是要五元一张，她买不起，就没要。

简兮放大这张黑白照片，自己站在角落里，努力遮住脚。

她小学的时候个子矮，拍照的时候老师让她站前排，她没得选。因为鞋子露脚趾了，她拼命地遮住自己的鞋，怕被人嘲笑。

这跟林阳希的照片放在一起，竟真的有些相似。

不过这世界上相似的人多了，不能因为一丁点的相似，就硬扯上关系。

林浩阳说：“这是我妈妈的照片，这也是我怀疑你是希儿的一个根据，你可以看看。”

简兮看到跟自己长得几乎一模一样的照片，相似到如果不是林浩阳说是他妈，她会怀疑是不是别人把她的照片修上去了。

简兮吸气时心脏有一些疼。

“他们被抓了吗？”简兮按着手机回复，每一个字都打得很重。

“今天早上在火车站被抓，一个小时就交代了。”

“他们在火车站？要去哪里？”

“燕城。”

简兮明白了，他们想来燕城找自己。她眯了一下眼，问：“什么时候做DNA对比？我可以配合。”

“周一可以吗？”林阳希的语音发过来，“我这边还要再查点东西，周日能到家。我爸在澳洲出差，已经在往家赶，周一我去接你。”

简兮打字道：“好。”

“你这几天好好养伤，我这边拿到证据就会回去。他等着把牢底坐穿吧。”

简兮看着这一行字，沉默片刻：“你知道我受伤？”

“早上蒋霖屿跟我通电话了，我原本想回去看你，但他建议我留在周城，配合警方把事情查清楚。一旦这边确认，简超夫妇也要坐牢，简龙飞会被判得更重。”

蒋霖屿什么都知道啊，简兮垂下眼，手指抵着手机屏幕，一直到屏幕暗下去，她才重新点亮：“谢谢。”

原来简超和那个女人被抓了，难怪蒋霖屿会说他们绝对不会再骚扰她。

简兮又点亮手机，打字：“周末，你妈妈真的过生日吗？”

聊天框上面一直是“对方正在输入”，等了一分钟，林浩阳的信息才过来：“是阳历的生日，我们原本是想给她凑个热闹，让她开心开心。现在找到了你，也可以不过。你想过去，我让司机去接你，我妈一个人在家。”

简兮明白了，他就是找个借口让简兮上他家。

“不过我妈很情绪化，当初丢了你——丢了希儿，她受了很大刺激。看到你可能会激动，你不要紧张。”

“先做DNA比对吧，可能我不是呢？也不要抱太大的希望。”简兮打字，“有时候可能只是巧合，不一定就是真的。在没确认之前，先不要投入任何感情。”

以免会错意，都尴尬。

简兮已经迅速冷静下来，原本林浩阳约她周日吃饭，大约还是在试探，可为什么后面又去周城呢？

如果是她，至少要到吃饭结束之后才会去查。她会静静地蛰伏、观察，等待机会。没有特别硬的证据，警方也不能随便抓人吧？

林浩阳又发来消息：“即便你不是希儿，我们也可以投入感情，你原本就是一个很好的人。”

简兮看着这段话，不知道该怎么回答。很少有人跟她说这么肉麻的话，她束手无策，思索半晌，问道：“冒昧问一句，林总，你怎么会在周日之前查？”

“我越看越觉得你像希儿，我跟蒋霖屿提了，我想以他对你的了解，应该知道你的家庭情况。”林浩阳这回发了语音过来，是两段，“我们对了信息，认为你可能不是亲生的，没有亲生父母会对孩子那么差。我就直接过来周城查了，没想到竟然是真的。”

简兮端起桌子上的水一饮而尽，脑子一片空白。原来蒋霖屿知道啊，早就知道了。难怪如此，是啊，简兮和林阳希不一样，简兮不值得别人付出一丁点的感情，可林阳希是公主。

保姆下楼看到简兮在喝桌子上的水，连忙冲过来：“哎呀，这个水两天了，你怎么喝上了？”

简兮：“呃……”

“隔夜的水喝了拉肚子，我给你倒新的水。”阿姨去厨房倒水，简兮靠在沙发上，环视这套别墅。

她揉了一下眉心，继续发信息给林浩阳：“你跟蒋总对信息是什么时间？”

“周三。”林浩阳急着在亲妹妹面前表现，迫不及待。

“我知道了，谢谢林总。”果然如此。

“叫我浩阳或者哥哥都行，不用这么客气，以后我们可能是一家人。”

简兮回了个“笑脸”。

她放下手机，往后靠在沙发上，细长白皙的手指一下一下地敲着手机。敲到第三十下，营养师过来，她回神跟人打了招呼，起身上楼，让保姆把她的东西放进次卧。

简兮在次卧洗澡，洗掉身上的血污，换了套干净的衣服，又恢复精致干练的简秘书神态。她走到镜子前，看着里面漂亮女人，抬起了下巴。

她是林阳希吗？那她作为简兮，要送蒋霖屿一份“大礼”，算是道别。

午饭是营养师做的，看起来就很营养，味道却一般。好在简兮对吃的不怎么挑，没蒋霖屿那么挑食。

简兮安排人送钱到银行，又办手续出文件给银行审批。填文件填到一半，她看着上面蒋霖屿的相关信息，直接取消换成自己的证件。

简兮背靠着上屿，审批过程很顺利，只是比蒋霖屿的审核时间要长一些。

全部办好已经是深夜，简兮坐车回家，看到手机上的信息，蒋霖屿今晚出差不回来。

蒋霖屿带着凌言去怀城出差。凌言每五分钟给简兮发一条消息，汇报情况，主要是说蒋霖屿有多帅，以及跟他坐在同一辆车上有多紧张。

凌言大概在秘书室做不了多久，太沉不住气。

周六早上简兮去公安局取了现金，但周末刘秘书不上班，她的买房手续需要周一才能办。

周一早上，半睡半醒之间，她感觉自己被冰冷的鲨鱼缠绕，猛地抬头时碰到高挺的鼻梁。

简兮彻底清醒，看清是蒋霖屿。他没有戴眼镜，睫毛和头发都是湿的，松松地披着黑色浴袍。露出胸膛，锁骨清晰分明。

“干什么？”简兮惊魂未定，嗓音哑着。蒋霖屿是什么时候回来的？

蒋霖屿低头，冰凉的鼻尖沿着简兮的下巴一路往下，嗓音沙哑：“爬床。”

——你给我爬！四川话的“爬”。

“吓到了？嗯？”蒋霖屿清冷的手指摩挲了一下简兮的脸颊，翻身躺在她身侧，慵慵懒懒地支着头看她，嗓音哑哑的，“没戴眼镜，看不清你。”

临近黎明，窗帘的缝隙有青色的天光涌进来。

简兮抿了一下嘴唇，彻底清醒，她的计划立刻上线：“吓到了。”

她随即将手指放在蒋霖屿的睡衣带子上，缠绕着，慢慢地把玩着，嗓音温柔软绵：“你什么时候回来的？”

“刚到家，洗了个澡。”蒋霖屿的语调里有着明显的倦意，但人还没躺下去，手臂撑着头，“伤怎么样？”

“还好。”简兮抬眼。她照过镜子，这个姿势很美，大眼睛小鹿一般清澈动人。

蒋霖屿这种“直男”，绝对把持不住。

他靠近了一些，几乎贴到简兮的脸上。呼吸交缠，她打算在他最上头时抽身就走，让他体验什么叫冷酷无情。

蒋霖屿擦了一下她的眼角，转身抽纸擦手。

简兮：“呃……”

她倒了回去，谁要他擦眼屎了。

她的长发如绸缎一般铺在床上，穿着吊带睡衣，一边细细的黑色带子滑落，洁白的肩头精致性感，她的锁骨很漂亮，线条单薄极具美感。

蒋霖屿低笑，俯身过来避开简兮受伤的手，抬起她的下巴猛地深吻下去。

他真的就是一头大鲨鱼，亲得一点也不温柔，简兮快被他亲晕了。

“睡觉吧。”蒋霖屿亲完躺在她身边。

“蒋霖屿。”简兮开口，声音很软。

“嗯？”简兮很少叫他的全名，“怎么了？”

简兮的手落到蒋霖屿的腰上，指尖缓缓地摩挲着。男人的黑眸瞬间暗了几分，抓住她的手：“别动。”

简兮想着电视剧里那些女人怎么勾引人，但实在张不开口，他们之间都是蒋霖屿主动。

她的手被蒋霖屿裹在手心，她闭上眼。

“简兮？”蒋霖屿觉得简兮有些反常，但刚刚在床上那么赖着他，应该不是要离开的征兆，“今天，你跟浩阳他们见面？”

简兮沉默着。

“紧张吗？”蒋霖屿的手落下去，拉住简兮的手指，尾音沙哑，听起来有几分温柔，“要我陪你去？”

“不要。”简兮抿了一下嘴唇，“你是什么时候知道的？”

“前几天，不知道该怎么跟你开口。”蒋霖屿自己是孑然一身，其实他一直不知道该怎么跟简兮沟通父母这个话题。他的声音有些哑，“有父母挺好的，浩阳的父母人也很好，他们找了林阳希很多年，从没有放弃过。他们不会给你压力，是的话很好——”

——这世界上会有更多的人爱你。

蒋霖屿攥紧简兮的手指，语气缓了一下：“不是也不要有什么压力，你的所有事我都会接手。”

——这个世界上有人等你回家。

“我自己去。”简兮说。

“不用害怕，天塌下来我都在。”蒋霖屿把下巴搁在她的头顶，“谁让你不舒服了，你就直接拒绝，你有拒绝的资本。”

简兮转头看着蒋霖屿，他的呼吸越来越轻，渐渐睡着了，大约是真的困了，他睡得很沉。

简兮拿起枕头下的手机，五点钟。

她从蒋霖屿手里抽出手，起床去洗手间洗漱。在电动牙刷的嗡嗡声中，她看着镜子里明艳的自己。

简兮扬唇，笑得有一瞬间的狰狞。

她可以接受蒋霖屿不喜欢自己，不喜欢没办法，这强求不来。可他凭什么拿她当替身？加一个豪门千金的身份，是不是更像周明妍了？

可简兮就是简兮，简兮不会从这个世界上消失。她不是任何人的替代品，无论她是不是林阳希，她都是简兮。

简兮不喜欢吃亏，唯一吃的亏就是蒋霖屿。因为喜欢，所以心甘情愿。

可蒋霖屿的套路太深了。

会错意非常难受。

那她也要让蒋霖屿难受一次，勾引他，在他动心的时候狠狠地甩了他，让他尝一下人间疾苦。

简兮七点出门，刚坐上车，林浩阳的电话就到了。她整理了一下衬衣袖子才接通电话：“林总。”

“你醒了吗？我过去接你？”林浩阳在电话里的声音很柔和，说道，“今天是要在警方的见证下做DNA鉴定，你不要太紧张。”

“我在去医院的路上。”

“你不用自己去，我去接你。”

“我去换药。”简兮说，“我换好药去找你。”

“你的手怎么样？一个人行吗？我去陪你？”

“不用，不用。”简兮连忙拒绝，不习惯这种密集的关心，非常不自在，“我自己处理就好，忙完去找你。”

“注意安全。”

简兮挂断电话，按了一下眉心，联系刘秘书下午交首付款。

她坐得很端正，静静地看着前方的路。

换药时简兮再次看到自己的伤口，十厘米的伤口从手肘外侧一直延伸到手腕内侧，伤口十分狰狞，丑得不堪入目。

她是留疤体质，这个伤要永远跟着她了。

“伤口恢复得很好，周五就可以过来拆纱布。”医生知道简兮的情况，心里叹息着，小姑娘这么漂亮，可是要留疤，就忍不住叮嘱道，“也不用太在意伤口是否难看，现在医学技术很成熟，去疤并不难，好好养伤。”

简兮的嘴角上扬，笑着朝医生点了一下头：“好的，谢谢。”

她坐电梯下楼，一出门诊大厅就看到了林浩阳。他穿了一套灰色三件套西装，打着整齐的领带，拎着一个手提袋站在门口。

简兮抬头看已经爬上楼顶的太阳，炎炎夏日，快四十摄氏度了。

“简兮，”林浩阳一转头就看到了简兮，扬起唇，笑得灿烂，“早。”

简兮看到不远处的警车，几个警察站在车前。还有一辆黑色豪车停在不远处。她的视力很好，一眼就看清车牌。林董事长的座驾，上过新闻。

短暂的沉默后，简兮往前走去，那边的警察也走过来。

她顿时有种押解嫌疑人的错觉。

“送你的。”林浩阳把袋子递给简兮，很想正常地跟她聊天，像以前一样。他跟她认识很多年了，怎么就没想到她就是林阳希呢？

林浩阳看到简兮，眼睛突然就红了，扭头看一边，收起情绪后才看向她：“手怎么样？”

简兮掀起宽大的衬衣领子，露出下面的纱布：“周五拆纱布，恢复得很好。”

原本简兮不打算接林浩阳的任何东西，这件事有太多不确定因素，但看到林浩阳一哭，她就接过了袋子：“谢谢。”

里面装着一只汽车模型。

简兮从小就喜欢汽车，后来做了蒋霖屿的秘书，又跟汽车打交道。这款汽车模型全世界只有三个，是家非常有名的汽车公司出的纪念款。

一九九五年二月上市，只在报纸上放了张照片。

“这个车，你以前想要，没给你买。”林浩阳说，“当年，你很喜欢车。”

是吗？简兮一点儿印象都没有，但她确实很喜欢车。

“爸妈在车里，我让他们下来，你先不要紧张。”林浩阳抖着手说，“警察也只是跟你做个笔录，千万别紧张。”

到底是谁在紧张？

简兮点头：“我没事。”

“好。”林浩阳转身就狠狠地抹了一把脸，大步走向黑色豪车。

警察上前跟简兮确认证件，又确认了家庭关系。因为这件事和燕城这边的持刀抢劫案有关联，周城的警察和燕城负责简龙飞案子的警察就接上了头。

简兮把证件全部递给警察，说道：“很多事我都不记得了。”

警察说：“把你知道的说一下就好。”

简兮跟警察上车做笔录，从被虐待到她高考考出了那个地方一一说明清楚。

“在这里签字。”办案的警察很温柔地说道，“签完字，就要进去做 DNA 鉴定。”

简兮正在签字，手顿住，抬头看向警察，忽地泪就滚了下来：“谢谢。”

——这么多年，辛苦了，简兮。

简兮下车就看到穿着旗袍的中年女人和同样穿着灰色三件套西装的中年男人，林世。她以前只在新闻上见过林世，真人更高大、更威严，戴着眼镜，身上有着长居上位的气势，林浩阳长得很像他。

林世伸手过来，十分温和：“你好，我是林世，这是我的太太，周莹。”

站在他身边的女人强撑着笑，但眼睛都哭肿了。她头发盘了起来，气质优雅，只是憔悴得厉害，看起来特别消瘦，可还是能看得出年轻时应该很美。

“你好。”简兮跟林世握了下手，“我叫简兮。”

周莹趴在林世的肩膀上号啕大哭，林世抱着她，朝简兮点头：“那我们进去吧。”

简兮看了一眼哭得很厉害的周莹，心里是说不出的堵，但还是没上前。不要抱太大希望，如果不是，希望越大失望越大。

抽血时简兮有些晕针，直接皱眉转头看一边，视线里出现了一只男人的手。她抬眼，林浩阳摊开手心，一颗亮晶晶的糖出现在他的手上：“吃了糖就不疼了。”

简兮松开眉头，手上的绑带一松她也呼出一口气，她一只手受伤另只手抽完血没办法按棉球。林浩阳绕过去给她按着棉球，糖放到了她的包里：“当时是不是发生过什么？才让你失去记忆？”

简兮突然想到那个纠缠了她很多年的噩梦，坐在椅了上抬头看林浩阳，抿了一下嘴唇：“你打折卖我房，因为我可能是林阳希，还是……我是简秘书？”

“说实话，都有。”林浩阳斟酌着用词，说道，“如果蒋霖屿不是我最好的兄弟，撬他的墙脚容易被揍，我一定会把简秘书挖到林氏集团，你是个非常优秀的人。一套房子而已，你来林氏集团我送你一套别墅。”

“谢谢认可。”简兮跟林浩阳确实没什么陌生感。

简兮从包里拿出那颗糖，拆开咬在齿间，酸甜的水果味在唇齿间溢开。她很少吃糖。

这颗糖非常甜。

“手好了。”简兮站起来，“可以松开了。”

林浩阳想抬手摸一下简兮的头发，但始终没有下手。他把手装进裤兜等在一边，等了半天简兮还站在原地，他抬眸看她：“你是不是有点怕爸妈？”

简兮把糖咬碎：“没有。”

“怕就跟我说，我让他们先离开。”林浩阳还是第一次见简兮露出这种为难的表情，踌躇不前，一直在原地，“你可以跟我说，我无条件信任你，怎么样？”

“你能理解开闸泄洪时站在坝底的感觉吗？”简兮想了想，直视林浩阳的眼，“大家都不要付诸感情，如果不是也好收场。”

开闸泄洪的感情，简兮从来没有经历过，所以束手无策？

简兮不急着冲上来认亲林浩阳能理解，林氏集团在上屿集团面前也就那样。这几年，她要星星蒋霖屿就给星星，要月亮下雨天搬梯子也上天去给她摘，林氏集团董事长的女儿这个身份对简兮确实诱惑不大。

但简兮已经是第三次强调不要付诸感情。可她又不是因为厌恶才这么说，她这是自我保护的姿态。她很害怕感情，也很害怕付出感情之后落空，她很没有安全感。

这么多年，简兮到底经历了什么？

“如果不是，爸妈收你做干女儿，我依旧是你哥。”林浩阳绕到简兮面前，注视着她，“你的感情不会落到地上。”

“DNA检测最快多久？”

“血液最快八个小时，但这个只是初步，具体对比时间会长一点。”林浩阳说，“还要去公安局一趟，全部忙完就中午了，一起吃个午饭？”

“真正的林阳希不希望自己被遗忘，我也不喜欢做替身。”简兮握紧手里的包，看着林浩阳，“我觉得，还是等结果出来再说吧。”

“不想见他们？”林浩阳说，“那我去跟他们说。”

他转身欲走，简兮又叫住他：“林总。”

林浩阳回头。

简兮想了想，说道：“不是我不想见，我不是害怕他们，这是我自己的问题。我依旧期待亲情，期待我的亲生父母。但我不希望任何人的感情落到地上，特别是真挚的感情，我更负担不起。”

漫长的沉默后，林浩阳点头，道："我明白。"

简兮再出去的时候，林世和他的妻子已经坐到了车上，没有再下来。她遥遥地看了一眼，转身跟警察上车。

简兮抱着汽车模型从公安局出来，接到蒋霖屿的电话，她上车接通电话："蒋总。"

"需要我去接你吗？"

难道早上的演技生效了？蒋霖屿居然会来接她？

"我在车上。"

蒋霖屿沉默片刻，说道："怎么样？"

简兮不太想回答这个问题，说道："累了，想回家休息。"她停顿了一下，声音软下去，"你什么时候回家？"

"合作方那边有点问题，今天可能有点忙，晚上我尽量早点回去。"

——谁稀罕你早点回来哦。

简兮对蒋霖屿一丁点兴趣都没有，但为了表现出自己的失望，还是故意压低了声音："那好吧。"

电话没有被立刻挂断，持续了几秒，突然切换成视频。

简兮："呃……"

视频邀请响到第三声，简兮接通："蒋总？"

蒋霖屿出现在屏幕内，坐在办公桌椅上，手机应该是支在电脑的位置。他抬手推了下鼻梁上的眼镜，清冷的脸上没有什么情绪："想看我？"

简兮："呃……"

她能说什么？只能点头承认。

"看吧。"蒋霖屿跟简兮直播工作。他整理着文件，嗓音淡得有几分讽刺，"秘书室连一个能做事的都没有，凌言是怎么进的秘书室？我很好奇，是谁把她招进来的？"

简兮："呃……"

办公桌上的电话响起来，蒋霖屿没有关手机，只是把手机往旁边推了些接通电话。

“不见。”蒋霖屿的嗓音很淡，“以后周总的约见不用接到我这里。”

简兮的后颈都麻了。

她反应过来的时候已经把视频关了，周总是谁？周明妍？周明妍跟港市那边联姻后，借着港市夫家的势力，拿下了周氏家居的管理权。

以前简兮不知道周明妍是蒋霖屿的前女友，也接见过好几次。还好奇，周明妍和蒋霖屿是大学同学，两家又是世交，怎么会每次都要打到秘书室预约？

敢情这两人有事。

蒋家出事，蒋霖屿一个天天埋在工作室的人被迫回国接管公司。他怎么跟豺狼虎豹一样的亲戚争上屿？他的赢面有多大？当时周明妍应该也考虑到了这个问题。她不能选错，于是果断甩了他，攀上了港市富豪。

周明妍那个老公却是商业诈骗犯，随时都可能进监狱。

简兮不想再管他们的事，打算先去林氏分公司把首付的手续办了，只有这些东西是属于她的。

她只对拥有的东西期待，比如她的房子。

她很快办完全部流程，在物业处办了授权登记，拿到钥匙和门卡进了自己的房子。

天气炎热，打开门热浪滚滚。简兮不怕热，抬起脚走进房间，木地板发出很轻的声响，让她的心脏跟着颤抖了一下。

精装修的房子没什么好装修的，简兮对装修要求不高。她打算买张床就搬进来住，她和蒋霖屿的时间只有一周。

一周后，她会把那些钱换成硬币送到蒋霖屿的办公室。

然后江湖不见。

简兮先让司机离开，下楼找了个餐厅吃饭。小区附近的餐厅装修特别有格调，空气中徜徉着咖啡的香浓气息。她点了一份沙拉，一杯无糖柠檬水。

简兮拿出手机查看附近的家具店。

“简秘书？”

简兮转头就看到周明妍踩着高跟鞋大步走过来。她穿着黑色连衣裙，气质优雅、香气逼人，一路飘到简兮面前："你怎么在这里，这么巧？"

"我住这里。"简兮随手指了一下旁边的希盛。

"这么巧？我也住这里。"周明妍在简兮对面坐下，放下手里的包，"燕城堵车厉害，郊区别墅麻烦。这里离公司近，上下班方便，我就让浩阳给我留了一套房子。你住几号楼？回头一起约饭。"

周明妍长得很漂亮，也很大方。

"三号。"简兮看向周明妍，"你跟林总也认识啊？"

"对呀，阿屿没跟你说过吗？我、浩阳，还有阿屿，我们三个人从高中同班一直到大学同系。"周明妍说，"你点餐了吗？"

正好服务生送沙拉过来，简兮说："来了。"

周明妍点完餐，看了一眼简兮面前的沙拉，又加了一份澳龙虾球："这家的虾球是招牌菜，我给你点一份，你可以试试。"

"不用，谢谢。"

"是不是怕贵？"周明妍殷红的手指一点，道，"跟我一起吃饭，还担心这个啊？我请客。"

简兮默了几秒，嘴角上扬绽放出灿烂的笑："谢谢周总了。"

"还要吃什么？"

简兮招手叫已经离开的服务员过来，眨了一下眼睛，道："点一本。"

服务员愣了一下，简兮柔声解释："就是一整本菜单，全部来一份，包括喝的。"

周明妍："呃……"

简兮喝了一口柠檬水，表情都没变一下，周明妍不是喜欢在她面前炫富吗？继续来啊。

"简秘书，"周明妍斟酌用词，道，"你这胃口真好。"

"确实还不错。"简兮笑着说，"主要是见到周总，心情好胃口就好。"

周明妍看着对面一脸纯净的简兮，有种出门一脚踩进水坑里的感觉。

"你们小姑娘好啊，无忧无虑，胃口也好。想要什么撒撒娇就得到了，也不用太辛苦。”周明妍叹了口气，蒋霖屿那边她一点办法都没有，根本接近不了，简兮还坑她的钱。简兮看上去挺傻白甜的，实际上一点儿不傻。独身来这个城市打拼的小姑娘，没有任何背景，能在蒋霖屿身边待了五年，还买得起这个单价将近二十万元的小区，心机也是够深的，“我们就不行了，什么都要自己拼。手底下管着那么多人，睁开眼就是千万亿的数字，不敢松懈一点儿。你们蒋总最近也不见我，他那个脾气，十年如一日。当年就是这样，一点儿没变。”

简兮把柠檬水喝完，放下刀叉，认真地看向周明妍，微笑着善意建议：“他可能是担心自己背上骂名，毕竟现在是文明社会，人类发展至今，智商进化、道德底线进化，社会文明的进步约束了很多野蛮情感的滋生，让人有底线、讲文明。毕竟婚外情不是每个人都能接受的，违背道德伦理与人类的底线不是那么容易做到的。周总，不如你把婚彻底离了，再去找他，他就不会这么抗拒跟你见面了。”

“你是不是误会了什么？我跟阿屿……”

“这只是我的建议，谢谢周总请我吃饭。”简兮起身拎起自己的包，朝周明妍点了一下头，“哦，对了，还有一句话。周总，对于你那句‘年轻小姑娘撒撒娇就能得到想要的’，我跟周总的观点相反。周总，您年轻过，您得到您想要的了吗？”

周明妍认识简兮以来，对她的印象一直都是她温顺地站在蒋霖屿身后，美得乏善可陈，温柔得千篇一律。

她没想到简兮竟敢直接撑自己，脸色顿变。

“你什么意思？”

“您觉得我说得不对，那就是您可能对撒娇比较有见地，才有今天的成就，恭喜。”简兮笑着环视餐桌，“我吃不起这么贵的饭，周总慢慢享用。”

简兮转身大步往外走，坐上出租车，拉黑了周明妍的电话，要拉黑微信时，看到周明妍的朋友圈那一串信息，想了想还是截图保存下来。

简兮拉黑周明妍，找了个火锅店。

——去你的减肥。

她快快乐乐地吃了一顿重庆火锅。

她在等蒋霖屿打电话过来，可他迟迟没打。

简兮也不白等，用一下午时间给新家挑好了家具，她对风格没有要求。只一个目的，快，能立刻送货到家。

晚上八点，简兮的新家已经可以入住，她才从房子里出去。

电话响了起来，来电人是林浩阳。

简兮接通电话往小区出口走，小区内有人带孩子在散步，周围幽静，艳丽的花丛散发着幽香。

“第一个结果出来了。”林浩阳说。

简兮抿了抿唇没有说话，在等林浩阳说下去。

“我们之间有亲属关系。”

太短的时间只能做到排除非亲关系，具体检测时间很长。

简兮走出小区大门看到蒋霖屿的车，通体黑色的车身，在灯光下散发着冷光。她停住脚步，说道：“我想起来一些事，不知道跟我的身世是不是有关。”

“你想起来什么了？”

“我跑过一次，没跑出去，我藏在一个房间桌子下面，他们找到我就开始打我。”简兮抿了一下嘴唇，说道，“有人踢到我的头，之后我就晕过去了。”

这是简兮噩梦的全部。

她跟蒋霖屿一开始住过一段时间，因为她做噩梦会哭叫，他嫌吵，就分开睡了。之后她也不麻烦他，自己搬出去住。

简兮说梦话哭叫这个毛病很多年了，上高中时住宿舍，为了不吵室友，她晚上睡觉时会用鱼线绑在手腕上，另一头拴在床头。只要做噩梦，她挥手就会把自己疼醒来。

简兮隔着后座的车玻璃看着端坐在车里的蒋霖屿，声音轻得像是呢喃：“很疼。”

“我的名字是我自己取的，我之前叫‘招娣’，为了招男孩儿取的名字。后来我去派出所改名，记忆中，似乎有人叫我‘xī 儿’这个名字，我不知道这个声音是从哪里来的，所以就用了‘兮’。”

“兮”只是个助声词。

“我手上的疤一直存在。”

简兮听到电话那头有女人的哭声，沉闷又压抑，仿佛尽力克制着。可能电话那头不止林浩阳一个人在听，那个声音听着很像周莹。

“我知道的就这些了。”

“你在哪里？我去接你。”林浩阳的声音压得很沉，说道，“我们见个面好不好？我保证，我们绝对不会让你难受。”

漫长的沉默后，简兮说：“我在希盛。”

“你等着，我这就过去。”

简兮现在很迷茫，不知道要不要见他们。

她把手机装回口袋，抬手擦了一下眼睛。蒋霖屿推开车门，夜色下，他戴着眼镜看起来斯文又清冷。

简兮拿下手机装进背包里，她穿着长袖衬衣，搭配高腰的窄裙，气质卓然。只是眼睛很红，哭得都快肿了。

蒋霖屿倾身让自己跟简兮保持同样的高度，抬手擦去她眼角的泪，嗓音低哑：“简秘书，哭成这样就不好看了。”

“你不要碰我。”简兮往后退，避开蒋霖屿的手。

蒋霖屿停顿一下，黑眸中的笑意还未散尽。

“怎么了？”

“我不敢碰你。”简兮挣脱蒋霖屿的手，往后退了一步，看着他，“你去找周明妍，好不好？蒋总，求你了，不要再让周明妍来找我的麻烦了好吗？”

蒋霖屿直起身，表情瞬间冷下去，黑眸深沉：“周明妍？周明妍什么时候找你了？”

“周明妍其实是你的前女友，对吗？抱歉，蒋总，我不该喜欢你。”

此时的简兮像个“戏精”。

蒋霖屿的脸色更难看了，阴沉了几秒，转身深吸一口气从口袋里拿出手机：“有病吧？！她活腻了。”

——挑拨成功，拜拜了您嘞。

简兮恰到好处地转身就走，将楚楚可怜的姿态发挥到极致。

敢拿她当替身，谁也别想好过！

简兮的手腕突然被拉住，一回头泪就甩了出来：“蒋总？”

蒋霖屿不撒手，死死地扣着她的手腕，电话那边很快被接通。

周明妍笑着道：“蒋总，您怎么跟我打电话了？这大晚上的，想我了呀？”

四目相对。空气格外安静，片刻后，蒋霖屿挂断电话盯着简兮：“周明妍有病，我跟她没有任何关系，我不知道她发什么疯。”

简兮看着蒋霖屿，清澈的眼里有浓雾。

“你在吃醋？”蒋霖屿蹙眉。简兮在为他哭？她在吃醋吗？

“我跟周明妍一共在一起三个月，三个月见了两次面，拉过一次手，吃过几次饭，三观不合就分了。你和周明妍有联系？你不要哭，我跟她没关系。”

蒋霖屿和周明妍的时间线完全不一样，公司传闻跟蒋霖屿说的也不一样，是谁在说谎？

周明妍晒出来的照片确实是蒋霖屿，难道周明妍会无聊到这个地步，修图？还有他们偶尔见面的时间线也对得上。简兮是蒋霖屿的秘书，蒋霖屿的行程她全部有，也和周明妍的信息对得上，可是蒋霖屿有必要说谎吗？

“你不需要跟我解释，这是你们之间的事。”不过这些都跟简兮没关系了，她早就想分开，“我不会破坏你们的感情。”

简兮已经决定要走，也不会回头。这个决定她想了半年，半年内把所有的感情从心底强行拔出。她不会再幻想，也不会再给自己希望。

“你是我的女朋友，我不跟你解释跟谁解释？”蒋霖屿攥着简兮的手腕，手上的力气很大。他蹙眉，喉结滚动，黑眸如深海，嗓音低到暗哑，“我跟谁有感情？”

“我们在谈恋爱吗？‘女朋友’三个字太沉重了，蒋总，我担不起。”简兮忽然不想装了，一点儿也不想装了，谁爱演戏谁演吧。

蒋霖屿前几天给她的钱是按照奖金名义发放的，他们分开，他也不能要回去。房子她买好了，不行就倒手卖出去，换个小城市生活。她就和她的室友一样，这个城市，她们都留不下来。

“蒋霖屿，我们都不要装了好吗？你和我在一起，难道不是因为我像周明妍吗？这么多年，你承认过我是你的女朋友吗？”

简兮本来应该优雅美丽、落落大方，无论感情还是工作都不能伤害她。她游刃有余地处理着所有事，冷眼旁观着所有人。但是她失控了，一分钟都不想在这里待了。

蒋霖屿捏着简兮的下巴抬起来，明媚动人的女人，无可替代的美貌与气场。这是赝品？那正品得高级成什么样？

“我没有不承认你是我的女朋友，我只是没有对外公开你的身份，这不利于你的安全。”蒋霖屿快被气笑了，聪明睿智的简秘书，脑袋瓜里怎么会想这么离奇的东西？

“你是周明妍的替身？你怎么可能是周明妍的替身？你在想什么？周明妍那样的，给我都不要，我去找个她的替身？她比得上你的一根脚趾？”

不是吗？蒋霖屿这话太直白了，简兮有种不好的预感。

简兮的下巴生疼。她用力挣脱蒋霖屿的手：“七月十四日是谁的生日？”

“你的。”

“你确定？”简兮抿了一下嘴唇，原本什么都不想说，可看到蒋霖屿的眼睛，这么多年的委屈就爆发了，“蒋霖屿，我的生日是六月初七，七月十四日是周明妍的生日。”

她往后退，狠狠地抹了一把眼泪：“我们第一次亲密接触是周明妍结婚的日子，巧合吗？大概是巧合吧。我喜欢你五年，我以前总觉得，你对我虽然冷淡，也不怎么在意我的感受，还经常怀疑我，可至少抱我的时候是温热的，但我现在不知道你抱的是谁。”

“你什么时候开始喜欢我？”蒋霖屿的手停在空中，他看着简兮，嗓音沙哑，“你喜欢了我五年？什么时候开始的？为什么……我不知道？”

夜色在蒋霖屿身后铺开，整个天空暗沉，看不到一丝星光，镜片后他那双眼睛翻涌着情绪。

蒋霖屿什么都不知道，那这么多年，他们算什么关系呢？

“那你就继续假装不知道吧。”简兮轻笑，“什么都没有发生过，我们，到此为止。”

“我不可能跟你分开。”蒋霖屿抬眼，黑眸摄人，嗓音低沉，“我不知道你喜欢我。”

“我认识你的时候，你的生日就是七月十四日。二〇一三年七月十四日，我看到你一个人坐在街边吃蛋糕。”蒋霖屿的呼吸不畅，他先听到简兮的告白，随后才是她的问题。他全部清楚了，“我不知道周明妍什么时候生日，她和我没有关系，我为什么要记她的生日？”

二〇一三年七月十四日？简兮恍惚了一下，回忆着这个日子，她好像做过这样的事，是这样吗？一切都是巧合？

简兮看着面前俊美冷峻的男人，告诉自己已经放弃蒋霖屿了，半年前就放弃了。

“简兮，”蒋霖屿的声音喑哑，黑眸阴沉沉的，“你就是因为这些事情要离开？嗯？周明妍重要吗？她只是一个不值一提的人。你不可能是任何人的替身，我跟你在一起，只因为你是简兮。”

“蒋霖屿，”简兮想说分手，可他们之间算恋爱吗？“分手”两个字她说不出口，“我们分开吧，我以前不敢提，我什么都不能说。无论什么原因，我们从今天开始分开，我辞职。蒋总，这五年，打扰了。”

“你喜欢我的时候没有通知过我，分手才通知我，这个程序不对吧？”蒋霖屿咬牙切齿。他知道简兮要走，前几天就知道了，可他不明白为什么。他那时候很想发脾气，把简兮死死地按在身边，让她不敢跑。可他不能，这样她会跑得更快。他逼着自己冷静，“简兮，我不同意分手和辞职，我想我们可以沟通，慎重地考虑这件事。”

不远处刺耳的刹车声响彻街道。

蒋霖屿回头看到大步下车的林浩阳直奔这边而来，目光顿时阴沉下去，又看向简兮。

他眯起黑眸，喉结滚动，在这一瞬间，他突然恨自己为什么那么了解简兮。她做的每一步都有目的，她不会贸然把自己放置危险中。

他的目光彻底冷了下去，半晌后才发出声音：“简兮，这是什么意思？我们分手还需要找别人？”

曾经的蒋霖屿以为只要自己足够有钱，不管有没有爱情，至少，简兮会一直在他身边。他们会永远在一起。

可若是简兮有钱了呢？

简兮半真半假地演戏，原因在这里。连分手，都是计划中的一环。

简兮短暂地沉默了，随即明白过来。她也没想到林浩阳会这个时间过来，来得这么早，她以为要很久，至少她能体体面面地跟蒋霖屿分干净。

只是最后那点感情连根拔起，她一点儿痕迹都不想留了。

“想跟你分干净的意思。”简兮嘴角上扬，眨了一下眼，觉得很可笑，“你不知道吗？我一直很怕你。”

“你们干什么？”林浩阳看到简兮的眼睛泛红，单薄又脆弱。抬手把她推到自己身后，挡在前面，“吵架了？有话好好说。蒋霖屿，你松手，你把她的手都掐红了。”

蒋霖屿猛地推开林浩阳，林浩阳凭什么碰简兮？

他看着简兮：“你怕我？怕我什么？怕我动你？”

“不然呢？你不会动我吗？我早就想跟你分开了，但怕你报复我。”简兮的手已经疼到麻木，她挣不脱，看向蒋霖屿的眼里浸着笑，却不达眼底，“我一无所有，我连离开你都不敢，我只能忍，再疼也要忍。”

简兮的胸膛起伏，眼睛泛红。她偏了一下头，嘴角上扬，露出一个十分灿烂的笑：“真好，我终于不用再忍你了。”

“前面我说错了，我从来没有喜欢过你。我的每一步都是有目的的，我刚认识你时就是个小职员，我想往上爬，我想要权势，就去找你。我贪你的财，我就是这样的人。”简兮抬起头，看着这个她喜欢了五年的人，“我一点都不喜欢你。”

简兮从蒋霖屿手里强行抽出手，她目前就剩下这一只健全的手，她很珍惜。

“你拿三亿元砸我，对不起，我有钱了，我看不上三亿元。”简兮从包里抽出卡，塞到蒋霖屿的皮带里，不换硬币砸了，麻烦又没意思，“这里是你给我全部的钱，密码是你的生日。你送我的东西都在你那套房子里，你的车在我原来住的那个小区停着，改天我还给你。辞呈我存在邮箱里，明天早上会发给你。”

蒋霖屿垂下眼看银行卡，又缓缓抬眼看向简兮，嗓音沉到低哑：“重复一遍，我没听清。”

“那你真是又聋又瞎，看不见还听不见。”林浩阳横到他们之间，把简兮往后推，示意她，“简兮，你先去车上。”

简兮往后退了两步，笑着朝蒋霖屿点了一下头，转身大步离去。

蒋霖屿猛地转身，一瞬间戾气十足，桃花眼泛红。他的胸膛起伏，呼吸急促：“她说什么？”

“说想跟你分干净。”林浩阳也是蒙了，这两人突然开始互相攻击。他没见过这样的简兮，一向温柔的简兮红着眼，话一句比一句狠。

蒋霖屿转身大步走向林浩阳的车，林浩阳一把拉住他的胳膊：“你干什么？”

蒋霖屿满眼阴鸷：“我跟简秘书之间的事，请你不要插手，我不想跟你翻脸。”

“你可以跟我翻脸，但不能动我妹妹。”林浩阳说，“她说得很对，如果没有我们做依靠，你一定会动她。”

蒋霖屿猛地停住，回头，双目通红：“我不会。”他尽力克制，抬手推了一下鼻梁上的眼镜，嗓音冷漠，“松手。”

“我过来非她决定，我是来接她吃晚饭。”林浩阳挡在蒋霖屿面前，“前面发生了什么我不知道，但我听到的，是你先误解简兮。我过来能有什么意思？我是接她去我家吃饭。怎么着？你还想讽刺她跟我们家认亲了，才有底气在你面前说话？你自己品你的这句话。你现在追上去干什么？把她抓回去关起来，她是你的所有物吗？”

“你查简兮只是从资料上看，你见过简兮生活的地方吗？你高高在上，永远不会去看她的世界。”林浩阳在周城待了将近一周时间，仿佛踩在刀刃上查看真相，一步一步往前走，“好吧，我希望她不喜欢你，永远不要喜欢你。”

简超夫妇结婚多年没孩子，农村有个说法，领孩子回来招孩子。于是便有了简兮，取名“招娣”，简兮来家的第二年简超夫妇便生了个儿子，简兮就被扔到了窝棚。

他们在生活，简兮在生存。简兮生活的地方，林浩阳都不敢想，那种地方怎么能活下去？

林浩阳松开蒋霖屿，退后两步：“她是我们家的宝贝，DNA 初步对比已经出来了。她就是我们找了二十四年的希儿，她不再是简秘书了。”

“还有一件事，我之前跟你说过，女孩子单独买房不告诉男朋友是为分手做打算，这句话的逻辑是什么，”林浩阳退后好几步，单手插兜，点了一下头，“房子对于一些人来说意味着家，你没给她，她自己给自己了还要你干什么？”

“蒋霖屿，你们在一起这么多年，你都没给她家。”林浩阳最后道。

简兮坐上车，麻木地拉过安全带扣上，端坐在车上静静地看着前方。

这个分手分得很失败，很不体面，她刚刚一上头就不管不顾，她或许可以更理性。

她很后悔，酝酿了这么久的分手竟然没发挥好，简直想下车再和蒋霖屿吵一次。

车门打开，林浩然上车，转身从后排取出一瓶水拧开递给简兮，又拿出钱包，取出一沓钱递给她：“我这里有现金，你下去甩他一脸。告诉他，这是小费，不要他了。”

简兮转头看林浩阳，紧紧握着手里的水，眼里有泪。

“跟哥哥回家。”林浩阳不知道蒋霖屿和简兮谁对谁错，但就是觉得，谁让简兮受委屈，他就想弄谁，“我知道的，你不是那样的人。”

“我是一个很糟糕的人，我可能不是林阳希，我没有那么纯净。真的很抱歉。”简兮说，“你开车绕一圈，把我送回来吧。初步鉴定不确定的因素有很多，林总，我……”

“你不管是谁你都很纯净。”

简兮原本不想哭，嗓子里仿佛塞了棉絮，这么多年的不堪、委屈，压抑了太久。她苦了这么多年，挣扎着活，突然有人告诉她，她原本不应该这么苦。

她喜欢了五年的人，也成了一个伤疤。

简兮捂着脸，深深地吸了一口气，随即把头埋下去。她早就活得不像个人了，她放弃了全部，却没想到原来只是一个误会。

“对不起，我毁了她。”

林浩阳靠在座位上静静地看着简兮。她的肩膀很单薄，瘦得厉害，只是平时站得太直，气质也太好，大多数人会忽略她的瘦弱。

“你没有什么对不起的，你也没有毁掉任何人，你就是你，无论是以前的希儿还是现在的简兮，都是世界上独一无二的。你有哥哥，有爸爸、妈妈，有很多人爱你，哭完这一次之后，永远不要再哭了。不过这辆车的隔音很好，没有人会听见你在哭。”

简兮呜咽出声，随即号啕大哭，她不是天生就长在淤泥里的。

林浩阳转头看窗外，蒋霖屿靠在车上抽烟。许久后，他给蒋霖屿发了一段语音，而后靠在座位上，静静地看着简兮。

简兮哭了二十分钟，林浩阳把纸巾递给她，车开了出去：“需要找个地方补妆吗？”

“我现在住希盛，我想回去。”简兮尽可能地让自己平静下来，“今天不能陪你们吃饭了，改天吧，我调整一下情绪。”

“希盛的房你才刚收，要怎么住？我让爸妈回避，你上楼进房间收拾自己，那边给你准备了全部的东西。”

“我……”

“过去的东西全部扔掉，从现在开始，你是全新的简兮。”林浩阳说，“我能理解你的独立，但独立不是受苦。”

“给我一点时间好吗？”简兮看着林浩阳的眼睛，道，“我想等最后的确认，我想等一个真正的结果。”

“你害怕别人对你付出感情？”

许久后，简兮点头，抿了一下嘴唇：“我跟林阳希的差距太大了，大到我觉得很不可思议，我没有安全感，这也完全脱离了我的掌控范围。”

“那去酒店住好不好？咱们家公司旗下有酒店。”

林浩阳最后还是把简兮送到了希盛的房子，这是简兮为自己搭的家。她的生活遭到了极大的冲击，需要一个绝对安全的地方调整。

房子里太简陋了，林浩阳进门就开始打电话，让家里人把家具全部送过来。

简兮目瞪口呆，还能这么操作？她刚想拒绝，却发现林浩阳已经安排好了。

林浩阳把粉色的保温分层大饭盒摆到茶几上，叫简兮过来，道：“爸爸煲的汤，还有妈妈做的糖醋排骨，你尝尝。”

父母都会做饭啊？简兮心里有一点点颤抖，万一自己不是林阳希呢？

简兮看着自己床上刚买的被子被保姆收起来，换上了粉色松软漂亮的鹅绒被子。

这一切都很梦幻，也很柔软。

餐桌要第二天才能送，所以简兮这里没有餐桌。

简兮坐到沙发上拿过汤和饭：“谢谢。”

“客气。”林浩阳笑着说，“你是燕大商学院毕业的，学的什么？”

“会计，辅修的工商管理。”简兮看向林浩阳，“你不吃饭？”

“这些是给你带的，我回家吃。”林浩阳拍了一下手，说道，“有没有继续读书的想法？考个研什么的。”

“暂时没有。”简兮手里的钱不多，从蒋霖屿那边辞职后要尽快找到一份工作，先站稳脚再考虑学业，现在她更需要工作，“糖醋排骨很好吃。”

糖醋排骨特别好吃，又香又酥，甜味和酸味中和得恰到好处，醋味不冲，甜味也不喧宾夺主。

“你小时候就喜欢吃糖醋排骨，是妈妈特意给你做的。”林浩阳坐在对面的沙发上，手肘放在膝盖上，注视简兮，“蒋霖屿那边的工作可以辞了，一天二十四小时随叫随到，不给他卖命了。你有什么打算吗？”

“找工作。”简兮确实很喜欢吃糖醋排骨，但她和蒋霖屿完全不一样，她喜欢吃的反倒不舍得一下吃完。会先吃不好吃的，再小心翼翼品尝好吃的东西。

蒋霖屿跟她相反，吃东西只吃他喜欢的，不碰不喜欢的东西。

林浩阳看着桌子上翠绿的炒芦笋：“你喜欢吃芦笋？”

“我喜欢吃糖醋排骨。”简兮扬了一下唇，很快又收起笑，但她还是在吃芦笋，“我先把上屿的辞职手续办完，再找公司。”

“进林氏集团吧，虽然跨行了，但我觉得以你的能力，这都不是问题。你大学专业是学的管理，那里依旧是你熟悉的领域，去试试？”林家一直给林阳希留着位子，等她回来，等她重新开始。他们恨不得把最好的都给她，根本不能忍受她在外面受委屈。

简兮没有立刻答应，现在还有很多东西未确认：“我再想想，谢谢。”

“遵从你的心，不要有压力，选你喜欢的。”林浩阳看着这个房子的格局，非常后悔为什么会选这套房，房子小、户型也一般。当初应该给简兮一套别墅。

简兮把蔬菜全部吃完，才小口小口地吃着糖醋排骨：“今天答应你们过去，但我没有过去，对不起，你跟……”简兮在犹豫该怎么称呼，攥紧筷子，“他们解释一下，我并不是不想见，只是希望更稳妥一点的时候再见。”

“我明白，你不用解释这么多，跟家里人不用这样，我们怎么都会接受。”林浩阳看简兮的样子就心疼，她其实有点讨好型人格，也可能和生活环境有关。

如果简兮是在林家长大，一定是明艳又自信的小公主。

简兮吃完饭，彻底冷静下来，有一件事她必须要确认：“林总，你有周明妍的微信吗？”

“有啊，怎么了？你跟周明妍认识？”林浩阳直接打开微信，找到周明妍的微信地给她。

“我能看一下她的资料吗？”

林浩阳没有丝毫犹豫就把手机交给简兮：“你跟周明妍是怎么认识的？”

“工作。她跟蒋总关系还不错。”简兮打开周明妍的朋友圈往下翻，手突然顿住，迅速返回到资料页面。这个微信号跟她加的不是一个，微信号看似一致，实际上差了一个数字。

周明妍这个号的朋友圈就正常得多，没有任何跟蒋霖屿互动的信息。

简兮把手机还给林浩阳：“谢谢。”

“周明妍也住这个小区。”简兮说，“昨天见了一次，就想加一下她的微信，以后好联系。”

“我推给你。”林浩阳把周明妍的微信名片推给简兮，说道，“周明妍这个人不可深交，你小心点。”

“我知道了。”

林浩阳始终觉得简兮这里过于简陋，一直磨蹭到十二点才离开。房子已经重新打扫过了，林浩阳还搬了很多茉莉花过来。

林浩阳的住处应该离这里很近，来来回回往这边送东西。

深夜一点钟，简兮洗完澡躺到床上。柔软的床铺，新的家，洁净明亮。她关灯闭上眼，这是她一直想要的生活。

简兮是被林浩阳的电话吵醒的，他过来送花，顺便给她送了一台车，出行方便。

简兮看着车钥匙，这顺带得有些过分了吧？

“又不是什么好车，很便宜的代步工具，就算我不送，你也买得起。”林浩阳把车钥匙放到桌子上，搬着花上楼，说道，“送完花我就走了，早上要开会。”

林浩阳顺带拿过来的还有早餐，这种衣来伸手饭来张口的日子，简兮揉了揉头发，感觉跟做梦一样。

简兮吃完早餐用手机登录邮箱将辞职信发给蒋霖屿，她的直接上司是蒋霖屿，辞职还必须得找蒋霖屿。

邮件发出去，蒋霖屿秒回。

“高层辞职不收电子邮件。”

上屿确实有这么一个规矩，但他们都闹成这样了，再见面不尴尬吗？她一想到昨天气糊涂之后的胡言乱语就尴尬得头皮发麻。

简兮一直觉得在大街上吵架的男女就像是在裸奔，在公众场合宣泄情绪，行为失控，没有任何体面可言。万万没想到，她也闹了这么一出。

手机又响了一声，工作微信弹出消息，来自蒋霖屿。

简兮打开微信看到蒋霖屿的信息，特别公事公办，仿佛昨晚他们没有吵架分手，甚至从来没有在一起过。

“简秘书，你是公司高层，不是普通员工，辞职流程很复杂，你应该清楚。需要一个月的审核期，另外，你手上的所有工作必须完全移交给你的下一任，你才能离开，这是章程，我要确保秘书室的正常运转。”

第四章 千金

简兮放下手机躺在沙发上，躺了几秒后就翻身。沙发还有着新皮质的气味，她终于拥有自己的沙发了，想怎么躺就怎么躺，还可以在沙发上吃零食。

以前租房客厅沙发坐的人太杂，她不想碰。在蒋霖屿家，她每天小心翼翼，撒不了野。

简兮趴了十分钟，才决定去蒋霖屿家一趟，把自己的东西搬过来。

林浩阳送来的车确实平价，一辆不过百万元的低调牌子和款型。属于简兮绝对买得起，开出去也不会被人用异样的目光看，比起蒋霖屿那辆两三千万元的车，这辆明显靠谱多了。

毕竟简兮还没有真正地被认回林家。

林浩阳的贴心程度，蒋霖屿再投胎十辈子都赶不上。

简兮拉开车门，靠在一边让新车散味。

一辆黑色豪车从另一边缓缓开过来，简兮看了一眼，刚要收回目光，车就恰好停到了她正前方。

后排车窗降下来，简兮看到了周明妍明艳的脸，她穿着红色裙子，端坐着远远地朝简兮点了一下头。

“真巧，又遇到了，简秘书。”

简兮不知道周明妍是什么时候开始关注她的，还特意为她注册了一个微信，跟她聊了大半年。她若是再自信一点儿，都要怀疑周明妍是不是暗恋自己了。

“你的车？”周明妍看向简兮的车，微笑着说，“你们蒋总也太抠门了，不给简秘书配辆豪车？回头见他了，该说说他了。”

简兮这边没衣服，还是穿的昨天那套。宽袖衬衣搭配高腰半身裙，长发及腰，明眸浸着笑，却没有以往那么温柔。

简兮把手里的包扔进车厢，走向周明妍。

周明妍昨天被简兮骂了一通。简兮看起来不声不响骂起人来倒是惊天动地。全程没有一个脏字，却字字扎心。

周明妍全程靠男人上位，才有现在。

周家一共三个女儿，她不是唯一一个，所有的资源都不会倾斜她，什么都要自己抢，她嫁人也是为了换取资源。

周明妍原本想嫁给蒋霖屿换取资源，她从高中开始追求蒋霖屿，始终没追上。她从小骄傲到大，长得漂亮，各方面都优异，追求她的人非常多。偏偏在蒋霖屿这里吃闭门羹。

读研时周氏家居出了点问题，他们想让周明妍跟蒋霖屿联姻来为公司注资，周明妍便又开始倒追蒋霖屿。

不知道蒋霖屿是怎么想的，答应跟她试试。蒋霖屿谈恋爱就跟小学生一样单纯，谈了三个月才拉了一次手。

蒋霖屿对周明妍的排斥程度，让周明妍一直怀疑蒋霖屿不正常，她撩得火花四溅，他面无表情地看她表演。

周明妍那会儿认识了现在的老公，火速搭上，这位也是小富豪，能给她地位，比蒋霖屿那边快得多。她在蒋霖屿这边栽了七年，终于扬眉吐气一回，把蒋霖屿甩了。

她给蒋霖屿打电话没打通，找他没找到，于是便发短信说分手。

蒋霖屿一天后回了个“好的”。

滚蛋！

之后蒋家出事，蒋霖屿回国接管上屿，很快就搭上了他的小秘书。

有一次林浩阳在朋友圈发唱歌的视频，燕城最辣的酒吧。周明妍点开就被音乐震住了，背景音乐竟然是《外婆的澎湖湾》。镜头扫过去，唱歌的是个长头发的女孩儿。桌子上有酒也有可乐罐，女孩儿面前放着的竟然是牛奶。

这群人在干什么？

酒吧里唱《外婆的澎湖湾》，他们是在搞笑吗？这是什么冷笑话？

林浩阳的视频里，一群花天酒地的“富二代”听得津津有味，没有人打扰她。

蒋霖屿坐在女孩儿身边，懒洋洋地靠在沙发上，长手支着，幽深的黑眸凝在女孩儿身上。那个眼神，周明妍这辈子都没见过。

蒋霖屿那种人，竟然会那么专注地看人？他不是对实验室那些机器都比对女人有兴趣吗？

周明妍评论林浩阳的朋友圈：“哪家店？姑娘颜值这么高。”

林浩阳回复：“别胡说八道，那是阿屿的女朋友。”

不是夜店的工作人员，一屋子男的就这一个女孩儿。周明妍再次见到她是蒋霖屿去S市参加会议。她就站在蒋霖屿身后，穿着职业装，抱着文件，微笑着，进退有度。

她叫简兮，是蒋霖屿的秘书。

简兮走到周明妍面前，周明妍也看着她。

她确实非常漂亮，哪怕是素颜，皮肤也白皙得连一点毛孔都看不到。周明妍很想从她脸上找到妆容的痕迹，证明她是个化妆高手。

可市面上没有任何一款粉底液，能让皮肤好到这种地步。

简兮这年二十七岁，周明妍在这个年纪的时候，绝对没有勇气素颜出门。

“周总专门为我申请一个微信，费心了。”简兮偏了一下头，嘴角上扬，轻笑，“辛苦周总了。”

“你说什么？”蒋霖屿从不会主动给周明妍打电话，所以昨天那通电话，简兮可能在身边。她故意开了个玩笑，原本打算等一下回电话给蒋霖屿，没想到蒋霖屿把她拉黑了。

反正蒋霖屿也不会帮她，得不得罪蒋霖屿又有什么关系？

出于某种原因，简兮和蒋霖屿并没有公开关系。这年二月十四日情人节，简兮发了个微博说等了四年好累，她放了一张配图，是蒋霖屿家的桌子，但没有蒋霖屿，只有一桌子菜。虽然很快删除了，但周明妍能放过吗？

他们的感情似乎出了问题，这就很好挑拨，而且还没有什么成本。恶心简兮，恶心蒋霖屿。

真分手了，她去给蒋霖屿送个花圈，庆祝蒋霖屿“火葬场”。就算求证又如何。

简兮俯身把手搁在车窗上，注视着周明妍，目光陡然凌厉：“为什么算计我？”

“我怎么算计你了？简秘书，你昨天在餐厅骂我，还让我花钱请你吃一本的菜单。我看你是蒋霖屿的秘书，年纪也小，不跟你计较。今天还跟你打招呼，你怎么不讲道理呢？”周明妍没想到简兮的胆子会这么大，直接上来质问她。

简兮还看着周明妍。

“简秘书，既然你不领情，我先走了，再见。”周明妍经过昨天那个坑，觉得简兮也不是什么善类。

“我这个人呢，特别记仇。”简兮细长的手指敲了一下车窗边缘，抬了抬精巧的下巴，看着周明妍忽然就笑了，笑得格外明媚好看，“最讨厌别人玩我。”

如果简兮不是在说威胁的话，周明妍可能会停下来欣赏简兮的美貌。

“请你吃饭，还要记仇，现在的小姑娘呀。”周明妍说，“哎，对了，昨天你走得太快，我还没来得及跟你解释，我和你们蒋总没有男女方面的关系，你不要误会。”

周明妍跟简兮玩“白莲花”这套，简兮都要笑了。

简兮直起身往后退了两步，笑着道：“我知道了，祝你生活愉快，再见。”

周明妍被简兮这个笑弄得毛骨悚然，但想想，简兮顶天了也就是蒋霖屿的秘书。穷出身的小姑娘，抱上蒋霖屿的大腿已经是人生巅峰。蒋霖屿不至于为个恶作剧搞她，玩就玩了，简兮能怎么样？

上屿集团是做汽车的，跟周明妍他们没有什么直接业务往来。

“再见。”周明妍轻飘飘地收回视线，升上车窗吩咐司机开出去。

简兮在想自己是怎么暴露的。她非常谨慎，几乎没有在社交平台上发过心情之类的动态，周明妍打击得太精准了，时间切入得刚刚好。

情人节前后，她做过什么让周明妍惦记上了？蒋霖屿绝对不会表露感情，他本身就没有感情。只可能是从她这边泄露出去，她思索着到底是哪里出了问题。

这个时代能窥探感情的只剩下社交平台了。现实中，每个人都把自己包裹得严丝合缝。

简兮只在社交平台上发过两次私人信息，一次是算计简龙飞，一次就是情人节，她在微博私人号上发了一张照片，但很快就删了。

去年年底，蒋霖屿决定让郑尧去 D 国。这个项目简兮惦记了很久，可最终不是她的，她心里是有点不舒服，但也没说什么。她资历尚浅，蒋霖屿不想重用她也情有可原。

情人节那天，简兮心血来潮，想跟蒋霖屿过一次。可能是办公室里那些小姑娘抱着的花刺激到她了，也可能是她想给自己找一个理由。他们在一起这么久，她想要一个答案，提前下班准备惊喜。

简兮买菜去蒋霖屿家做饭，做了他喜欢吃的牛肉。那晚他没有回家吃饭，他带着郑尧飞 D 国出差。

简兮面对一桌子饭菜，觉得可笑，就拍了一张照片发了微博。

她上车推算了一下时间线，就是这个前后周明妍开始频繁地找她聊天。

周明妍是不是暗恋她？一天到晚盯着她？

简兮登录微博把生活号注销了。

她先回到以前的小区把布加迪开到蒋霖屿家的车库，分手就分干净，然后又打车回去开林浩阳的车去蒋霖屿家拿生活用品。

蒋霖屿家保姆不在，简兮上楼回房间拉出两个行李箱放到地上。一个装衣服，一个装电子产品和书。

除却蒋霖屿送的那些很贵的衣服，简兮自己的衣服并不多。两个箱子很快装好，她推着箱子出门，看到手腕上的手表。

这款手表是蒋霖屿送的，不算情侣款，但蒋霖屿有一款差不多的，简兮就一直戴着。她摘掉手表放到床上，手上的疤彻底显露出来。

露出疤，有种裸奔的感觉。

林浩阳说彻底放下过去，她是全新的开始。

简兮关上次卧的门，拎着箱子下楼。她只有一只手可以使力，一次只能拎一个。电子产品和书加在一起的重量非常可观。

简兮费劲地将箱子拎到楼梯拐角，停下来休息。这时开门声响了，电子门锁开门会有类似细电流的声音，她感觉后颈被麻了下。

希望是保姆。

几秒后，蒋霖屿绕过玄关处的花架跟简兮正面对上。

蒋霖屿穿着白色无领衬衣，戴着银色边框眼镜，黑色长裤勾勒出笔直修长的双腿。他把手里的车钥匙放到柜子上，抬腿上了台阶。

“我过来拿我的东西。”简兮松开箱子，说道，“拿完就走。”

蒋霖屿一边看着简兮，一边往台阶上走。

简兮当年也没想过自己会喜欢上蒋霖屿。蒋霖屿下车塞给她一根棒球棍，其实那根棒球棍没有发挥什么作用，蒋霖屿全程把她护在身后。他打架狠稳准，跟他那斯文的长相形成极大的反差。

那是简兮第一次被人保护。她就像是刚破壳的小鸟，睁开眼看到的是蒋霖屿。

蒋霖屿一直走到简兮面前，停住脚步，站得笔直。她也站直看着他，她其实不担心他会对她做什么，他不是那种人。

蒋霖屿脸上没有任何情绪，阳光穿过客厅的落地玻璃，照到了楼梯的墙壁上，光里有浮尘缓缓落下。

蒋霖屿拿过简兮手里的箱子大步下楼，简兮走回去拎另一个箱子，衣服的箱子就轻得多。她刚走了两个台阶，他就回来了，他大步走上台阶要拿走她手里的箱子。

“我可以自己拎。”简兮按在箱子上看着蒋霖屿。

“简兮。”蒋霖屿和简兮差着几个台阶，简兮站在上面。蒋霖屿修长的手指落到箱子上，踩在台阶上跟简兮面对面。他抬手推了一下眼镜，黑眸沉静，开口，“我没有帮你拎过箱子，我想试试帮你拎箱子是什么感受。”

蒋霖屿的心态怎么能这么好？昨天闹成那样，现在又装没事人。

简兮真是佩服得五体投地。

“蒋总，我不需要。”简兮的手还按在箱子上，没有松开的意思，她不需要蒋霖屿帮她拿箱子，“我自己可以拿。”

“简兮。”蒋霖屿面不改色，浓密的眼睫毛动了一下，注视着简兮。

昨晚蒋霖屿想了很多，思索着跟简兮的关系。

他平缓了一下情绪，尽可能平静地说道：“你昨天说我们从来没有恋爱过，我一直在想这个问题。”

“我们做过什么恋爱的事？”蒋霖屿也按着箱子，直直地看着简兮，“恋爱是什么？”

“恋爱是两个人互相爱慕行动的表现，两个人基于一定条件和共同恋爱的人生理想，在各自内心形成的对对方最真挚的仰慕，并渴望对方成为自己终身伴侣，是最强烈、最稳定、最专一的感情。”

“共同的人生理想我们有，我也渴望过与你成为终身伴侣。但爱慕与仰慕的行为，具体是什么呢？”蒋霖屿昨天很想上车强行带走简兮，他真那么做的话，林浩阳拦不住他。可他被林浩阳的话按在了原地，他了解简兮吗？

“简兮，我觉得我们之间可以谈恋爱。”

“共同的人生理想我们也没有。”简兮开口，觉得很可笑，嗓音哑了下去，“我只是在追求你的人生理想，其实跟我关系并不大。蒋总，你从来没有低头看过我，你知道我的理想是什么吗？”

简兮的脊背挺得笔直，整个人透着利落。她眼眸清澈，美得清丽又干净。

“恋爱根本就没有发生过，现在我们结束了。”简兮笑了一下，不再继续这个话题。她的嗓音清冷，很直接，“你不需要帮我拿行李箱，以前我帮你拿，因为我是你的下属，这是我的工作。”

“作为朋友我可以帮你拿行李箱吗？”蒋霖屿死死地抵着行李箱不放手，黑眸幽深，嗓音低沉，“可以吗？”

“我跟你不是朋友。”简兮不想跟蒋霖屿再有任何纠葛。

蒋霖屿的喉结滚动，握着箱子的手指节泛白：“我是你……哥的朋友，我就是你哥。”

简兮被气笑了。

蒋霖屿对“哥”到底是有什么执念？他是小学生吗？

简兮一松手，蒋霖屿已经拎走了行李箱。他转身下楼，步伐很大，沉默着把她的行李箱拿到一楼。

简兮站了几秒，走下楼梯。

她走到客厅看了一眼这栋别墅，她没有跟蒋霖屿同居过，但她对这里的每一个角落都熟悉。五年了，她是时候走了。

简兮走出门，阳光正烈。她抬手遮着阳光，遥控打开后备厢。蒋霖屿把两个箱子放到后备厢，转头看向她。

车停的位置是在树荫下，高大的树木遮住了烈阳，蒋霖屿清冷俊美的脸暗沉了几分。

蒋霖屿收到车库的监控提醒，看到简兮，什么都没想就跟司机要了车钥匙。等回过神的时候，人已经到了家门口。

“你是不是想去怀城？”之前简兮有过这方面的想法，蒋霖屿不想放她出去，他原本打算把她留在总公司，“你不用辞职，工作岗位可以调整。”

昨晚蒋霖屿收到林浩阳发的语音消息，那条语音一共十七秒，女人的哭声很悲痛、很失控，那是他没见过的简兮。

林浩阳说蒋霖屿没有给简兮安全感，也没有给简兮家。他们确实没有同居，他也没有明确地给简兮名分。

简兮在他身边太久了，久到他无法想象离开她之后自己的生活会是什么样子的。这半年她是变了，以前她虽然也是公事公办，但会每天跟他分享私事。

蒋霖屿出差几个月，简兮没有给他发过私人的信息。他觉得有些不舒服，但也没细究。他跟简兮在一起太久了，不至于因为这点事就闹矛盾。他提前支走了郑尧，让她过去接机。

简兮跟往常没有什么区别，他们依旧会亲密，但那种不对劲的感觉没有消失。他原本想跟她聊聊，可等他洗完澡她已经睡着了。

蒋霖屿坐在床边看了简兮一会儿，不知道她在想什么，也不知道她要什么。他早上去找她，她已经走了，他查了门口的监控，她是凌晨走的。

简兮的脚上磨出了泡，凌晨还要离开他的家，除了亲密关系，一丁点儿都不给他幻想。

“没必要辞职，这一行你做了很多年，你对上屿也有感情。”蒋霖屿尽可能让自己的话不那么具有侵略性，他想把简兮留下来，无论她要什么，他都给，只要她留下来，“怀城那边，郑尧已经调过去了，总部有个位子，我想——”

“我的调令没下来，我的离职应该不需要一个月的审核期，蒋总。”郑尧以前是秘书室的老大，他算高层，简兮是二把手。她刚接手郑尧的工作，集团内部人事调令通知还没发，“你尽快找人接替我的工作，我把工作移交过去。蒋总，我想尽快辞职。我们的关系已经结束，我没办法在你手底下工作。”

后备厢合上，蒋霖屿往后靠在车上，抬手拿下眼镜，按了一下眉心。

他试图跟简兮继续沟通，他们之间的交流第一次这么艰难：“昨天我不该怀疑你找林浩阳过来。”

“我有勇气跟你提分开，确实跟林家有关系，你并不算错。”简兮抿唇，说道，“我一个人在这座城市打拼，我不敢得罪任何人。我跟你没有感情了，我也不敢走。林家是个很好的靠山，我为什么不找呢？”

“简兮，你对我——”蒋霖屿直视简兮，“一点儿感情都没有了吗？”

“没有。”

蒋霖屿转头，又看回来，咬牙道：“你说你喜欢我，那你喜欢我的时候也没让我看到，你不喜欢了就通知我感情结束了？你是不是也不讲道理？”

“那是你瞎。”简兮抿唇，想保持优雅知性的形象，她要冷静，不能生气。

“我走了。”简兮不想跟“蒋聋瞎”多说一个字，怕自己会气得原地爆炸。

“那我的感情算什么？我跟你的五年算什么？”蒋霖屿嗤笑，幽深的桃花眼里有浓雾，“简兮，你说我看不见。你怎么让我相信你的喜欢？”蒋霖屿走过去挡在简兮面前，“你从来没有回应过我。”

“是你让我走的！”简兮没见过这么会倒打一耙的人，他是猪八戒吗？

“蒋霖屿！是你嫌我说梦话吵才不一起睡的！我不想跟你说话。”

简兮一遇到蒋霖屿的问题就失控。他有感情吗？他有心吗？

“我从来没有嫌你说梦话吵，而你也从来没有问过我。”蒋霖屿的桃花眼泛红，喉结滚动，紧蹙的眉头缓缓松开，“我以为不一起睡，是我们共同的决定。后来我想跟你同住，你并没有同意。”

简兮看着蒋霖屿，觉得喘不过气来。每一次睡醒，她身边都没有人。他以为？

“不要哭。”蒋霖屿看到简兮哭就很难受，抬手去擦简兮的眼泪，“谈事就谈事，别哭。”

简兮转身就走，根本不想和蒋霖屿多说一句话。

她坐到驾驶座上，车门却没能关上，蒋霖屿死死地抵着车门：“你是因为我没跟你同床，所以才不跟我同床，对吗？”

“我暂时不想跟你说话，假期结束我会去公司递辞呈。”简兮想踩油门轧死蒋霖屿，送他离开这个世界，“交接工作我只有一周的时间，我不接受一个月的审核期。”

“你是从什么时候开始喜欢我的？”

简兮系上安全带，转头看向蒋霖屿，很不想回答他的问题。但看到他的眼睛，她的心脏突然疼得发麻，她艰难地开口：“地下停车场那次，人为车祸。”

“我是第一次离你那么近，你把我护在身后，从来没有人那么护着我。”从来没有人护着她，她孤零零地活着，“我就喜欢上你了。”

“五年？”蒋霖屿骨节分明的手指收拢，抵在车顶上，随即又放开，“还有一个问题，那……你是因为喜欢我，才跟踪我？”

简兮扬了一下唇，开口时声音却有些哑：“我知道有人要对你下手，可我又不认识你，我没办法提醒，我只能这样。我在最困难的时候受蒋董事长资助才活了下来，我不能看着他们的孩子死得不明不白。我当时并没有喜欢你，如果人生有重来的机会，我也不想喜欢你。”

“今年情人节我给了自己最后一次机会，如果你回来陪我，我这辈子死心塌地地跟着你。无论你将来如何，我都认了。”

“但你没有回来。”简兮知道自己被周明妍算计的那一瞬间觉得自己挺可笑的，她看着蒋霖屿，“就是那个时候，周明妍开始接近我。周明妍算计我的感情，我一无所有，我只有你，周明妍说什么我都信。你可以说我蠢，但事情就是这么发生了。如果没有爱情，我从泥沼里爬出来，我只向着光走就好了，我没有心，就永远不会难过。但因为喜欢你，我会患得患失，变得不像我自己，我会因为你出现在别人的朋友圈、社交圈而手脚发麻，不知所措。”

“你公私不分，我不知道我是你的秘书还是你的情人。你让我做着秘书的工作，却给我情人的幻想。我就像是你身后的影子，你向着光走，我向着你，我永远碰不到你。你说的感情，我真的感受不到。”

“你知道的，那个简兮永远不会回来了。往后我也不再是简兮，我不会再让自己受一点委屈。也许你和过去的那个简兮都没有错，只是阶层不同，所处位置不同看待的东西也不同，我们根本就是两个不合适的人。”

蒋霖屿急促地呼吸了一下，俯身握住简兮的后颈，低头时却没有碰她的唇，只是抵着她的额头，嗓音哑到了极致：“我——”

“再见，霖屿哥。”简兮摸了一下蒋霖屿的耳朵。她以前很喜欢摸蒋霖屿的耳朵，这是独属于她的亲昵。那时候她很喜欢蒋霖屿，只是喜欢会被磨没。她对在漫长的岁月里，没有人心疼的小姑娘说一声再见。

简兮摸完果断推开了蒋霖屿，坐直，道：“一切都结束了，无论什么关系都不会继续。”

蒋霖屿没动，垂下眼，眼睫毛在眼下拓出阴影。他俊美的脸沉着，手紧得似乎能听见关节声响。

“让开。”简兮说，“我要走了。”

蒋霖屿直起身，站得特别笔直，很久才往后退了两步，让了路。

白色汽车扬长而去，潇洒地开出了院子，行驶在林荫之间，最后彻底消失不见。

蒋霖屿站在院子中，静静地看着。

简兮真的走了。

蒋霖屿站在原地，忽然觉得天地一片荒芜。

简兮这回病假休的是年假，她好多年没有休过年假了。她原本打算立刻去递交辞呈，也不占公司这个便宜，但跟蒋霖屿见完面之后，又不那么着急了。

年假休完再去吧，她根本就不是占便宜，只是享受属于她自己的权益。

带薪年假。

周五，简兮去医院拆纱布，十厘米的伤口，留疤是必然的。但纱布拆掉那一刻她的心脏还是跟着剧烈地跳动着，太丑了。

狰狞的伤疤竖着落在她白皙的肌肤上，触目惊心。这伤虽算是她自己弄的，可她依旧委屈，以后再也不能穿露手臂的衣服了。

以前戴手表遮手腕上的疤，现在还要遮手臂。

“等你恢复好了，去做微整去疤。”医生安慰简兮。她很漂亮也很年轻，手臂上这么长一道疤可惜了，“先养伤，现如今医学发达，整容技术非常成熟，不用太难过。”

“谢谢。”简兮很感谢医生的善意。

简兮从门诊部出来，又下楼拿了药膏，医生开了去疤的药。她是留疤体质，去疤的药对她没有丝毫作用，但她还是拿了。

心理作用，聊胜于无。

电话在包里响起来，简兮拿起来看到来电是林浩阳，调整情绪接通电话：“林总？”

“你在什么地方？”林浩阳的声音哽咽，“希儿，报告出来了。”

简兮握着手机站在医院吵闹的大厅里，手里拎着装药的袋子。

“什么？”

“你是希儿。”林浩阳的嗓音沙哑，浸着浓厚的情绪，“你是希儿，你跟简超没有任何血缘关系。你是我们的希儿……你跟爸爸、妈妈的 DNA 对比结果显示你是他们的孩子。”

林浩阳说完蹲下去捂着脸哭出声：“对不起，妹妹，我把你弄丢了！对不起！我当初若是不玩游戏，在后面好好看着你，你肯定不会丢！”

简兮听到林浩阳的哭声，心里的石头落了地，但她整个人都是蒙的。这一段时间她都在想，她怎么会是林阳希呢，她怎么可能是林阳希？

林阳希跟她有什么关系？林阳希有人爱，她没有。

林阳希的家人找了她二十四年，他们深爱着她。

简兮没有。没有人爱简兮。

简兮听到自己的声音：“我在市医院大厅，我在这里取药。”

警察和林家的人是一同赶到的，简兮不知道自己该做什么反应。她先是被林浩阳抱进怀里，随即周莹哭着扑过来，紧紧地抱着她，声嘶力竭地哭。

四周有人看过来，简兮被抱得密不透风。

她有父母、有哥哥、有等待的人，不用再孤独地漂泊了。

“真的吗？”简兮看向不远处的林世，流着泪，但表情平静。

林世拿下眼镜走过去，用力地把周莹和简兮一起抱进怀里：“真的！回来了，希儿回来了。”

简兮不知道自己是怎么到车上的，手里还攥着那个白色塑料袋，里面装着她要用的药。周莹紧紧抓着她的手，专注地看着她：“以后不会有人欺负你了。”

简兮穿着长袖裙子，袖子比较宽，动一下就能看到手臂上狰狞的褐色疤痕。周莹有些喘不过气，她知道简兮的全部。

“手……还疼不疼？”周莹咬牙切齿地说道，“那家人真坏，太坏了！怎么可以这么对你，他们有什么资格这么对你？他们凭什么？！”

“别吓着孩子。”林世攥紧太太的手，也专注地看着简兮，“你不要害怕，没事的，不用害怕。”

简兮二十七岁了，不是三岁小孩。

“对，妈，你别一直攥着她，手都被你捏红了。”

林浩阳已经调整好情绪，打开一瓶水递给简兮：“喝口水，缓一下。”

“水凉不凉？”周莹哽咽着接过水，握在手里试图焐热一点，“当初都怪我，我不该把你们放到车上就不管了，让希儿受这么多委屈。”

简兮迟疑了一下，握住周莹的手。

周莹一愣，随即看向简兮，号啕大哭。

林家住的小区是燕城最早的市区别墅区，高大的树木，林荫小路蜿蜒向前。车行驶在小区内，树影落入车厢，跳跃在简兮的皮肤上，她转头看过去。

“我们一直没有搬家，就怕你回来找不到路。”林世的声音沉到暗哑，平时不苟言笑的大男人此时眼圈通红，说道，“回家了，还是那条路，那套房子。”

前面右拐有一片花海。

简兮脑子有一个场景一闪而过。

车在前面右拐，一片花海映入眼帘。白色的别墅伫立，高大的大门缓缓打开，车开进了别墅区，满园的花。

车停稳，林浩阳先下车，拉开简兮这边的车门：“小心点。”

周莹被迫松开简兮的手，她有些腿软，抱着林世的手臂。等简兮下车，她把脸埋在林世的肩膀上：“我很想她。”

林世红了眼，扶着周莹下车。

简兮以前做过这样的美梦，自己并非贫民窟女孩儿，是个公主，有个城堡一样的房子，种满了花，她的父母很爱她。

“我帮你拿药。”林浩阳伸手到简兮面前，“把药给我。”

“不用。”简兮这才反应过来自己还拎着白色塑料袋，场面有点滑稽，她连忙把袋子装进背包。

“欢迎回家。”林浩阳的手没放下去。

简兮这辈子就跟蒋霖屿拉过手，没有跟异性拉手的习惯，尽管林浩阳是她的亲哥哥。

林浩阳把手收回去，说道：“手怎么样？”

简兮拉开袖子露出伤疤，林浩阳看了一眼就转过头去，片刻才转回来：“他的下场会很惨，相信我。”

“不用。”简兮跟着林浩阳往前面走，“持刀抢劫并且威胁我，十年，够了。”

简兮不知道跟周莹、林世该聊什么。她刚调到总裁办就认识了林浩阳，她只跟林浩阳熟。

“想要接受媒体采访吗？”林浩阳征询简兮的意见，“原本警察建议今天见面能让媒体见证，我觉得应该先征询你的意见。”

“我不想出镜。”简兮说。

“我明白了。”林浩阳推开门，一只手背在后面一只手在前面引路，微一欠身，“到家了。”

进门踩着厚重的地毯，简兮有种不真实感。她被周莹拉到沙发上，保姆火速送来了热茶和甜品。琳琅满目，摆了一桌子。

“你小时候最喜欢吃这家的提拉米苏，你尝尝味道变了没？”

简兮端着提拉米苏，一家人都盯着她。

“我能不能再看一下 DNA 鉴定的文件？我刚刚没看清。”

“我去拿。”林浩阳大步起身，去拿文件。

“你现在在上屿工作？”林世问。

“嗯。”简兮点头，“蒋总的秘书，在总裁办。”

周莹又开始哭，简兮竟然做伺候人的工作。

简兮的资料，他们这一段时间都在看。简兮的经历换成任何一个人可能都撑不下去了，太难了，每一步都在攀岩。

“我们希儿就是优秀。”林世笑着说，“霖屿回国这几年做得不错，上屿集团也很有发展前途。”

乍然听到蒋霖屿的名字，简兮心里咯噔了一下，希望父母不要知道她那些不堪的传闻。

“听说你大学读了‘燕大’？”

简兮点头：“我读高中时，抚养我的爷爷去世了。上屿集团去我们那边做公益，指定助学项目不用走银行卡。我才有了钱读完高中，我很感恩上屿对我的帮助。毕业就向上屿投了简历，恰好赶上那一次上屿总裁办招聘降低了标准。”

林浩阳回来把文件递给简兮：“据我所知，上屿从不会降低标准，是你优秀到打破标准，才会被录用。”

“谢谢。”简兮接过文件翻看，逐字地看。林家做了两份对比，一份跟周莹一份跟林世，对比结果显示她是林家亲生的孩子。

“确实是这样，浩阳没说错。”林世难得认同林浩阳一次，简兮的履历非常漂亮，她从那样的环境出来都能优秀到这个地步。如果当初没走丢，全力培养，那她在擅长的领域该有多出色，林世光是想想心里就针扎似的难受，“上屿虽然前几年出了点事，但总部要求还是很高。”

“这几天我们会公布你的身份，你想改名吗？继续用阳希还是再取个新的？”林世把甜牛奶放到简兮面前，尽可能让自己看起来温和一点，但常年久居上位的他还是很威严的。

“我能想想吗？”简兮不知道该怎么回答，面对这么多目光，她把文件放下，又端起了蛋糕。她在思考，顺便给自己找个转移目标的东西。

“你们也太急了，慢慢来，不给希儿消化的时间，她难不难受？”林浩阳在对面坐下，说道，“我带简兮回房间看看，不想吃蛋糕别吃了，大早上给人送蛋糕腻不腻？”

听到“简”字，林世的脸色变了下，瞪了林浩阳一眼，看向简兮时又变得和蔼：“我们没有别的意思，就是不知道……”

“紧张。”林浩阳一针见血，“你就是突然看到希儿，不知所措。”

林世：“呃……”

“你安慰安慰我妈，先不要哭得那么厉害，医生说她最近情绪不能波动太大。”林浩阳伸手准备拿走简兮手里的蛋糕盘子，简兮用叉子把最后一块吃下去，才松手，“很好吃，谢谢你们为我准备的蛋糕。”

林浩阳的喉咙哽了一下，抬手摸了下简兮的头发：“走吧。”

简兮确实需要一个空间冷静冷静，脑子里嘈杂得厉害。她朝父母点头致意，跟着林浩阳上楼。

“你是不是也很紧张？”林浩阳问道，“突然吗？”

“我没有跟父母接触的经验。”简兮如实说，以免将来接触时发生误会。她跟蒋霖屿就是因为误会分开，她这几天都在反思自己是不是性格有问题才会这样，这么多年没有朋友，也没有一个知心的人，“我跟他们几乎没有接触，每次见面都是挨打和辱骂，我不知道该怎么应对。”

林浩阳的脚步停顿，随即继续往前走，推开卧室门：“你想不想去打他们一顿？”

粉白色的房间，漂亮的公主床。落地窗洁净、明亮，床边堆满了玩偶和小汽车，床头柜上白色的花瓶里插着一束粉色玫瑰，花香飘溢。

简兮语气很淡地说道："当我知道不是他们的孩子时，我就放下了。"

"这边是衣帽间，旁边是洗手间。"林浩阳给简兮介绍格局，说道，"你要不搬回来住吧？"

简兮走进衣帽间，鬼使神差地打开衣柜右边的小柜子，柜子里放着两个小熊玩偶。她拿出玩偶，把后面的隔板打开，摸出一个铁皮巧克力盒子。

简兮抿唇，她明明没有记忆，却就是觉得这里有个暗格。从进来这个房间，她就感觉熟悉。

简兮打开盒子，里面有巧克力。

"房子装修过一次，但格局没有变，所有的东西都原样放着。我每个月都会换里面的巧克力，我出国读书时，是爸爸在换，我们觉得总有一天你会回来，惊喜地发现里面还有巧克力。"林浩阳的声音沙哑，"二十四年了，你回来了。"

简兮握着巧克力盒子，垂下头，泪滚下去砸在厚厚的地毯上。她回来了，这一刻她才真真切切地感受到，她回来了。

她是林阳希，她有家。

"林阳希，你回来了。"林浩阳说，"我是你的哥哥，林浩阳。"

简秘书辞职了。

蒋霖屿那个精明能干、温柔体贴、做事细致入微、一丝不苟、对蒋霖屿一心一意的简秘书不干了。

八月一日，简兮穿着一条黑色连衣裙，及腰长发散在肩头，妆容精致。她踩着高跟鞋穿过走廊走进蒋霖屿的办公室，递交辞职信。

整个总裁办的人都在互相用眼神交流，却没人敢问出口。

没有人想到简兮会辞职，她跟蒋霖屿四年半了。从低谷到巅峰，所有人都以为她会跟蒋霖屿一辈子，没想到她辞职了。

简兮跟新的秘书交接完工作，移交全部资料，办完辞职手续把胸牌里的照片取出来，然后还回去，走得干干净净。

总裁办没有人说话，所有人都沉默着。简兮抱着装了私人物品的纸箱走出上屿集团，这个消息在整个上屿是爆炸性新闻。

几个部门的群内消息刷得飞快。

简秘书和蒋霖屿太有故事了，当年蒋霖屿只身一人回国接手上屿，越过公司章程把简兮从财务部提出来，放到身边做秘书。

他们的桃色绯闻打印出来能摞一米高，有人说简秘书借分手逼婚蒋霖屿，上位失败才辞职。也有人说蒋霖屿就是玩玩罢了，到了结婚年龄肯定不会娶简兮那种无名无分的姑娘，于是趁机让简兮离开上屿，并结束关系。

凌言哭得一把鼻涕一把泪，把简兮送到地下停车场。但简兮为什么要辞职，她也不知道。

简兮微笑着朝她点了点头，把箱子放到副驾驶座，上车走了。

上屿集团总裁办阴雨连绵一个多月了，蒋霖屿更加阴沉了，做事雷厉风行，工作强度更加大。新的总裁秘书可不像简兮那样大包大揽全自己做，他会把工作分摊下去。每个人都忙得不可开交，才知道之前简兮一个人做了多少事，可人的适应能力很强，他们很快就适应了这个节奏。

“简秘书”三个字在总裁办越来越少被提起，偶尔提起，大家也只是唏嘘。抛却那些桃色绯闻，她真的非常优秀。

工作能力强、性格好、为人和气。为整个秘书室谋福利，让他们都拿到了可观的奖金。

凌言依旧废物，只是办公室各有心机，她也学会了谨言慎行。

简秘书的微信停用了，手机号码注销了，没有人再提简秘书，简秘书似乎从他们的世界彻底消失。凌言偶尔加班到深夜时，就想去问问蒋霖屿简秘书为什么辞职，那些桃色绯闻是真的吗，为什么这么对简秘书。

凌言想着想着就觉得蒋霖屿没那么“男神”了，他虽然还在神坛上，但他让优秀的简秘书离开了。

八月中旬，有一次晚上凌言在加班，总裁办公室打电话过来。

蒋霖屿低沉的嗓音传过来：“接简秘书。”

“简秘书辞职了，蒋总。”凌言说，“徐秘书先走了，您有事吗？”

电话那头沉默，沉默到凌言以为蒋霖屿已经挂断电话，才听到他的声音：“简秘书最近跟你联系了吗？”

“没有。”凌言心想他终于想起简秘书了。

“好。”

蒋霖屿挂断了电话，电话里嘟嘟的声音让凌言莫名觉得蒋霖屿好落寞。

九月一日，周明妍给总裁办公室送来了十个带着挽联的花圈，总裁办炸开了锅。这花圈实在太刺激了，浩浩荡荡地放了一走廊。

蒋霖屿一边工作一边接电话。

“蒋总，在一楼处理了吗？”凌言战战兢兢地问，“上面写了很多不堪的话。”

“摆我办公室门口。”蒋霖屿道。

凌言惊骇道：“啥？”

啥玩意？什么东西？

“接前台，让周明妍接电话。”蒋霖屿的声音听不出喜怒，修长的手指按了一下清冷的眉心，抬起下巴，“我要跟她说几句话。”

“好的。”

两分钟后，蒋霖屿接通电话听到周明妍妖娆的声音：“恭喜你啊，终于被简秘书甩了！快乐吗？被人甩的滋味怎么样？”

蒋霖屿倒是没想到周明妍这么作死，当年的分手能让她记仇这么久：“周明妍，我们之间有什么矛盾的话，你可以冲着我来。”

“蒋霖屿，别这么小气。”周明妍笑着说，“开个玩笑，这么经不起逗。”

“不过你的花圈我很满意，看在花圈的分上，给你留个全尸。”

蒋霖屿干脆利落地挂断了电话。

周明妍若有所思，蒋霖屿疯了？送他花圈还感谢？他知道她算计简兮的事了，不过又有什么关系呢？他们会分开是他们自己的问题，真感情无懈可击，根本不会被她这种小把戏玩倒。

周明妍倒是不怕蒋霖屿怎么样，且不说蒋霖屿挺有绅士风度，轻易不动女人，何况他们是多年的老同学，他总不会为个玩笑追杀她。

周明妍这天穿得分外妩媚，低领裙子性感火辣。原本以为能见到蒋霖屿，没想到蒋霖屿只接了电话。她把电话还回去，靠在前台，道："你们蒋总被甩了，那些花圈是为了纪念你们蒋总逝去的爱情，可怜的蒋总。"

几个人面面相觑，蒋霖屿被甩了？花圈上写的都是简秘书，那就是简秘书把蒋霖屿甩了？这么劲爆的消息？！几个人保持着职业微笑，内心却风起云涌。

他们等周明妍离开就去群内八卦，蒋霖屿居然被简秘书甩了。

周明妍站直，把墨镜戴回去，说道："再见了。"

简兮离职这事是周明妍没想到的，简兮一个没有家庭背景也没有什么资源的人，竟然会这么轻易离开上屿集团，简兮这么分手就很不理智了。

为了爱情丢掉工作，什么天真的想法？

周明妍以为像简兮那种心机颇深的姑娘，步步为营往上爬，不会这么冲动，没想到她会直接辞职。

简兮是总裁秘书，特殊职位。接触到的公司机密比较多，按照规矩五年内不能找同类型的工作，否则属于违背职业道德，会被行业封杀，也会被审查。

放弃高薪工作出去重新开始吗？这么豁得出去？

周明妍坐上车，打开微信发现简兮早就把她拉黑了。她笑了一声，简兮看起来挺聪明一个人，实际上怎么有点蠢呢？

从上屿辞职，放弃高薪工作和前途，还把周边的人脉断掉。就因为那破烂爱情？这姑娘脑子没问题吧？

周明妍的心思没在简兮身上放多久，简兮是个不值一提的小人物，成功报复了蒋霖屿才是重点。

周明妍切回正常使用的微信，看到高中群里有人发了截图。

“蒋总这是被甩后自暴自弃了？”

“蒋霖屿居然被简秘书甩了。喜闻乐见，林浩阳，快出来庆祝蒋狗恢复单身。”

“哈哈，笑死我了！蒋总画风突变，简秘书神人。”

“今天林浩阳怎么不第一时间出来踩蒋狗呢？”

周明妍点开图片，是蒋霖屿的朋友圈截图，他一分钟前发了一个朋友圈。

内容：我送走了我自己。

配图是周明妍送的花圈，上面挂着白色挽联。

上联：东风吹战鼓擂蒋狗被甩 O××K。

下联：春日醉喜相随简秘不甩你甩谁。

横批：分手快乐。

群内徜徉在一片欢声笑语中，谁能想到高冷傲气如蒋霖屿，也有这天。随即林浩阳发了个问号，周明妍看到林浩阳才想起来这天出门的目的，她连忙打电话给林浩阳。

那边接得很快，周明妍将声音调整到温柔的语调：“浩阳，在忙吗？”

“有事？”林浩阳问得简短。

“晚上一起吃个饭？”

“没时间，晚上我妈生日，我们回家吃饭。”

“阿姨生日啊？在哪里办？我好久没见阿姨了。”周明妍说，“我也挺想阿姨的。”

“希盛酒店，我妹妹回来了，正好借这个机会介绍给大家认识。”

林家一直想介绍简兮给所有人认识，九月一日是周莹的六十岁生日，林家就打算大办一场，邀请亲朋好友参加，给简兮正名。

林浩阳接过秘书送过来的资料，一边听一边签字，周明妍过来也行，虽然他不喜欢周明妍，但大家生意上都有往来。

“恭喜阳希回来。”周明妍说，“我晚上一定过去。你在总公司吗？”

“嗯。”林浩阳转头找简兮，简兮手里拿着笔记本听着董事长秘书的介绍，记着东西。林世想让她直接进总部，职位方面就犯难了，他们不知道她想要什么。她就说先来公司，跟着学几天，了解一下林氏集团。

“听说你们的晨希项目要启动了，这个项目是你负责，对吧？家居方面的需求，我们周氏家居从质量到品牌都有保障……”

“竞标会上再决定，你有这方面需求，投标就好，我们采购部会做对比。”

“我就在你们公司附近，我带着文件，我想先让你看下。我给你送过去，十几分钟时间就够了，你看怎么样？”

林浩阳抬起手腕看时间，晚上他不想谈公事，但现在不让周明妍过来的话。晚上她一定会去送标书。他不想被打扰，寻思着刚刚就不应该邀请她：“几点过来？”

“三点半。”

“好。”

林浩阳挂断电话，走向简兮，把手里的咖啡递给简兮：“拿铁，可以吗？”

“谢谢。”简兮接过咖啡，专心致志地记资料。

林浩阳继续陪在她身边：“感觉怎么样？累不累？”

“又没做什么，只看了公司的大概分布。”简兮从到公司，林浩阳就紧紧跟着她，生怕她丢了。她笑着看向他，“你不用跟着我，你忙你的，我忙完去……”“爸爸”两个字她实在叫不出来，她努力了这么久都开不了口，卡了一下，说道，“去董事长办公室等你。”

“我等会儿再走，晚上的宴会，你有没有想邀请的朋友？”林浩阳还是走在简兮身边，说道，“可以一并邀请过来。”

“没有。”简兮没有什么朋友，只有一个，但凌言是蒋霖屿办公室的秘书助理，身份尴尬。

林浩阳又跟着简兮走了两层，走到一楼，林氏集团总部上下都认识了林家小公主。

电话响了起来，他拿起来看到来电是周明妍，皱了一下眉，跟简兮说道："那我一会儿去爸爸的办公室找你。"

"好。"简兮转头，猝不及防看到抱着文件进门的周明妍。她的目光停顿，随即朝周明妍点了一下头才跟着董事长秘书往楼上走。

"你还有什么问题可以直接问我。"

"我们公司跟周氏家居有合作吗？"

"周氏家居？"秦秘书想了想说道，"有合作，不过这几年合作少了。"

简兮点头："好的，谢谢。"

周明妍乍然看到简兮，脑子里电闪雷鸣。难道简兮跳槽了？从蒋霖屿身边跳到林浩阳身边？

简秘书不傻啊，这跳得够快的。

林氏集团太子爷，不比上屿差。难怪简兮会仕希盛，希盛那套房真的是蒋霖屿买的吗？这个女人未免太有手段。周明妍感觉后颈发麻。

周明妍又想到那天地下停车场简兮的笑，一时觉得毛骨悚然。

"我不太管这些事。"林浩阳单手插兜走向周明妍，说道，"具体合作你得去找采购部。"

"简秘书在你这里？"周明妍看向林浩阳，笑得有些僵，"简秘书是你的秘书？"

之前简兮提过一次要看周明妍的微信，林浩阳没具体问，但周明妍这个表情很耐人寻味。

"你们，"林浩阳抬手示意，"认识？"

"认识很长时间了。"周明妍的嘴角动了一下。简兮是什么时候攀上林浩阳的？简兮是八爪鱼吗？带吸盘的啊？！贴得也太快了吧？！

"没想到简秘书会来你这里做秘书，那之前的刘秘书呢？"

"简秘书只是实习。"林浩阳审视着周明妍，笑着说道，"怎么会想不到简秘书来我这里？我这里是有洪水猛兽吗？”

“倒不是你的问题。”周明妍笑着说，“你没有任何的问题，太子爷身边谁不想去呢？”

林浩阳的笑意更深了：“那是谁的问题？”

“你跟简秘书……”周明妍意味深长地看林浩阳，笑着说道，“你跟蒋霖屿还好吗？”

“还可以吧。”林浩阳抬手整理了一下衬衣的领口，垂下眼睛，压下怒火。

“没掰？”

“我为什么要跟阿屿掰？”林浩阳笑了一下，说道，“你觉得简秘书有问题？”

“也不能说多大的问题吧，只是作为你十几年的朋友，提醒一下。简秘书做朋友玩玩还行，但要是长期放在身边，你好好考虑一下吧。蒋霖屿可能因为亏欠她，有很多事没说。”

林浩阳点头：“继续。”

“我也是为你好，这话你听进去就算了，听不进去的话，就当我什么都没说。”

林浩阳若有所思，点头：“说吧。”

“简秘书工作能力是挺好的，可她的风评不太好。”周明妍叹了口气，说道，“我以前经常听到一些不好的传闻，都没放在心上，接触她之后我觉得传闻并非捕风追影。你要重用简秘书，建议你查查她的底细。我并不是说人坏话，只是我们关系太好，我这个人说话也直。秘书这个位子挺重要的，她可能出身差吧，心机很重。她敲诈过我，当然，这些都是小事，我也不会跟她计较。”

简兮如果跟了林浩阳，她不就完蛋了？她的公司跟林氏集团有着非常重要的合作，简秘书那种人肯定会吹耳边风。

“她跟蒋霖屿这么多年，你也清楚。你可以不在意，但简秘书这个小姑娘，在你们之间跳来跳去，我作为朋友为你感到不值。浩阳，你值得更好的。”周明妍抬眼，看到林浩阳阴沉的眼，停住了话。林浩阳的脸色太难看了，他是他们这群“富二代”里脾气最好的，基本上不会给人甩脸色。

她是不是说错话了？

“浩阳，我也是为你好，我就是觉得……”

“简兮是我妹妹。”林浩阳的目光彻底沉下去，单手插兜往后退了两大步，点了一下头，伸出手指着门口，“滚。”

看来简兮有改名的必要。林阳希这个名字很好，春阳始映朱华未希时，迎来了她最好的时光、最好的生命。

寓意很好，简兮也没意见。

要改时周莹又觉得不好，这个名字让希儿丢了二十多年，不太吉利。他们衡量许久，决定改名叫林希。“xī”的音不能动，简兮那么拼命地把名字改到“xī”上，他们舍不得动。希望的“希”，也可同稀，珍贵的、独一无二的，这个字必须保留。

简兮在董事长办公室填完改名资料，林世那边忙完端着红茶过来：“下午喝咖啡影响睡眠，你哥做事没谱儿。”

“谢谢。”简兮笑着接过牛奶。她认亲后就住到了林家，睡眠质量确实不太好。换了新的环境，她从一个人变成跟一家人住在一起，内心有点没安全感。虽然他们是血亲，但二十多年的隔阂，让她即使对他们有依赖，也始终隔着点什么。

简兮很清楚自己的毛病，也没说出口。林家人太好了，找了她二十多年，她不想让任何人伤心。

林世坐在对面，柔声道：“今晚上介绍你就叫林希，好不好？”

简兮在资料的最下面端正地写下“林希”两个字，回道：“林希很好。”

简兮看了一眼林世，很想跟他说不用这么刻意压低声音，刻意温和，但又不想让他失望。她把资料整理好，说道：“那我明天去办。”

“明天我和你哥都没有工作，我们陪你去。”

简兮独立了这么多年，突然过上了衣来伸手、饭来张口，出门有司机、进家有保姆，到公司前呼后拥，上面有爸爸和哥哥，回家有妈妈的生活。

她觉得自己各方面都退化了。

“好。”简兮点头。

“你看了一遍，感觉怎么样？想去哪个部门？”

“工程部。”简兮的目标明确。

这倒出乎林世的意料。他喝了一口茶，思索片刻：“怎么会想去工程部？工程部又苦又累。”

简兮对房地产行业没有多大兴趣，她衡量了一遍，总部这边，部门之间各成一体，她身份特殊职位尴尬，很难服众。她没有任何这方面的工作经验，林家强行把她放到高处，太失人心了，也不好做。

工程部成分复杂，并没有其他部门那种浑然一体的人际关系，工程部各方势力都有，处于一个拉扯的关系。简兮可以先从项目做起，难听一点就是出去刷履历，回来光明正大地上位。

“我在上屿也是项目工程这部分的工作比较多，相对来说，我熟悉一点。”简兮把笔帽盖回去，认真地看向林世，“我在总部挺尴尬的，我想出去试试。”

林世刚刚还在想给简兮安排什么职位比较轻松，乍然听到这话，沉默了几秒。

他把茶杯放回去，审视着简兮。

简兮长得像周莹，但性格里那股韧劲，又特别像他。不是他自吹，他当年也是赤手空拳，凭着韧劲与冲劲创造出林氏集团。

林浩阳可能从小养尊处优，被当继承人培养，很多路都是规划好的，那个劲就不明显。简兮不一样，她身上的气场非常鲜明，就是要拼、要打、要天地。

“了解才能做好，不然就是空谈。”简兮憋了半天，一咬牙，用特别怪异的腔调喊了句，“爸爸。”

林世愣住，简兮回来后没有叫过他“爸爸”。他们能理解她可能太久没叫过爸妈，毕竟失散了二十多年，她需要时间。

林世的眼睛一下就红了。

“我知道你们肯定会给我一个不错的职位，但总部的任何部门，稍高的职位对我来说都是架在那里，很难服众。说实话，我没能力上去。林……我哥，他就是这么走出来的。我也可以，我还年轻，我才二十七岁，我离开上屿就是重新开始，不如彻底一点。”

林世性格刚硬、强势，向来说一不二，此时抬手擦了一下眼睛仍压不住泪意。

“可以吗？”认回家人确实是底气，那种感觉是不一样的。简兮在蒋霖屿面前不敢多说，因为蒋霖屿掌握着她的经济命脉，掌握着她的全部。她不会完全信任蒋霖屿，他们没有那么深的羁绊。

可在家人面前不一样，简兮非常确定，无论她说什么话都不会被嫌弃，不会被压制或者让她无法生存。

“你给我几天时间，让我想想。”林世说，“你毕竟是女孩子，需要呵护……”

林世突然住口，简兮被拐后第一个名字叫“招娣”。如果她一直在林家长大，说这些是亲情爱意，但她的经历……

“女孩子也可以闯，你和浩阳都拥有继承权。”林世及时改口，说道，“就是觉得你刚回来，有些辛苦。”

简兮站起来，随即反应过来又坐回去。蒋家争继承人争得头破血流，豪门之间那种斗争林家会不会也有？这个继承权太沉重了。

“爸爸？”

“别紧张，别担心。你放心，我们林家绝对不会出现争继承权的问题。我很多年前就立好了遗嘱，我有两个孩子，我能留下来的会平分给我的两个孩子。你没回来，你哥暂时帮你保管，你回来，哥哥给你。无论哪一年你回来，你都拥有这些，这是爸爸的爱。”

简兮看着林世，“爱”这个字让她心里颤了一下。

“你和浩阳是一样的。”

“哥很好，他的能力很强。我没有其他的意思，我只是觉得既然重新开始，就彻底开始。要么不做，做就做到最好，绝对好。”

林世看着简兮笑了：“你的性格像我，够胆识，也敢去拼，想法很好。”

他也能理解，如果没有这样的性格，简兮走不到今天。

“你哥哥说得没错，不是上屿放低了标准，而是你打破了标准。”林世很想摸摸简兮的头发，他的孩子在他没看到的地方长大成人，“如果当初是我遇到你，我也会把你留在身边，你值得。”

“我之前的想法是，我们失去了太多共处的时光，我们也很想陪着你从四岁、五岁、六岁，一直到二十七岁，把失去的每一天都补回来。这不是束缚，这是我们的渴望。”

“我明白。”

简兮第一次没有直接说“谢谢”，而是认真地思考这些话。她的失去，也是父母的失去，她的敏感也是父母的敏感。

“你的想法很好，我没办法拒绝你。但我和你妈妈这边，私心想多留你一段时间。你暂时先跟着我，跟我熟悉公司的运作。一个月的时间，好不好？”

希儿给自己留了位置，那个位置顾全了所有人。

林世更心疼了，恨不得把全世界给希儿，又怕全世界太沉重，让她有负担。

门被敲响，林世缓了缓情绪，恢复如常才开口道：“进来。”

林浩阳大步走进门：“希儿可以走了吗？”

“干什么？”

“带我们的公主去买衣服、做造型，晚上要以最好的形象亮相，让所有人知道我们林希有多美。”林浩阳笑着坐到对面，跷起腿，仰靠在单人沙发里，偏头看简兮，“是不是，希希？”

林世的手指叩了一下桌子：“腿放下去。”

林浩阳放下腿，倾身倒了一杯茶握在手里，说道：“我妈在楼下等。”

“你妈妈的衣服选好了吗？”林世抬头，目光闪烁。

“跟希希过去一起选。”

林世起身整理了一下衬衣，清了清嗓子。

“你干什么？”林浩阳一看他爸这动作微微扬眉，他爸又要干什么？

“很久没陪你们妈妈逛街了，陪陪她，怎么了？你有意见？”

林浩阳没意见，他爸妈腻歪又不是一天两天的事了。

林世跟周莹坐一辆车，已经先走了。他们夫妻非常恩爱，这么多年，感情依旧很好，林世很黏老婆。简兮跟林浩阳一辆车，林浩阳的理由是不想去父母车上吃“狗粮”。

林浩阳的车开出停车场，融入车流。他修长的手指敲了一下方向盘，说道：“今晚，蒋霖屿可能会过来，你介意吗？介意的话，就不让他过来了。”

“我没关系。”蒋霖屿跟林浩阳那么多年的感情，林浩阳的妈妈要大办生日宴，他来也正常，“我不在意这些。”

“那好。”林浩阳回了蒋霖屿一条微信，又看简兮，“你跟周明妍是怎么认识的？你上次跟我要微信，你们联系了吗？”

“要微信是一点小事，我要验证一下，都过去了。”简兮翻看着公司的文件，还在想刚刚林世说的话。原本她打算这几天搬回希盛，林世这么说她又不好搬了。

亲情真的很好，可是睡眠对她来说也很重要，她已经失眠好几天了，不受控制地失眠。

“什么样的小事？”林浩阳笑得温和，说道，“刚刚周明妍提到了你。”

“提我什么？”简兮转头看向林浩阳，提她蠢吗？

“你先跟我说，你为什么要她的微信？”

“她是蒋霖屿的前女友。”简兮说。

林浩阳笑出声：“前什么呀？蒋霖屿和她不算谈恋爱。”

简兮缓缓地看向林浩阳：“哥，你……”

林浩阳爆笑出声，半晌才止住：“我很满意你叫我哥哥，你还是第一次叫我哥，以后就叫哥哥吧，别叫林总了。你继续，你们之间是有什么矛盾吗？”

“没有特别大的矛盾，她申请了两个差不多的微信，用假微信在朋友圈跟蒋霖屿秀了半年恩爱让我看。”

简兮拿起手机看到凌言发来的图片，整个走廊全是花圈，最近的那个上面写着：恭喜蒋霖屿先生被甩！

凌言：“是周总送来的，蒋总竟然让摆在走廊里！我的天！疯了！今天总裁办都疯了！”

凌言：“你跟蒋总真的是一对吗？你们为什么分手？”

凌言：“蒋总的朋友圈正主盖章了！你们真的谈过！你们怎么回事？我太好奇了，我的天！你怎么会辞职？你把蒋总甩了吗？！”

第五章
分　手

“她可能是对人间没什么留恋，花式找死。”林浩阳没想到还有这一出，嗤笑一声，“恭喜她，把自己送走了。”

“周明妍跟你说我什么了？”

“值得在她的棺材盖上敲钉子的话。”林浩阳敲了一下方向盘，说道，“我们会中止跟周氏的合作，如果她敢骚扰你，跟我说，我会让她知道什么叫人间疾苦。”

简兮大致明了。周明妍实属铁憨憨，竟然不去打听打听林浩阳的妹妹是谁。

简兮回复凌言的消息：“谈过，分了。”

周明妍去给蒋霖屿送花圈？她有什么立场？把别人的感情玩弄在掌心她感觉很优越吗？

“你和阿屿分手和她有关？”这个问题关系到周明妍会被几个人弄死。

“是导火索，但不是全部。”简兮不太想提蒋霖屿，反正都过去了，他们都有新的生活。蒋霖屿是她最黑暗时期的一道光，她现在有了新的光，

“都过去了，不重要。”

“周明妍追蒋霖屿很多年了，没追上，恼羞成怒罢了。”林浩阳这天特意让简兮上他的车，就是想问这件事，“以后不要跟周明妍来往了。”

这时，凌言又发了消息过来。

凌言：“老大？是你不要蒋总了吗？如果是蒋总对不起你，我辞职不干了，我也要去骂他一顿。”

凌言：“你们是什么时候在一起的？为什么要跟蒋总分手？我有种被世界抛弃了的感觉，我竟然什么都不知道。”

简兮想了想，回复：“他年纪大了，想换个年轻的。”

公司那些人会怎么说，简兮不用听都知道，多半是诋毁她的话。但她和蒋霖屿确实没有公开过，分手也不好澄清，这样挺好。

她不要蒋霖屿了。

凌言：“什么？”

凌言：“真的？”

蒋霖屿为什么会收那些恶心的挽联？还大张旗鼓地摆在走廊上。大概也是想明确他跟简兮分手了，这事到此为止。

简兮点到为止：“男人上了年纪身体素质会下降，以后你找男朋友注意年纪，不要找比你大太多的。”

凌言又是一排感叹号，她家大概是生产感叹号的，这么多感叹号。

“周明妍心理扭曲，生活不如意就见不得别人好。不过，有一说一，蒋霖屿做得不好才会让人有机可乘，他活该一辈子单身。”林浩阳看了一眼简兮的侧脸，她垂着头在玩手机，阳光从风挡玻璃洒进来，落到她的皮肤上，柔和了她的明艳，“你值得更好的。”

凌言：“这样吗？”

简兮从不跟人提这些，也不知道别人怎么样。她更不会跟凌言多说，就没有回复。

凌言：“蒋总那么帅，居然……天啊！”

简兮沉默了，不过她并不想给蒋霖屿正名。

反正她跟蒋霖屿分手时已经解释清楚，其他的跟她没有关系。

“最近有谈恋爱的打算吗？你看看我那些同学，你有没有看上的？还有好几个单身。”

林浩阳八倍速地规划着她的人生。

“不用。”简兮冷酷地拒绝，事业不香吗？为什么要谈恋爱？

林家买东西非常夸张，简兮试一套他们买一套，堪比蒋霖屿。以前简兮以为只有蒋霖屿是那样，买东西买一个系列。她曾经和蒋霖屿去国外出差，有半天空闲时间，他带她去逛街，从街头买到街尾。

简兮目瞪口呆，蒋霖屿不征询她的意见，只是刷卡买单，把袋子塞给她，然后继续看下一家。有一些东西，她只是好奇地看一眼，他就买下来了。

在燕城唯一的一家顶奢高定门店里，简兮试到第七套真的疯了，坚决不再试，怕他们把店买空。每一套出来都要面对疯狂的“彩虹屁”以及买买买，她试一套，林世就给她买一套。

“礼服平时不会穿，没必要买这么多。”简兮抗争道，“属于浪费。”

“穿过、美过就不浪费，而且给爱的人买怎么能叫浪费呢？”周莹笑着往简兮身上比新的礼服，“我们宝贝真好看，穿什么都好看，想把最好看的衣服都放进宝贝的衣柜。”

简兮愣了一下，随即扬唇：“谢谢。”

蒋霖屿曾经也这么拿着衣服在她身上比，只是他冷着脸没有多余的话，比完就把衣服给她，指使她换衣服。他懒洋洋地靠坐在试衣间外面的沙发上，修长的手指支着下巴，等她换衣服出来给他看。

蒋霖屿是抱着什么心情给她买东西呢？

简兮的颜值很高，气质又好，什么风格的衣服都能驾驭，每一套都好看。晚上的礼服就是个难题，每一套都好，又不能穿七件。

简兮喜欢的风格偏硬朗成熟，其他三个人一致认为橘粉纱裙更适合她，明艳大方，仙气飘飘却不显柔弱。

简兮拗不过他们，换上了橘粉纱裙。她还是第一次在公开场合穿纱裙，纱裙长袖一直遮到手背，落入精致的宽手镯中。手镯是林浩阳送的，花环形状，精致漂亮，上面镶着宝石，遮住了她手腕上的疤。

林浩阳穿了套白色西装，搭配浅色的休闲衬衣，早就吹好了头发，跷着腿，靠在沙发上刷群内消息，一副大少爷的模样。

陈兴："小林爷，林妹妹到底长什么样？你们家好神秘，这么久也没照片，不像你的炫耀风格。竟然能憋住，你也不怕憋死。"

林浩阳："极美。"

李辉："哇！多美？照片！有男朋友吗？结婚了吗？能追吗？大舅哥。"

林浩阳："单身，想做我妹夫的来我这里领号码牌。"

林阳希认回林家也有一个多月了，林家配合警方发了公告，但她的消息丝毫没有被放出来，连个背影都没有。有媒体好奇，自始至终没拍到林家这位千金的信息。

群内顿时热闹起来，林浩阳划着手机往下翻消息，这个群是燕城玩得比较好的一个私人群，一群男人。

五分钟后，蒋霖屿："我领号了，谁敢抢，我杀谁。"

林浩阳"嗞"了一声，蒋霖屿要不要脸？

李辉："蒋霖屿，有故事？"

蒋霖屿："事故。"

蒋霖屿："林浩阳，一辆帕加尼风神，撤回刚刚的消息。"

林浩阳："两辆帕加尼风神，滚。"

随后系统提示蒋霖屿被移出了群聊。

蒋霖屿看着手机，表情狰狞了几秒，阴沉沉地盯着手机。

他的手肘压在扶手上，手背抵着下巴，修长的手指间捏着黑色的手机，飞快地转动着。他忍不住焦虑，那种焦虑让他的指尖微微发抖。

夏末季节，日长夜短，夕阳沉到了地平线处。金色的光照在车玻璃上，映出了耀眼的光芒，反射到他冷白的肌肤上。他垂下眼，睫毛在眼下拓出阴影。

蒋霖屿上一次见简兮还是她去上屿辞职时，签字时他还很正常，她转身时他突然起身撞开椅子从后面抱住了她。

蒋霖屿不知道自己是从什么时候开始喜欢简兮的，以前他只是想把她放在身边，渐渐地，就得寸进尺，想要的越来越多。

蒋霖屿从没想过有一天简兮会走，走得那么彻底，没有任何留恋。

他死死地把简兮抱在怀里。

蒋霖屿刚回国时，四面楚歌，每天都在各种酒局上喝到怀疑人生。他从高处跌落，跌入人间。他一无所有，只有简兮。

四年半，无论蒋霖屿做什么、在哪里，回头就能看到简兮。他知道简秘书在身后，他可以毫无顾忌地去做任何事。

蒋霖屿以为他们可以在一起一辈子。

可现在身后空荡，蒋霖屿的手机滑落掉到地上。

“蒋总，”司机回头，说道，“要进去吗？”

“等会儿。”蒋霖屿的嗓音沙哑低沉，俯身捡起手机拿纸巾擦拭，将手机擦得一尘不染。

暮色降临，这个城市的灯光亮了起来。客人陆续抵达，蒋霖屿的手背抵着下巴，黑眸凝视着入口处。

“蒋总，林董的车到了。”司机回头。

蒋霖屿的心脏猛地跳了一下，但很快就恢复如常。他抬手整理了一下领口，看向司机：“我今天这套衣服可以吗？”

司机一愣，点头，蒋霖屿的皮相好，穿什么都好看。

蒋霖屿拿起旁边的手提袋，推开门，脚落到了地上。

林世的车停在正门口，他先下车，随即绕到另一边拉开车门微弯腰，车里伸出来白皙纤细的手臂，搭在他的手上。

蒋霖屿的喉结滚动，一瞬间呼吸急促。

身后喇叭声响，蒋霖屿回头就看到林浩阳的车开过来。黑色的轿车缓缓地开过来，林浩阳坐在驾驶座上，旁边是简兮。简兮穿着橘粉色纱裙，一字肩，漂亮的锁骨线条清晰可见。她的头发半扎起来，其余的散在肩头，整个人看起来温柔典雅。

简兮很少穿这种纱裙，行动不方便，她喜欢更利落的衣服。蒋霖屿还是第一次看她如此仙气飘飘，美得不可方物。

她穿婚纱是不是也这么美？

林世拉的不是简兮，简兮跟林浩阳一辆车。

蒋霖屿抬手推了一下鼻梁上的眼镜，斯斯文文地朝简兮点了一下头。他俊美、优雅，矜贵又绅士。

林浩阳从驾驶座那边的窗户探头出来，恶声恶气地说："蒋霖屿，再不让开我撞死你。"

"浩阳，你在胡说什么呢？开玩笑也不准乱说。"林世斥责了一句，转头叫道："阿屿。"

蒋霖屿退开让出主干道，转身面向林世时俊美的脸温和得无懈可击："叔叔，祝阿姨生日快乐，祝您事事顺心幸福常伴。这是送您的礼物。"

蒋霖屿把手里的礼物递给周莹。

"谢谢阿屿，怎么没进去？"周莹笑着说道。

"我也刚到，今天公司比较忙耽误了些时间，来得晚一些，希望阿姨不要介意。"

"怎么会介意呢？我们也是现在才到，还没登门感谢你照顾希儿呢。"周莹挽住林世的手臂。

"我也没做什么。"蒋霖屿说，"没照顾好阳希，我原本还想改日上家里请罪。"

"客气了，有时间上家里吃饭。"

"好的，我一定去家里吃饭。"蒋霖屿立刻应了下来。

周莹跟蒋霖屿聊了两句，不由自主地往林浩阳的车上看，温柔地叮嘱："慢点停车，停稳了再带妹妹下车。"

简兮解开安全带，从后视镜里看到蒋霖屿的车在不远处。蒋霖屿跟父母站在一起正聊着什么，他比较高，微微倾身，似专注地听人说话。

"蒋霖屿在装。"林浩阳解开安全带，对蒋霖屿那点把戏了如指掌，只是没想到蒋霖屿也有这一天，"你牵着我的手进场，别让他的诡计得逞。"

简兮看了林浩阳一眼，从另一边下车。

“你先别急，我还要帮你开车门呢。”林浩阳关上车门，大步走向简兮，把手递给她，微一侧身，挡住蒋霖屿的视线，道，“你说他是故意这个时间点来，还是巧合呢？”

简兮挽住林浩阳递过来的手，往那边看了一眼：“从停车的位置推测，来的时间不会太短。”

蒋霖屿的车占了个好位置。

可是蒋霖屿为什么要这么做？简兮跟他说得很清楚，他对她的感情只是占有欲，并非爱情。

“爸妈不知道你们的事。”

简兮点头。

林浩阳带简兮到台阶处，把简兮的手交给周莹。

林家两个女人走在前面，林浩阳和林世走在两边，蒋霖屿迈开长腿大步上前，若无其事地走在林浩阳身边，抬手扶了一下眼镜，面不改色。

十一楼宴会大厅简兮不陌生，上屿每年年会都在这里举办。不过，她作为主角还是第一次。

大门缓缓拉开，客人们回头看过去。

林氏集团董事长的太太牵着一个年轻女孩儿的手走进来，女孩儿穿橘粉色纱裙，微一抬头，漂亮、明艳的脸彻底显露出来。

离门口最近的林浩阳的狐朋狗友桌瞬间安静，他们第一次见这么美的简兮。

重点不是简兮有多美，重点是这天宴会的主题，林家公布他们找了二十四年的女儿回来了。

群里瞬间炸开了：“简秘书是林浩阳的妹妹？”

简秘书是林浩阳的妹妹！简秘书居然是林浩阳的妹妹！

林家人走进来，最后跟着蒋霖屿。蒋霖屿穿着浅色西装，身材挺拔修长，相貌俊美，走在简兮后面，“恰好”跟简兮这天的衣服色系相配。

燕城上层社会的很多人对简兮并不陌生，她和蒋霖屿形影不离，有蒋霖屿的地方必然有她。蒋霖屿又很传奇，父母双亡，只身回国杀出一条血路，还把上屿拉回了正轨。

只不过这回简兮不是跟在蒋霖屿身后，而是跟着林董事长。

“这是我们的女儿林希。”林世攥着简兮的手，跟所有人介绍，“我们找了二十四年，她回来了。”

她不再是蒋霖屿的秘书，不再是简秘书。

简兮陪着父母吃饭，喝了两杯酒，酒过三巡。她起身走向洗手间，打开水冲着手，抬头看着镜子里的自己。

“林希。”简兮抿了一下嘴唇，嘴角上扬，完美地微笑着面对自己，“以后就叫林希了。你好，林希。”

林希很好听，林家最珍贵的宝贝。

简兮细致地把手洗干净，抽纸擦手，对着镜子补妆，一丝不苟。她收起手包走出洗手间，猝不及防看到蒋霖屿。她的睫毛动了一下，红唇明艳，轻轻一颔首就要越过他离开。

“最近睡眠不好？”蒋霖屿的西装外套脱掉了，只穿白色衬衣，领口敞着，手插兜靠在走廊的墙上。

灯光落到他的眼镜片上，折射出清冷的光，他喝了酒，脸色微红。

“很好。”简兮站直，这天被周莹拉去做了个美甲，手指上有着粉色花瓣，握着银色小包精致又漂亮。

“简兮——”

“我叫林希，蒋总。”

蒋霖屿的喉结滚动，幽深的眼睛注视着她：“最近怎么样？”

“非常好，每一天都很快乐。”

蒋霖屿眯了一下眼，抽出手走过来，走到简兮面前。他喝了酒，嗓音被酒精熏染得沙哑：“我很不好。”

蒋霖屿站得很近，他有很多话想说，又不知道说什么。问她离开他习惯吗？她怕是要雀跃地说太习惯了。问她离开他她好吗？但明显是肉眼可见地好。

他没有给过简兮一天好日子，林家接回去后，她被锦衣玉食，捧在手里宠着，举在头顶爱着，他不心疼有人心疼。

蒋霖屿抬手想碰她，她撤开，拉开一米的距离，抬起下巴审视蒋霖屿："蒋总，请您自重。"

简兮彻底放弃他了。

蒋霖屿抬眼，声音沙哑："我若是不自重呢？"

"那我就请你自焚。"身后林浩阳的声音响起，蒋霖屿睨过去，目光有几分阴沉，但很快就掩下去。

林浩阳走过来把林希护在身后，抬起下巴："你还是自重吧。"

蒋霖屿咬牙切齿："我焚你家门口。"

"那我用垃圾袋把你铲进去，也省得买骨灰盒了。"林浩阳看着蒋霖屿，坚持挡在林希面前，"她跟你在一起的时候，你没护住她，现在你有什么资格来找她？"

林浩阳知道了周明妍的事，一肚子火气。

"给不了你的女人安全感，就别谈恋爱。"林浩阳也喝了酒，衬衣领口散着，脖子微微泛红，英俊的脸上有着浓重的火气，"周明妍那个女人，谁给她的底气来欺负我妹妹？她的手段又低级又贱，但成功了。跟你秀半年恩爱让我妹妹相信，你是个死人？你跟我妹妹在朋友圈秀一次恩爱，这种扯淡的谎言就会被戳穿，你有吗？之前我信你局势不稳，你是为了保护她。今年呢？今年你为什么不做？你在等什么？你在等海枯石烂，还是山无棱天地合、世界走上末日、天地枯竭，你才能跟她光明正大在一起？"

"林总，"简兮突然开口，忍不住制止，"你喝多了。"

林浩阳本来剑拔弩张，一听突然就闭嘴了。简兮不叫他哥了，他抿着嘴唇站在她身边。迅速冷静下来，不说话能憋死吗？不能，但失去妹妹他会死。

"简……"蒋霖屿开口，话没出口。

"林，希望的'希'，林希。"简兮的目光直射过去，带着几分凌厉，接触到蒋霖屿的眼睛，才缓了几分说道，“我哥喝多了，你不要介意。刚刚什么都没有发生，打扰了。”

简兮用力地拉着林浩阳的手腕。

林浩阳的情绪还在高潮，一时间没落下来，他垂下眼看简兮的手。

“哥，都过去了。”简兮说，“别这样。”

林浩阳回头看了蒋霖屿一眼，被简兮拉走了。

简兮叫林浩阳“哥”，他们是一家人。

蒋霖屿的脑子嗡嗡作响，他是简兮世界之外的人，她对他疏离客气，礼貌有度。他往后退了两步，靠在墙上，静静地靠着。简兮为什么会离开？因为他的自私。

蒋霖屿不肯吃一点亏，简兮没说喜欢，他也不会放任自己对简兮的喜欢。但他从来没有考虑过，人非公式，非机械，设定一个程序就会产生一个必然的效益。

感情是相互的，他什么都没有做。

林浩阳把简兮的资料发给他，从三岁到现在，事无巨细。简兮曾因为养父母威胁她要来找他，她就给他们钱。她前几年工资并不高，她住在那么破的环境里，被威胁走了六十万元。

蒋霖屿以前可能会对六十万元不屑一顾，才六十万元。

直到他把简兮五年来的工资单拉出来，一点点地看，一个数字一个数字地看。六十万元是她刚进上屿时，两年的工资。

简兮隐瞒着自己的家庭，隐瞒着自卑。她那时候还奢望能够跟蒋霖屿在一起，怕他因为家庭看不起她，会跟她分开。

蒋霖屿在做什么？他在肆无忌惮地享受着简兮的温柔体贴，全部的爱。

简兮那样敏感、骄傲又脆弱的人，不会主动告白，也不会对蒋霖屿要求什么，她在等，蒋霖屿也在等。

他们认识五年，简兮的爱每一天都在减少，而蒋霖屿每一天都在增多。他们就像两条沉默的交叉线，过了交集点再没有关系了。

蒋霖屿以为下一步可以筹备婚礼跟简兮生个孩子，一辈子在一起，可简兮走了。

他没有说过喜欢，也没有说过爱。简兮说过，但都是过去式了。

周明妍跟他秀了半年恩爱？简兮信了。为什么会信？因为他没在任何社交平台公开过跟简兮的感情，她并不知道他的感情是什么样的。

蒋霖屿攥紧手，很轻地呼吸着，每一下心脏都撕裂般地疼。

简兮不是那个无助又敏感却还得被迫坚强苦苦等待他的简秘书了，她是林希，林阳希，她的人生充满了阳光与希望。

她不会再回头。

他们回到座位，周莹回头看过来："浩阳，你跟妹妹怎么了？"

"喝多了。"林浩阳说，"让妹妹扶了一把。"

"少喝点，对胃不好。"周莹摸了一下林浩阳的后脑勺，"妹妹回来了，高兴可以喝酒，但也不能过量。"

"嗯。"

林浩阳转身把母亲抱进怀里，用力地抱了一下，嗓音沙哑："以后谁也不能欺负阳希，谁都不准欺负她。"包括他最好的兄弟。

曾经的简兮，现在的林希。

晚宴结束时是十点，林希跟父母坐一辆车，林浩阳在后排睡得无声无息。

周莹把保温杯打开递给简兮："怎么了，不舒服吗？"

林希接过保温杯，学着林浩阳的样子，把周莹抱了个满怀："妈——妈。"

这天在宴会上简兮没叫出口，但在这一刻，她真正接受了这个身份。

周莹的身子一顿，随即哭出声。

她的人生重新开始了，无论事业、爱情，还是朋友、亲情，她是全新的。

林希到家保姆就迎了上来，扶着林浩阳回房间，又给几个人送醒酒汤过来。周莹和林世都困了，但林希没上楼，他们也就在这里等。林希垂着头喝茶在想事，回过神的时候看到父母在等，连忙起身回房间。

失眠在预料之中，她已经失眠好几天了。但这天的失眠比以往来得更长，她闭着眼，等待时间一分一秒地往前走。

两点、三点、四点……简兮数着时间到四点钟，起身走到窗边，拉开了厚重的窗帘。天还是暗的，天边有灯火。

林希坐在地上静静地看着，看到五点，天亮了。

清晨的光透着寂静，她以前忙得脚不沾地，每天不是蒋霖屿就是工作。五年老员工，她最奢望的是一觉睡到自然醒，很少看五点的燕城。

清晨五点。

园艺师在修剪小区公共区域的花枝，人工湖上的天鹅已经苏醒，抻长着脖子在水上滑动，树木深处，有人开始晨跑。

林希起身换上运动套装，戴上手环打开门。

她没有晨跑的习惯，她的健身时间都是晚上，这是她第一次晨跑。空气微凉，还有鸟鸣，十分清新。

林希调整呼吸，顺着小区开始跑。跑到第四圈，碰到了李辉。李辉一脚刹车横到了林希面前："简秘书？"

林希穿着黑色运动装，上衣比较短，微一弯腰就能看到腰腹线条。她有马甲线，又美又飒。她在原地跑着，回头看到李辉："李总。"

李辉是蒋霖屿的高中同学，林浩阳、李辉、蒋霖屿三个人算"铁三角"关系。不过李辉学习很差，大学在燕城读，现在开娱乐公司。花花公子"富二代"，每次见面女朋友都不是同一个人。

"嗨，早上好。"李辉的目光还凝在林希身上，默默把自己的嘴合上，简秘书也太辣了！

他知道简秘书认回了林家，他也参加了林家的宴会。只是昨天还没有太大的落差感，简秘书常年跟在蒋霖屿身边，温柔静美，不多话也没棱角，昨晚她也是那样。

可这个跑步的简秘书太艳了，身材又好，人也明朗，长发扎起来，露出漂亮的脖颈，锁骨上有薄汗。美得明明白白，艳得朝气蓬勃。

"你一个人在跑？"

不然她还要背上全家吗？

林希停下来拉伸手臂：“早。有事？”

“乍然看到你，打个招呼，你现在住这边？”

“嗯。”

“我爸妈住这个小区，我偶尔过来吃饭，以后有时间一起跑步。”以前他觉得简秘书美得缺乏灵魂，但如今看到这样的简秘书，他觉得是自己缺个脑子。

“好，有时间约。”林希客套着，她对花花公子一点儿兴趣都没有。

“那你继续跑。”李辉挥挥手，从林希的美貌中回神，说道，“再见。”

“再见。”

林希继续匀速地顺着路跑，李辉忍不住往后面看，拿出手机从倒车镜拍了一张简秘书的背影发给蒋霖屿：“你猜这是谁？”

林希正面更美，是真正的纯素颜，不施粉黛。运动让她的肤色泛起薄粉，但眉眼更加飒爽。

“她在晨跑，在世茗？”蒋霖屿的信息立刻回了过来。

李辉：“认出来了？我第一时间都没敢认，跟简秘书差别好大。果然，早起的鸟儿有美女看，今天被我爸催起来。对了，你们是不是分手了？应该没关系了吧？”

他是不是可以追？

蒋霖屿看着手机上的照片，简兮穿黑色运动套装，身材极好。

林家住在世茗，住了很多年，简兮回到了林家自然也是在世茗。

“她每天都晨跑？”

“应该吧，我不在我爸妈这里常住，我昨晚回来今天就碰到了。”

蒋霖屿返回通讯录，找到陈秘书的电话打过去，那边很快就接通：“蒋总？”

“私事，帮我在世茗找套房子。不论环境地段价格，我要今晚搬过去。”

林希跑了一个小时才回家，阳光已经铺洒大地，天地一片亮白，花园里花香四溢。

林希推开门走进花园，抬手看心率。这一个月她每天都在看资料、看文件，接受自己是林希的事实，几乎忘记了高频率的工作是什么感受。

汗水让她酣畅淋漓，但一夜未眠让她的心率达到了前所未有的高度。她调整呼吸，感受心脏的轰鸣。

“希儿？你出去跑步了？”周莹抱着花瓶出门，乍然看到林希。她的皮肤在光下如瓷白，长发扎起，没有刘海。漂亮的一张脸朝气十足，“起这么早，你爸和你哥还没起床。”

“早上没事，出去跑跑顺便看看小区。”林希走向母亲，说道，“要剪花吗？需要帮忙吗？”

“不了，不了，你拉伸完去洗个澡吃早饭。”周莹观察林希，说道，“你是不是睡眠不好？睡眠不好的话我给你房间的花换成薰衣草吧。薰衣草安神，你睡得也比较舒服。”

林希到嘴边的话又咽了回去，不能说出口的焦虑，会伤害父母的感情。

“还好，我进去了。”

“注意穿衣服，别着凉。”

“知道。”

林希一进门保姆就快步过来递给她保温杯，说道：“喝点热水。”

“谢谢。”林希那种焦虑感更严重了。

林希拎着水杯上楼，迎面碰上穿着睡衣下楼的林浩阳。林浩阳一个人住三楼，四目相对时，他的哈欠卡在喉咙里，往后退了一大步：“你……大清早去跑步？几点？现在几点？”

林浩阳没找到手表，林希抬起手腕给他看：“六点半。”

“你的心率是不是过高了？”林浩阳看时间时先被心率吸引，彻底清醒了，皱眉，“要不要去看医生？”

“我昨晚没睡，早上就出去跑步了，心率会比平时高，正常。”林希抬手按了一下眉心，看着楼梯上的林浩阳，“你先别跟爸妈说，我自己的问题。”

“啊？”林浩阳傻了几秒，表情彻底严肃，“怎么回事？失眠？要不要去看心理医生？”

“应该不用看，没到那个地步。”林希活动手腕，转身背靠在墙上深吸气平复心跳，“焦虑。”

“为什么？”

楼下母亲的声音响起，吩咐保姆做早餐清淡一些，说“希儿上火”。

林浩阳拉着林希大步上楼：“去我房间聊聊。”

林希回来以后还是第一次去林浩阳的房间，房间装修非常工业风，巨大的落地窗前放着一个焊到一半的大黄蜂，和真车一比一的尺寸。房间里挂着一个沙袋，黑色钢管的床，裸色墙壁，石灰色地板。

其他家具全部原木色，粗糙中带着文艺的灰暗。

“你这房间跟蒋霖屿的房间是一个设计师吗？”林希进门后，那种压迫感轻了许多，突然就放松下来。

莫名其妙，她明明以前最喜欢温暖公主风，看到这种冷工业风竟然会有种踏实感。

“你能看出来？我们要了完全不同的风格，他是个死古板，我的品位这么好。”林浩阳反手关上门，说道，“随便坐。”

林希看到那个大黄蜂架子心情陡然开阔，那是她熟悉的领域，她快步走过去看车的整体框架。这是《变形金刚1》里面的大黄蜂，雪佛兰科迈罗第一代一九七四款。前半部分已经组装好，车底履带裸露出来。

她第一反应是震撼，太震撼了。

“这个市场没卖吧？是哪个大师的作品？”林希也喜欢车，对各种类型的车都有研究，《变形金刚》她也看过很多遍，从漫画、动漫到后来的电影。

“是蒋霖屿做的。”林浩阳拉开窗帘让光落进来，说道，“工作不顺利吗？爸爸说你想去工程部，从底层做起。”

“蒋霖屿做的？”林希震惊，蒋霖屿竟然还有这么浪漫的时候？虽然这份浪漫的对象是林浩阳。林希小心翼翼地触摸车身，能感受到创作者骨子里的浪漫，“我想去工程部，能做一点事，不至于被架在那里。”

焊工漂亮精致，内部一比一还原，连小零件都做得很精细。林希俯身去看履带和钢板支架，用的材料也很还原。

“你喜欢这个车？”

林希绕到另一边看车，她是变形金刚狂热粉，点头：“非常，漫画里的大黄蜂原型是甲壳虫，但我更喜欢科迈罗第一代。”

机械类的东西让简兮兴奋，血液直冲大脑的那种兴奋。高三报志愿她原本想读理工专业，老师建议她学会计，会计是铁饭碗以后工作好找也稳定，她就考了商学院。她学的大部分东西都是为了生存，很少有爱好。

林浩阳看着她。

林希一夜未眠，状态明显很差。可是看到车，她的眼中有光。

“你小时候就喜欢车多过洋娃娃。”林浩阳双手抱臂走过去，抚摸着框架，“这是一个很遗憾的作品。”

“他怎么不做完？”林希掀开前面的引擎盖，才反应过来是林浩阳的东西，抬眸征询，“可以看吗？我想看看发动机。”这款车原型的内部她在上屿工程部看到过，这个手工模型还原度非常高，“是什么时候做的？”

“你可以看，这个车一比一还原了科迈罗一代，是二〇〇七年做的。按照图纸规划能开上路，不算是完全的模型。”林浩阳双手抱臂靠在一边的墙上，“做到一半，蒋霖屿用电焊失误，烧到眼，手术去了，就中止了。”

林希突然抬头，电焊失误？蒋霖屿的眼睛不是天生近视？

“他的眼睛是电焊失误导致的弱视？”

“他没跟你说过吧，二〇〇七年我们在M国读书，那年《变形金刚1》上映。我们看完后有了一个很疯狂的念头，能不能做出来一辆一比一的变形金刚，真正的能变形又可以上路的汽车。蒋霖屿主工程和画图设计，我负责联系厂家定制零件，我们的工作室一共四个人，另外两个打下手。本来计划顺利，后来电焊机出了问题，他烧伤了眼睛，做了两次手术才能看清。这辆车就放下了，毕业后我带回了国。”林浩阳笑了一下，说道，“疯狂吗？为了一个想法。”

“疯狂，但也是极致的浪漫。”林希抚摸车身，她从来没有疯狂过。

原来他们也有这么疯狂的阶段，林希认识蒋霖屿时，他做事非常沉稳，每一步都是有计划的行动。他非常有规划，从不会偏离轨道。

“你认为是浪漫？”

“做想做的事，不浪漫吗？”林希看向林浩阳。

“浪漫，一生一次的浪漫。”林浩阳笑了起来。林希某些地方跟蒋霖屿一模一样，可能他们真的在一起太久了，互相影响，“离开学校，穿上西装走入职场，就永远不会再拥有那种疯狂。难得，确实是极致的浪漫。”

“热血、激情渐渐退去，冲动、疯狂被理智成熟取代。”林浩阳抚摸着车身，嗓音沉下去，有一些唏嘘，他们都三十岁了，“变成关在笼子里的动物，本能渐渐退化。”

蒋霖屿也是吗？林希想问，到底没问出口。

“你有过梦想吗？”林浩阳问，“你做过最极致的事是什么？”

“前一个问题没有，后一个问题，不能回答，隐私。”最极致？林希想了想，她做过疯狂的事大概就是偷偷吻了蒋霖屿，在他睡着的时候，吻在他的眼睛上。

“为什么焦虑？”

林希敛起了情绪，拉过椅子坐下：“我知道你们都很好，我们是最亲的人，我们之间不应该有隔阂，我也不应该搬走，爸妈会失望。但我很焦虑，我觉得我的生活在失控，我失去了我的空间、我的规律，可能我只是习惯了以前的生活，无法做回公主。我回应不了这么多的感情，我会有一些压抑。”

林希跟人合租过，不算一直独住。但合租不一样，合租是关上门其他人跟她无关，可以互不相识。她和蒋霖屿住也没有这方面的问题，蒋霖屿跟她太熟了，熟到她可以在蒋霖屿面前裸奔且没有任何心理负担。

林希住在家里，父母、林浩阳、保姆，家里每一个成员都让她无所适从。她跟家里人没有那么熟，毕竟隔着二十四年。但他们是血亲，他们是世界上最亲密的人，她要在短时间内跟家人培养出亲密无间的感情。但是硬着头皮去接触去沟通建立感情，这让她很难受。

“你想搬出去？”林浩阳问。

林希点头。

“你想搬出去住就搬出去，我至少能护你十年内随心所欲，做你想做的一切。”

“没必要顾及所有人，你不必顾忌，你是林希，你想做什么都可以。”林浩阳知道林希是讨好型人格，他很清楚林希的压抑，她处于一种拉扯中。她不是不爱，也不是不接受，她很努力地融入这个家庭，可是二十四年真的太久了。

他们早就形成了自己的习惯，适应是个时间问题。

林浩阳单手插兜，睡衣松松散散：“人生只有前路，走完这辈子就结束了，不要委屈自己。”

“父母那边我会去沟通，我们是一家人，你可以说出自己的想法，我们会支持你。”

林希看着林浩阳，鼻子有些酸，她很感动林浩阳会说这些话。他从来都没有让她难堪过，以前没有，认亲之后更没有。

林希离开那辆车，攥了一下手，抬头看向林浩阳：“哥。”

林浩阳站直。

她正式提出诉求：“我想搬回希盛，我会每天回家吃饭，我会跟爸妈联系。但我想住在希盛，晚上一个人住。我跟你们没有任何感情上的问题，我热爱着这个家庭的每一个人。”

漫长的沉默后，林浩阳伸手摸了一下林希的头顶：“好。”

林希抿着笑偏了一下头，漂亮的眸子中有光闪烁：“谢谢哥。”

“今晚就让你一个人住，还睡不好的话我们再想办法。”林希叫他“哥”让他打了鸡血般，他收回手迈开腿大步往外面走，准备尽快安排这件事，“回房间睡吧。”

林希看着林浩阳的背影，安心又踏实，这就是家人的感觉吧。

她拍了两张大黄蜂的照片回到自己的房间，把娃娃全部塞进柜子，把林浩阳送的汽车模型摆到床头。

林希吃了一片助眠药，平时是她不会吃的，她对这类药物很敏感，吃完头疼，但这天不吃真的会猝死。

林家同意她搬出去，等她睡醒，林世就开车送她去希盛的房子，一家人兴师动众地把她送到了希盛。房子重新装修过，家具全部换成了新的，保证绝对不会出现甲醛问题。

周莹帮林希拿东西，眼睛通红："你一个人住这边行不行呀？会不会害怕？害怕就回家，打一个电话哥哥和爸爸就来接你。"

"我有事就给你们打电话。"林希拉着周莹的手，转身把她抱进怀里，"不要哭，我很强的。我练了两年自由搏击，如果不是工作忙没时间，我就拿证书了，我的水平能考证。"

周莹哭得更凶了。

林希咬了一下嘴唇，擦掉母亲的眼泪，逼着自己开口："妈，我很喜欢你。"

她从来没有说过这个字，不好意思。搬出来是她的决定，但肯定会伤他们的心，这也是她一直开不了口的原因。

林家一家三口恋恋不舍地在林希这里待到晚上十一点才离开。

林浩阳开车带父母回家。

"让家里的许阿姨来希儿这里给她做饭，还差什么？老公，赶紧想，我们明天给希儿送过来。"

林世被问得一头蒙，做几十亿生意的时候都没这么犯难。

"许阿姨偶尔过来帮她打扫卫生就行，其他时间算了，别打扰她。"林浩阳其实很理解林希想要的空间感，这么多年了，她已经过了依赖家人的年纪，"妈，你实在想希儿，你就去公司，她每天都会上班。"

这点林世就舒服多了，希儿至少每天会去他的办公室报到。

他们在一起工作。这么一想，林世就格外开心。

林世拉住太太的手，认同儿子的话，说道："莹莹，你要回公司吗？

我们也该重新开始，拥有我们的生活。”

周莹靠在林世的肩膀上，她的生活重新开始了。

她跟林世是高中同学，大学相恋，毕业结婚。但那时候创业艰难，两个人不敢要孩子。她陪着林世打拼，最苦的时候，他们都做好了如果失败就一起结束生命的打算。后来过了难关，两个人携手与共。三十岁才有了林浩阳，三十三岁生的林阳希。

三十六岁，宝贝女儿丢了，她的天一下子就塌了。她的事业心、她的梦想，全因为失去女儿崩塌了。

二十四年，她连一个完整的觉都没睡过，一闭眼就是女儿的哭声。她无法工作，她焦虑到无法正常生活，时常幻听、幻想。

林希回来了，她的宝贝回到了身边，她们见面的那一天，她睡得特别踏实。

“我和希儿长大了，但我们依然爱你们。你们真不用过多地担心希儿，她比我更独立、有主见。”林浩阳说，“我们都很好，你们确实应该享受生活，享受你们的二人世界。”

林浩阳知道林希为什么会选择那套房子，那套房子是她买的，她有归属感。归属感这种东西，并不受个人主观控制。

车开进了小区，旁边一辆车超速开过去，林浩阳看了一眼车牌，目光停住。

那是蒋霖屿的车，蒋霖屿深夜来世茗干什么？

林浩阳把车开进车库，父母腻腻歪歪地进门了，林浩阳借着抽烟的借口出了院子。顺着小区门前那条路往里走，走到第四排看到了蒋霖屿的车，以及搬家公司的车。

林浩阳的嘴角上扬，默默地把烟装回裤子口袋，双手插兜，吹了声口哨，随即转身大步往回走。

蒋霖屿还想玩近水楼台先得月那套，月亮连夜打飞机跑路了。

蒋霖屿绕着小区跑到第四圈，依旧没看到林希。林家别墅繁花簇拥，独栋占据着小区最好的位置。一共三层，白色的外墙。

“早啊，蒋总。”

蒋霖屿面无表情地回头，看到林浩阳，停住脚步：“早。”

蒋霖屿一改往日的西装革履，林浩阳许多年没见过他穿运动套装了。黑色运动装衬得他长腿笔直，清冷的脸上并没有多少汗意。他这个跑步就会死的人，居然会晨跑。

“怎么在我们小区跑步？”林浩阳打开大门，倚靠在门边，上下打量蒋霖屿，“你这是从阳湖别墅跑来的？”

“昨天我搬到了这边。”蒋霖屿拿下眼镜用纸擦着，睫毛浓密乌黑，垂下去遮住了黑眸内的情绪。

“你们阳湖别墅是涨水了？你怎么还迁移了呢？”

“离公司近。”蒋霖屿的嗓音淡淡的，越过林浩阳往里面看，七点半她该起床了。

“那你继续跑吧，我去公司了。”林浩阳把墨镜戴上，转身欲走。

“阿屿怎么大清早在这里？”林世一出门就看到了蒋霖屿。蒋霖屿一身运动打扮，绝不是上门拜访。

蒋霖屿把眼镜戴回去：“刚搬到了市区，离公司近。林叔，早上好。”

“这样啊，搬过来挺好，离我们也近，晚上来家里吃饭。”

“好的。”蒋霖屿侧身让开路，“谢谢叔叔。”

“那我先走了。”林世上了车，黑色汽车开了出去。

蒋霖屿的黑眸微沉，若有所思。

林浩阳上了他的跑车，打算离开。

蒋霖屿一步上前挡住林浩阳的车，按着车引擎盖抬眸看他：“先别走，问你点事。”

“计时收费。”

蒋霖屿修长的手指叩了下引擎盖：“转账给你。”

他走到驾驶座外面，问：“她不住这里？”

林浩阳定定地看了蒋霖屿几秒，忽然爆笑出声，长手搭在车窗上。

憋死他了，蒋霖屿玩心机，谁能想到昨晚林希搬走了，他玩了个寂寞：“你猜。”

“她是不是搬走了？”蒋霖屿有种不好的预感，“她为什么搬走？”

“我为什么要告诉你？”

蒋霖屿蹙眉沉默半晌，活动运动手环，那种焦虑感再次环绕着他。他靠在车边停顿片刻，嗓音低沉：“借根烟。”

林浩阳把烟盒递给蒋霖屿：“一个字一万元，记得转账。”

蒋霖屿取了一支烟咬在嘴里，微偏头，打火机火苗卷上香烟。

他深吸烟雾，手指不由自主地抚摸了一下车身，把打火机还回去：“我们之间是有误会，周明妍那边我肯定会处理，但我跟简……我并不想跟她分手。”

蒋霖屿靠在车身上抬头看天空，黑眸中有短暂的迷茫。他又深吸了一口烟，喉结滚动，白色烟雾散开。他阴沉的桃花眼微微泛红，但很快就沉下去。

“那你想怎么样？重新追求她？你爱她吗？”林浩阳也取了一支烟咬着点燃，拿下墨镜审视蒋霖屿，“蒋霖屿，你问你自己，你对她是爱还是占有欲？”

“爱情本来就包括占有欲。”蒋霖屿修长的手指夹着烟，已经蓄了一段烟灰，他缓缓抬眼，眸子沉暗，“爱情是什么？物质满足？无条件对她好？愿意跟她结婚，共度一生？我做到了，可她不要。”

“你这句话逻辑就有问题，什么叫愿意跟她结婚？你还想着她跟你求婚呢？你做什么美梦？而且恋爱、结婚这些事是双方的，你单方面在这里计划什么？你追过她吗？你跟她恋爱过吗？具体表现在什么地方？你怎么表达爱意？结婚是爱情的水到渠成，你喜欢她，你爱她，你想与她建立家庭。什么是爱情？想了解她、想靠近她、想跟她分享每一件小事，她是你生命中最重要的人，你也想成为她生命中最重要的人。亲近、依恋、向往、渴望，且可以无私。好好想想吧，想不明白就别浪费时间了。

“你从来没有站在她的立场考虑过问题，比如你给她买过很多东西，那些对她来说无用且负担，你见她用过吗？如果你要追她就好好追求，抛开简秘书的身份，以一个男人追求一个女人的态度，去追求她。”

蒋霖屿目光沉沉地看着林浩阳。

“物质是爱的一种表达方式，但物质绝不是爱情的全部，而且你以为的物质和希儿喜欢的物质是两种物质。”林浩阳把烟灰缸递给蒋霖屿，让他把烟头摁灭在烟灰缸里，“你得爱她，蒋霖屿。”

蒋霖屿垂下的眼抬起来，缓缓地说道：“你的这些理论有实践支撑吗？”

林浩阳把烟灰缸放回去，拳头硬了。

“你谈过恋爱吗？”一个没谈过恋爱的人跟他这个恋爱未遂翻车的人讲恋爱，有种倒数第一跟倒数第二补课的既视感，“最后一句话，我会让我爱她，但你怎么证明你的理论是对的？”

“我没谈过恋爱也比你了解女人，没见过跟人谈了快五年恋爱，对方丝毫不知情，你以为你很体贴呢？在希儿那里你就是个渣男。滚吧，你就适合单身一辈子。”林浩阳把烟掐灭，戴上墨镜，一脚油门开了出去。

谈恋爱翻车成这样，有什么好炫耀的？

林浩阳的车扬长而去，蒋霖屿单手插兜，看遥远处的天边。简兮搬走了，至于搬到哪里他不知道，但肯定是搬走了。

为什么搬走呢？林家人对她不好吗？

应该是好的，林家人盼了她很久，一直在等她回来，恨不得把最好的东西都堆到她面前，让她接受世界上最好的宠爱。

蒋霖屿仰头看天空，这天是个晴天，晴空万里。

电话响起来，陈秘书向他汇报这天的行程，他收回目光转身往回走。心里空得他很难受，有种逼仄的窒息感。

“陈秘书，你结婚了吗？”蒋霖屿忽然问。

“啊？结了，结了快十年了。”陈秘书乍然被问到这个问题，不明其意，他的简历上明明写着已婚。

“你当初是怎么追求你太太的？”

“我们是大学恋情，那时候大家都单纯，也没太多的需求。每天早上送早餐帮她去教室占位，周末出去玩，每个节日送她手工的礼物，就这样顺理成章地谈恋爱、结婚。”

简秘书也有过一段时间每天给他送早餐。

“蒋总？”

“好的，我知道了。”

她不住在这里会住哪里？希盛？她在希盛买过一套房子。

林浩阳说对于某类人来说，房子就是家。

她是不是搬到那个家了？

林希果然是打工命。她搬回希盛的房子后，头一天做好工作计划，洗完澡倒头就睡，连个梦都没做，一觉醒来六点半。

熟悉的生物钟，熟悉的生活。林希起床洗漱时门铃响了，她连忙漱口，擦掉唇上的泡沫过去打开可视，看到是林家的保姆。

“希儿，给你送早餐了。”

“谢谢。”林希连忙按下开门。他们这房子是一梯一户，上面不开下面进不了电梯。

保姆送完早餐就走了，走得飞快，生怕打扰林希。林希揉了揉额头，家里人太小心翼翼了。

她回头洗干净脸打开早餐，是一份三明治加一碗麦片粥，保温杯里放着果茶，散发着诱人的清香。

林希拿出手机找到母亲的微信：“谢谢妈妈。”

立刻得到了五十九秒的语音，满是浓浓的爱意。林希写了个一百字小作文，来表述早餐有多好吃。

林希一边吃早餐一边查看林氏集团的详情，这天她要陪父亲去北城球场跟燕城银行的人见面。北城球场她熟，她以前经常跟蒋霖屿过去谈事。燕城银行的人更熟了，从上到下那几个负责人的喜好她倒背如流。

七点她准时从家里出发，下楼走向自己的车。

“简秘书。”

林希今天要去打球，穿得很休闲，一身带领子的黑色连衣裙。长发扎起，露出漂亮的脖颈，皮肤白得发光，整个人都是明亮的。

林希拉开车门，转头看向来人。周明妍踩着高跟鞋大步往这边走，没了之前的盛气凌人和阴阳怪气：“能跟你聊聊吗？”

“不能。”林希拉开车门坐进去，扣上安全带，“让开。”

“你已经不是简秘书了。林小姐，我第一次见你就特别喜欢你，原来你是浩阳的妹妹，那真是太巧了。关于前天的事，对不起，我跟你道歉，是我误会了。”周明妍被林浩阳那声“滚”吓到了，随即头皮发麻，简兮居然是林阳希。这谁能想到？

难怪那天林希敢在地下停车场语出威胁，因为她是林阳希啊！林阳希威胁她，她没当回事，还上门去挑衅，在人家亲哥哥脸上踩林阳希。

晚上的宴会林浩阳拒绝她参加。

周明妍一脚踩进了雷区，把自己炸得粉身碎骨。昨天中午，林氏下了文件，中止跟他们的合作。

周家和林氏合作多年，林氏是他们最大的客户。如果这个合作真黄了，她可能会被周氏家居踢出门。

她的丈夫是个傻子，她当初看上那个人的钱就结婚了，结果没捞到钱就算了，还惹一身骚。那个人吃、喝、嫖、赌、四毒俱全还打人，她原本想回内地干一番事业扬眉吐气，却一脚踢到钢板上。

“我不该对你哥哥胡说八道，真的很抱歉，我没有恶意。”

“没有恶意？”林希的手指敲了一下方向盘，往后靠在座位上，抬眼，“你特意申请了一个相似的微信，每天在我面前表演，你这不是恶意难道是表演欲旺盛？你怎么不去考电影学院？”

“林阳希？阳希？我真的没有想到你们会分手，我是无意的。”周明妍说，“我就是开个玩笑。”

车窗还有两寸宽，林希停住，侧头，凌厉的黑眸直视周明妍。

周明妍往后退了一步，林希的眼神带着一丝狠厉。虽然她坐在车里，视线低于周明妍，但那瞬间的目光让周明妍害怕。

“最后问你一个问题。”林希微抬下巴，漂亮的黑眸冷沉，“七月那次见面，蒋霖屿去港市，是不是去找你？”

“不是。”周明妍几乎是咬着牙把话说出口的。是她故意制造偶遇，蒋霖屿怎么可能去找她？她死在蒋霖屿面前，蒋霖屿都不会看她一眼，“我跟蒋总之间什么关系都没有，阳希，我不是特意申请两个微信，我是本身就有两个微信。这个微信是私人账号，主要晒我儿子。我在朋友圈发的大多是我儿子的信息，你误会了。真的很对不起，这件事是我失误，我应该一开始就跟你解释。要不改天我请吃饭，你和浩阳一起过来，大家把事情说开。”

林希面无表情地看着周明妍。

“我真心觉得你没必要这样。你和蒋霖屿之间的事，你没有什么损失。其实这就是感情的试金石，你们若是感情真的好，绝对不会因为这些玩笑就散了，你们的感情只会更好。你们的感情出了问题，这些会让你看清真相，进而清醒地去选择，也不是一件很坏的事吧？”

“摆在你面前的困难，就是你能力的试金石。”林希升上车窗，不再看周明妍，嗓音冷淡，“你有能力在逆境中生存，那是你一生的财富。你没能力在逆境中生存，早日认清自己，也是好事。”

周明妍又蠢又坏，非常清楚简兮曾经的处境，才能精准地实施计划。那时候简兮不敢去向蒋霖屿求证，一个刚从底层爬上来的小姑娘，爱情无足轻重。

周明妍知道这一切，所以故意利用简兮报复蒋霖屿。

报复蒋霖屿林希没什么意见，但玩她，意见就大了。

周明妍有什么资格玩她？因为是高高在上的有钱人就可以玩别人？

林希到公司停好车就看到了等在电梯口的林浩阳。她扬唇：“你怎么在这里？”

“等你。”林浩阳抬起手腕看时间。

“出门就遇到了周总，耽误了一些时间。”林希解释，说道，“你不用刻意等我，你忙你的。”

“周明妍找你？”林浩阳穿烟灰色商务衬衣，黑色西装长裤，高大英俊，“她想死吧？明天我就让她滚出希盛，活腻了。”

林浩阳一想到早上林希心情好好地出门，被那么个货色恶心就怒不可遏：“她是不是有病？”

“哥哥。”林希看着林浩阳忍不住想笑，她小时候应该很依赖林浩阳，听母亲说小时候小区的孩子都怕她。因为惹了她，她哥哥就会来揍人，“谢谢。”

“我不打女人，不然她会更惨，她那种欺软怕硬的人就是欠收拾。那么恨蒋霖屿怎么不去正面对付蒋霖屿呢？她敢吗？只敢欺负你来报复蒋霖屿。”林浩阳按下电梯，回头，抬手想往林希头上放，手在空中一顿，缓缓落下去把她的头发整好，“昨晚睡得好吗？”

林希点头：“妈回去哭了吗？”

“没怎么哭，她昨晚也睡得很好，你住在希盛，又不远，她随时都能去看你。你回来了，他们也该放松下来，留点时间去过二人世界。”

电梯下来，林浩阳先走进去按下楼层，他要去开会，林希则去董事长办公室。

林希紧跟其后进了电梯：“那就好。”

“如果去工程部，你想负责哪个项目？”

“怀城科技园。”

林浩阳扬眉，说道：“你对自己比老爷子对我狠多了，你这选的是个地狱级别。”

“怀城开发区的负责人是陈总的外甥，陈总比其他人好啃。”林希认真地分析道，“如果能把怀城开发区这一块拿下来，我再回总公司就可以站住脚了。”

林浩阳若有所思，林希做事很像蒋霖屿的风格，蒋霖屿做事比较激进。

“我做过数据对比，这是最有利的一个选择。而且怀城上下我都熟，各方势力比较好打交道。”林希以前跟着蒋霖屿，没少去那边吃饭，“如果我这边顺利，燕城高新区的房价也能升上来，这是你手底下的项目。”

“你想帮我？”

“以我的能力也帮不了你多少，我只是做一些力所能及的事。”林希对继承林氏集团没有什么兴趣，以后上位的肯定是林浩阳，但林浩阳没什么野心。责任让他回到林氏集团，这几年他也确实没做出什么事，他在总部的存在感太低了，不利于将来上位。

“林氏集团的局面不是一天两天造成的，妹妹。”林浩阳说，“不是所有人都能像蒋霖屿那样破釜沉舟，他那样才是异端。对于很多二代来说，能守住父辈资本的三分之一已属优秀。大动干戈的结局，万分之一是蒋霖屿，剩余的都是惨败收场。”

林浩阳这话没错，二代们能固守住资本就算是优秀的二代了。

有很多强行折腾父辈们的产业，最后弄得不伦不类，失去了原本的优势也迎不来新潮，最终被淘汰。

“我只是一个普通人，固守资本就好。”林浩阳斟酌用词，说道，“你跟蒋霖屿太久了，你是跟着他的思维模式以及工作态度走，我能理解。但这不是常态，他那种，属于奇迹。”

电梯门在二十三楼打开，林浩阳要去二十三楼开会，他整理了一下衬衣领口，说：“我去工作了，有事给我打电话，不要想太多。每个公司都有属于自己的规律，选个轻松点的，这些拼命的活不需要你去做。”

林浩阳真的很有“富二代”的自觉，不超越、不进取，固守资本等爹退休。王朝可能会有坍塌的那天，但瘦死的骆驼比马大，等坍塌时，可能他已经把烂摊子交下去了。

塌谁手里，与他无关。

林希看着电梯门关上，秀气的眉蹙起。蒋霖屿对她的影响很大，她跟着蒋霖屿时，蒋霖屿是激进派，大刀阔斧地干，每天脸上都写着：我要搞事。

林希暂时收起想法，到公司跟父亲见面，又一起坐车去北城高尔夫球场。

“会打球吗？”林世问道。

“学过，打得不好。”林希跟蒋霖屿学过，蒋霖屿手把手教她打球。他会从后面握住她的手，教她挥杆发力，温热的嗓音就在耳边。

那个姿势，她整个人都贴在蒋霖屿的怀里，呼吸都不太敢用力，紧紧绷着。那时候他们还没有发展到那一步，如果不是知道他对她没有兴趣，她都怀疑他是不是故意的。

“跟阿屿学的？”林世问。

林希转头看向林世，随即点头：“蒋总的球打得还可以。”

“他性格沉稳，静得下来，我跟他打过球，确实打得不错，比浩阳强。”林世提到林浩阳，就有一万句想吐槽，“让浩阳在球场待一个小时，他能跳到天上。”

林希忍不住想起早上林浩阳说的话，轻笑。

“你和阿屿，关系怎么样？”林世的目光沉着。

“他是个很好的上司，当年我去他那边是个意外。他刚回国那会儿处境不太好，我无意中帮过他一次。蒋总知恩图报，就把我提到了总裁办。”林希不知道父亲会不会听到一些不好的传闻，那些东西一打听就知道了，她得把这些东西都圆上，“后来我努力工作，他信任我的能力，才给我一直往上爬的机会。”

“他刚回国时确实处境不太好。”林世叹口气，“那时候他父母突然没了，不过现在一切都好了。你这么优秀，你辞职他没挽留你？”

林希笑了起来：“上屿有更多优秀的人才，我并不算出挑。”

“你很优秀，他留不住你是他的损失。”林世对林希非常满意，这个女儿满足了他的全部期望，“今天带你过来，就是见见那些叔叔辈的朋友，不要紧张。”

北城高尔夫球场位于北郊，环境怡人。

他们到的时候，太阳恰好落入乌云，没了刺目的阳光。林希换好衣服，助理背着球杆，跟着林世往里走。

不用背球杆的感觉真好，她以前跟蒋霖屿过来，这些活都是她干。

“燕城银行的徐叔叔，前天晚上吃饭你见过，记得吗？”林世说，“今天还有与程科技的周总。”

“我认识。”林希点头。

这些人都跟蒋霖屿有交集，林希认识不意外。

“我们可以打四人两球赛，你跟爸爸一组。”

“好。”林希扬唇笑着，抬头，猝不及防就看到前方的蒋霖屿。他穿着白色T恤搭配浅色的长裤，单手插兜，站在走廊尽头跟燕城银行的徐明说话。

蒋霖屿怎么在这里？

“林董。”徐明回头看到林世，开口道，“巧不巧？竟然在这里遇到了蒋总。”

“阿屿？”林世说，“今天不忙？”

“林叔，我过来跟与程周总见个面，没想到您也在。”蒋霖屿抽出手走了过来，迎着林希的目光，走过来跟林世握了一下手，目光一转，他把修长的手放到林希面前，停顿了一下，道：“阳希。”

林希刚回林氏集团，没有职位。她之前的名字是林阳希，叫“阳希”似乎也没有什么问题。

林希看着蒋霖屿的手，碰了一下：“蒋总。”

“蒋总跟希儿还用这么客气？”徐明笑着走过来，跟林世握手，转头看蒋霖屿，“你们不够熟？”

徐明说完就知道说错话了，林世明显脸色不好看，宝贝女儿给蒋霖屿做了几年秘书，搁谁都不爽。他清了清嗓子说道：“周总怎么这么慢？”

蒋霖屿收回手放进口袋，指尖细腻的触感仿佛还在，他忍不住摩挲了一下。那个劲一直痒到心里，让他忍不住嗓子发干。

说话间周总走了过来，蒋霖屿与他握手。

“简……阳希，林小姐，你好。”周楚差点把舌头咬掉了，连忙伸手。

他原本叫蒋霖屿过来打四人，没想到林世带着林希过来了，他们这边就多一个人。

“你好。”林希跟他握手，说道，“周叔。”

“那蒋总，”周楚看向蒋霖屿，“不如你来？”

“我帮林叔背球杆。”蒋霖屿接过球童送过来的球杆，说道，“我最近状态不好，打球不行，就不上场了。”

林世又看蒋霖屿，目光深了起来。他大清早在他们家门口跑步，跑得太刻意了，怎么不跑到他家呢？他家餐厅临门口那条路，蒋霖屿在他家门口绕了三圈。他若有所思，没拒绝这个请求，他倒要看看蒋霖屿想干什么：“辛苦阿屿了。”

以往都是简兮帮蒋霖屿背球杆，这还是第一次反过来。

林希的高尔夫球打得非常好，不过，现场也就林世一个人意外，其他人都跟林希打过球，都知道简秘书全能。

乌云散开，秋日的烈阳照射大地，草坪反射出光，远处的湖水在阳光下波光粼粼。皮肤有一些灼烧感，林希在判断位置，刚要挥杆，蒋霖屿转身从球童手里拿起黑色雨伞，打开撑到林希斜上方，把她遮到了阴凉下。

林希头皮发麻，简直能原地在高尔夫球场抠出个坑。

她抬手挥杆，这一球发挥得非常差，直接出了线。

“你也有失误的时候。”周总看到蒋霖屿这个操作，愣了一下，强忍着没笑。简秘书永远一丝不苟，做事稳稳当当，居然会失误，“我还是第一次见你失误。”

林希心里恨得想一竿子把蒋霖屿给挥出去，但她面不改色，维持着优雅美丽，转身拿水，笑着说：“失误了，不过，我们这边还有我爸。”

四人双球两人一组取高分计算，林世还能补救。

林希伸手跟球童要水，蒋霖屿已经把水拧开递给她，碰到熟悉的手指，她立刻收回手。

林世看了蒋霖屿一眼，他的球也失误了。

中午彻底放晴，天空碧蓝、阳光刺眼，球赛结束后。林希换了一套衣服，顺便补妆又涂了一遍防晒霜。

林希走出更衣室就看到了蒋霖屿，他靠在门边不知道在想什么。他手插兜，垂着头看地面，没有玩手机也没有打电话，只是站着。

出口只有一个，林希必须从那边走。她皱了一下眉，快步走过去，打算一气呵成从他身边越过。

“如果我不喜欢你，我不会第一眼就决定把你留在身边。你上次问我这个问题，我可以回答你，我喜欢你。”蒋霖屿忽然转身，林希往后退了两步。蒋霖屿的手就撑在她的两侧，他英俊的脸落在她上方，标准的“壁咚”姿势。

他近在咫尺，男士香薰绕在空气中，尾调是冷杉。

“蒋总，蚂蚁竞走十年了。”林希轻笑，微抬下巴，目光凌厉起来，“高考结束出了考场，你想起来交答题卡了。对不起，答题卡带出考场便是失效。”

“简兮。”

“我叫林希，蒋霖屿，您家的 2G 网终于连上了。可惜，如今已经是跨 5G 时代。”

第六章
开 始

“不管今天的见面是巧合，还是你的有意为之，我不希望再发生，我跟你没有关系了。”林希说，“蒋总，你也早日开始新的生活，拥有新的人生。找到那个愿意冬天用你的蒲扇，夏天穿你的棉袄的人。”

蒋霖屿的眼睛微动，睫毛垂下去遮住了涌动的情绪，但很快就抬眼注视着她：“没有人天生就会谈恋爱，没有人生下来就什么都懂。我该叫你林希，我知道，但跟我在一起五年的是简兮，这五年，我们是一样的。你迷茫，我也迷茫。你驻足不前，我也在思考下一步该怎么走。我们在下盲棋，然而这盘棋没有赢家。五年，真实地存在过，我认为我们不该这么结束。”

林希静静地看着他：“你在意的只是时间成本。”

“我如果只在意你呢？”蒋霖屿放在林希身侧的手攥紧，随即往她身上挪了几寸，他很想抱住她疯狂地亲吻。

跟她说，他很想她。

可蒋霖屿克制着情绪，始终没有动，克制让他的眼微微泛红：“你从头到尾没相信过我，你并没有让我参与你的人生。”

“你从头到尾没让我相信过你。”林希扬起唇，直直地看着蒋霖屿的眼睛，“我怎么相信你？”

漫长的沉默，他们对峙着。

从她接受林希的身份开始，就决定重新开始。

“那我们重新开始，我重新让你相信我。我们的人生没有一键删除，过去的一切不会抹去，但可以新生。”

她和蒋霖屿是从低谷走过来的，那时候他们互相依靠。蒋霖屿喝多了跟她靠在一起，她觉得世界只有他们，彼此能互相倚靠。

后来渐渐就变了。

林希因为喜欢，患得患失，而蒋霖屿永远是那样。他们在一起五年，他没有说过一句喜欢。

“我重新追求你，我会把事情一件一件地补起来。”蒋霖屿的喉结滚动，吐字清晰，“追求、约会、告白、恋爱、在一起。”

“不可能。”林希觉得可笑，她也不想跟蒋霖屿多说什么，“蒋霖屿，我不喜欢你了，我现在有很多选择，我为什么要选择你？”

蒋霖屿的目光阴沉沉的。

林希看着他，只要他发脾气，她就给他一个过肩摔，让他尝尝地板的味道。

蒋霖屿忽然低头，抵着林希的额头。他的眼镜框碰到她的皮肤，他修长的手指移上去，贴着她的耳根。

“我想你了。”他的声音沙哑到了极致。

这是蒋霖屿第一次说想她，他以前从来不说。他们分开很久，他也不说。

他的指腹贴着林希的耳下肌肤，缓缓滑动，一寸寸地摩挲。

更衣室的门不知道被谁打开，巨大一声响。林希回神，用力地推开蒋霖屿，她抬手摸了一下脖子，转身大步走了。

午饭是在高尔夫球场吃，吃的什么，林希全然不知。她保持着微笑的面具，跟所有人接触、聊天，照顾着所有人的情绪，非常圆滑。

她跟蒋霖屿似乎什么都没有发生，分开时，她甚至跟他握手，客客气气地道了声“再见”。

车行驶在回城的路上，天说变就变，又阴沉下来。太阳被挡在乌云之后，密不透风地遮着。

“爸爸。”

林世正在想事情，闻声抬头：“希儿，怎么了？”

林希有很多话想说，可接触到林世的眼睛，又什么都说不出口，思索了半晌才开口：“早上跟哥哥聊了两句公司的事，我有一件事想不明白。”

“你说。”

“您是想让我回公司按部就班地拿钱，还是希望我回公司做事？”林希还是没办法认同林浩阳的观点，林氏集团在走下坡路，根本原因是腐败。她问得很直接，这也关系到她会不会继续在林氏集团做下去。

如果只是按部就班地拿钱，她想换个工作。她需要钱，但也需要工作的激情。

林氏集团的内部管理一塌糊涂，林世重感情，对早年跟自己打拼的兄弟格外优厚，可这种优厚也让有些人滋生了贪婪。

“你想做什么？”林世问。

“做事。”林希从包里拿出平板电脑，打开说道，“我对比了林氏集团这十年的走势，一直在往低走，如今的市场低走是合理的，房地产并没有前几年那么好做。但这个低走趋势，超过了正常范围。我想做事，但我不知道爸爸你是什么看法，希不希望我做事。”

林世敛起了全部的心思，看向林希：“说说看。”

从高尔夫球场到家，一共三个小时，如果不是现场文件有限，林希能当场给他出一份策划案。

虽然汽车和房地产跨行，但管理不跨行，林氏集团的弊端非常明显。

车进了院子，林希的话还没有停，这是林世第一次听她说这么多话。从市场分析到公司管理制度利弊、林氏集团的遗留问题，她说话非常严谨，一针见血。很多问题所有人都知道，但大家都选择装聋作哑。

一旦说出来，就要去解决。这些问题埋得太久了，也埋得太深，牵一发则动全身。

车停稳，林世没有下车，仍在认真倾听。

林希最近跟他们去林氏集团，很少说话，只是倾听、观察。这天她把所有的话都说出了口，她的了解非常透彻，这一段时间的观察，她是真的在观察。

林世很早前就想对公司进行改革，可工程浩大，一直没有下定决心。林浩阳又是一个按部就班的人，没有野心，中规中矩地工作。

林世以为林氏集团就这样了，但林希回来了。她外表美丽温柔，实则细心强悍，有野心、有激情、有年轻人的拼搏劲。

“爸爸，如果您只是我的上司，我在您的手底下工作，我会拿工资按部就班，这些话我永远不会说，逾越了。但我是您的孩子，您要我回公司做事，您信任我，我就想做点事。这件事总要有个人去办，我哥要稳人心，他不能做。我可以，我从外面回来，我在公司没有任何利害关系，我跟谁都不熟，可以做一把最纯粹的刀。如果行不通，碰到不能碰的东西，你和我哥能立刻把我收回来，不会动根基，也不会影响你们的权威。行得通，那就是一个新的林氏集团。”

“不能让你去做这个坏人，让你去冒险你妈妈也不会同意。”林世看着林希，她比林浩阳更适合做继承人。

林希跟林浩阳不像，她的行事作风、思维逻辑更像蒋霖屿。

曾经林世还羡慕过蒋霖屿这个别人家的孩子，有主见、做事果断，还有野心。没想到他丢了多年的女儿，是另一个蒋霖屿。

“爸，您想让我做吗？”林希漂亮的大眼睛中有光，“您同意，我绝对会做得更好。”

林世想做，想了很多年，可他不舍得让林希去。

从事业的角度，他确实想要蒋霖屿那样的儿子，有手段、有魄力。从父亲的角度，林浩阳是最好的儿子。

“我再想想吧。”

“爸，您可以给我一个小项目，我做成了，再开始这个计划，做不成我回来老老实实地上班。”

林世看向林希，先吩咐司机下车，静静地看着她，片刻后，道：“十月一号，我给你答复。”

“谢谢爸爸。”

“你想去哪里？”

“怀城。”

“理由呢？”

“那是我熟悉的地方。”林希跟了蒋霖屿四年多没有白跟，怀城那个地方从上到下，她都熟悉，“能完全拿下来，可以跟高新区我哥负责的区域联动上。”

林世沉默片刻：“你跟着蒋霖屿做秘书时，学的是这些？”

林希点头：“他是个不甘于平庸的人。”

“你呢？”

“我也是。”林希认真看向林世，说道，“人生就这短短几十年，若是一辈子只为了吃饱穿暖，那这辈子未免过于窝囊。”

当年林世就是这样，一腔热血白手起家，他看向林希的目光更加炽热。

“你跟蒋霖屿，是不是在一起过？我没有其他的意思，只是觉得你们有些地方太像了。”

林希心里咯噔一下，有那么一瞬间人脑一片空白，随即点头：“回来时我们就分手了。”

林世消化了片刻，还真的在一起过，他就说蒋霖屿那个人怎么会突然来他们家门口跑步。蒋霖屿的性格很傲，也偏冷，两家虽是世交，但他来林家的次数也屈指可数。前天周莹生日蒋霖屿送了个玉件，价格过亿。当时他就觉得很怪，这天蒋霖屿又全程看着林希。于是他又问：“你们在一起多久？”

“三年。”

他们其实也没正式开始的概念，谁也没有提过。

“分手的原因是什么？能问吗？”

“一些小事。”

“早就应该想到，你们——”林世手指交叠，叹了口气，“还有机会在一起吗？”

“没有。”林希笑了笑，说道，“我们理念不合，他希望我留在他身边继续做秘书，我认为我可以去更广阔的平台。我们的意见没有达成一致，和平分开，也没什么，大家见面还是朋友。”

“那挺遗憾的。”林世说，“其实也能理解他，多强悍的男人面对自己的爱人，也会患得患失。”

蒋霖屿那种自信心爆棚的人患得患失？

“他失去了父母，在这世上没有什么亲人，那种怕失去会被放大。不是他欺负你就好，他要是欺负你了，我可不会放过他。”

林希无端想到在球场，蒋霖屿抵着她的头，手指微微颤抖，她没见过他那样。

周莹过来敲车窗，林世才跟林希下车，说道：“我很欣赏你的野心，我内心里非常希望你去做、你去闯，这才是我的女儿。无论发生什么，爸爸给你殿后，可我又矛盾、舍不得。我希望你能理解我作为父亲，对女儿的爱护之心。”

就是因为林世一直对她很好，给她自信心，她才敢直言自己的想法。

九月中旬，林希下班回家就看到地下停车场有搬家公司的车。她走过去等电梯，电梯一直停在五楼。

“五楼搬家？”林希转头问物业。

“对，今天刚搬过来。”物业在盯着搬家。

林希对楼下住不住人这种事不太关心，电梯下来她刷卡进去。已经立秋，天气转凉，楼上的露台门没关，风全灌了进来。

林希快步上楼去关露台的门，蔷薇花被秋风吹倒了一株。蔷薇花是母亲送过来的，她还指望来年能爬满花园的墙壁呢。她走到露台，扶正了花，又走到边缘俯视整个小区，楼下的灯亮着。她突然低头，猝不及防跟主卧阳台上靠着抽烟的男人打了个照面，他挺拔修长的身形靠在落地窗边，穿白色衬衣，手指上夹着烟，烟在寒风里闪着红光。

林希的目光停顿，默了几秒，她深吸气，转身准备下楼。

蒋霖屿居然搬到了她家楼下！

林希冲到客厅时冷静了下来，蒋霖屿只要不住到她家，住哪里跟她有什么关系？她站在客厅思索了几秒，转身回去坐到客厅的沙发上。

楼下就是蒋霖屿，隔着一层楼板，这种感觉太微妙了。

林希随即咬牙切齿，蒋霖屿搬家敢弄出一点声音，她立刻投诉到物业，让他搬走。她踢掉拖鞋，整个人窝在沙发里，把下巴搁在膝盖上。

蒋霖屿到底想做什么？

他怎么会突然搬家？他不是非别墅不住吗？住这小破楼里干什么？

林希想不明白。

她想了五分钟就放下了，不想纠结这些没有意义的事。以前她也不是一个纠结的人，只有遇到蒋霖屿的事才纠结，现在都分开了，她得彻底放下。

林希起身去整理怀城的资料，林世希望她去，他想改变公司的现状。但周莹反对，不过也没有那么坚决，听说蒋霖屿和林希是理念不合分手，她怕林希跟他们也因理念不合而变得生分。

林希坐到书房，手机响了一声。林浩阳在微信上发了一张照片过来，拍的是贵宾候机室。

“要飞了，悲惨。”

原本A洲的酒店项目是林世在负责，最近林希回来了，林世想留在燕城，就把林浩阳踢了出去，他这晚飞悉城。

林希：“加油！”

林浩阳：“回来给你带礼物。”

“谢谢哥哥。”

“那天你跟我说的话，我想过了，你说得很有道理。如果你要去做，我陪你一起做，我们就好好地把林氏集团做起来。”

林希笑了起来，半晌后才打字：“你说人生总要拼一次才不枉此行，那我们拼一次吧。”

林浩阳回复：“好。”

林希最近睡眠质量还不错，噩梦依然会做，但频率低了很多。

林希洗漱好先去阳台做瑜伽，门铃声响，应该是母亲让保姆送早餐过来了。她没时间过去开门，便声控解锁，继续躺在地上拉伸腿。

房门被敲响，林希蹙眉起身。保姆没带钥匙吗？

她活动着手臂过去打开门就看到了蒋霖屿。他拎着纸袋，穿黑色衬衣，衬衣下摆收进了西装长裤里，身姿挺拔修长。

“早餐。”他的嗓音低沉，“早。”

早什么？！

林希猛地关门，却没关上。蒋霖屿抬腿抵着门，俊眉紧锁。刚刚林希关门夹住他了，他忍住疼，嗓音还是温和的：“给你买了早餐。”

“腿不要请捐给需要的人。”林希挡着门，没有再关。她的手有多重她知道，那么一关蒋霖屿的腿肯定受伤，“不要在这里浪费。”

蒋霖屿眯了一下眼，忽然嘴角上扬，往前一步。

林希往后退，蒋霖屿倾身把早餐的袋子放到玄关的柜子上：“咖啡是你经常给我买的那家，我记得你很喜欢吃这家的可颂，一并买了。”

“为什么搬过来？”林希盯着他的眼睛。

蒋霖屿靠在门边，没往里面走。林希这里的房子应该是林家人装修的，暖色调，非常温馨。

蒋霖屿：“阳湖别墅涨水了。”

林希：“呃……”

这半年燕城旱得护城河都干了，他在说什么？

蒋霖屿说：“原本想在这附近找套房子，离公司近。恰好，就在你家楼下。”

——那您也太恰好了。

林希穿着运动背心，皮肤白皙，身材极好，手臂修长，线条富有美感，露出的腹部，马甲线分明。蒋霖屿的目光只做短暂停留，伸手到林希面前："重新认识下，我是你家楼下的住户。你好，我叫蒋霖屿。"

林希微笑着抬手，猛地关门，蒋霖屿被干脆利落地关在了门外。

林希走回去洗漱换衣服，可颂的香气在房间里溢开，勾着她的食欲。她确实很喜欢这家的可颂，没有很浓郁的黄油味，跟他们家的黑咖啡很配。

她打开袋子，看到里面放着三样东西，一杯黑咖啡、一份可颂、一份蒋霖屿经常吃的三明治。

她发信息给家里的保姆，让她不要送早餐过来了。母亲又打了个电话过来询问，生怕她饿着。

林希挂断电话坐到餐桌前打开纸袋，吃完可颂，拆开三明治的包装后，都快笑了。

这家三明治是有蔬菜的，但蒋霖屿不吃蔬菜，林希每次给他买都会特意不要蔬菜。非常厉害，三明治里一丁点儿蔬菜都没有。

以前那些想整死蒋霖屿的人真是想复杂了，蒋霖屿这种人，把他扔到蔬菜车里，他可以当场自尽，根本不需要别人动手。

七点半林希准时出门，电梯在五楼停的时候，她面无表情。蒋霖屿拎着电脑和文件走进来，他已经打扮得一丝不苟，衬衣上面有一颗扣子没扣。西装外套搭在手臂上，手腕上的银色手表露出边缘，散发着清冷的光。

他们这个户型基本上没有遇到邻居的可能，蒋霖屿在电梯门口等多久了？林希家在六楼，只要电梯上去肯定是她家，蒋霖屿在这个时候等电梯，下来时两个人必然碰上。

在电梯里蒋霖屿并没有跟林希说话，他们各占一角，电梯到地下停车场，林希先走出去，迎面遇到了周明妍。

周明妍最近不好过，林家跟她中止了合约，随后周氏家居被查封了一个子品牌，产品甲醛超标事件上了各大新闻平台头条。家居品牌最怕出现这种问题，这是致命打击。那个子品牌的问题一直存在，早期周氏家居为了利润赚黑心钱，后来查出问题他们就拿钱压下去了，没想到会被捅出来。

“阳希？”周明妍乍然看到林希身后的蒋霖屿，目光停滞。林希越过她，快步走向了自己的车。

根本没搭理她。

“蒋总。”周明妍不天真了。蒋霖屿是会整她的，他要搞事是不会给她活路的。

虽然周氏家居很快就出文件澄清其他品牌和出事的子品牌没有关系，但随后林氏也出了公告，中止跟周家合作。

林氏集团公开“打脸”，他们的口碑崩塌得很彻底。

周家产品出问题已经回天无力，成为众矢之的。最可怕的事来了，他们的资金链断了，被银行拉入了黑名单，合作的几家银行都拒绝他们继续贷款。

周明妍到处打听，才知道有人打过招呼。

这个“人”不是林浩阳，林浩阳没有那么大的能力。

她去恶心蒋霖屿，蒋霖屿什么都没有说，甚至用调侃的态度把花圈发到朋友圈，让人笑话他。

以前有人说蒋霖屿是温柔的毒蛇，周明妍还持怀疑态度，现在她信了。蒋霖屿早就不是读书时期那个沉溺在学海中的工科男，他是上屿集团唯一的掌权者，不狠怎么可能把上屿拿到手里？他们都不是曾经的少年了。

“蒋总，对不起，打扰您了，但我这次找您，是为了诚恳地跟您道歉。”

蒋霖屿蹙眉，抬起手腕看时间，对于他来说，周明妍只是一粒无关紧要的浮尘。他不拉黑周明妍，跟她仍然有商业上的接触，也是因为不在意。浮尘那么多，跟他有什么关系呢？

可是一粒浮尘差点要了他的命。

“想活吗？”蒋霖屿放下手，单手插兜，注意力在林希的车上。

林希上车后潇洒地打方向，车开出车位，扬长而去。

蒋霖屿不爽到了极点。

“想。”周明妍所有的狡辩都卡在喉咙里。蒋霖屿不是会说废话的人，他做到这个地步就是要她死，她说什么都不过是在死的那边加一个砝码。

“对不起，对于您和简秘书的事，是我错了。我原本只想开个玩笑，没想到给你们造成了严重的后果。”周明妍弯下腰，深吸气，“对不起，蒋总，您大人不记小人过，放过我一次。”

蒋霖屿不想听她说话，他嫌恶心。

“我没有喜欢过你，我跟你在一起，是你提议试试看。试过了，我觉得不行，跟你提了分开。你让我给你一个月的时间，好，我给你，你找到人了，我们彻底结束，我们之间是不是就这么回事？”蒋霖屿抬眼，一双眼睛冷得浸着寒意。

“是。”周明妍攥紧了手里的包。

“我欠你吗？”

“不欠。”周明妍的牙都快咬碎了。

“我们之间的事，为什么要牵扯到一个无辜的人身上？”

“对不起。”

“我原本想让你从这个世界上消失。”

周明妍突然抬头，她从没见过这样满是戾气的蒋霖屿。

他们高中相识，蒋霖屿从小话就不多，学习很好，每天都是读书、写试卷、冲刺各种竞赛。高中时，大家都春心躁动，处于懵懂时期。蒋霖屿这种学习好、长得好的男生很受欢迎，追他的女生很多，也有人告白，但他似乎没有懂过。

大家都叫他“漂亮的书呆子”。

蒋霖屿此刻说的话。周明妍只觉后颈发麻，这回她是真的怕了。得罪了蒋霖屿，才知道什么叫不择手段。

蒋霖屿根本就不是绅士。

蒋霖屿的目光淡漠，嗓音也冷，掩饰不住对周明妍的厌恶："虽然你是带着恶意给我送挽联，但在某种程度上，这件事促成了不错的结果。我送你一条活路，放弃挣扎、放弃周氏家居，永远消失。"

蒋霖屿的司机把车开过来，他不慌不忙地整理自己的衬衣，往后退了一步，转身迈开长腿走向自己的车，拉开车门坐了进去。

"蒋总，这是今天的会议资料。"陈秘书转身把文件送到后排的蒋霖屿面前，说道，"这边住得还好吗？"

"很好。"

刚刚林希走得很快，她什么都知道了，应该不会误会自己跟周明妍怎么样吧？

如果是以前，蒋霖屿绝对不会往这方面想，但跟林希分手后就开始谨慎起来，对每一个细节都会仔细推敲。

他在微信上发信息过去。

发送失败，显示红色感叹号。

"微信消息发送失败是被对方拉黑了吗？"蒋霖屿抬眼问。

陈秘书沉默了几秒，说道："网络没问题就是被拉黑了。"

之前他们分开，林希并没有拉黑他，他还活在对方的列表里。怎么突然拉黑了？他又发信息，还是熟悉的红色感叹号。

蒋霖屿给林希打电话，是温柔的女声："您拨打的用户正在通话中……"

"陈秘书，"蒋霖屿把手机放回去，坐直，沉默片刻，郑重地道，"问你一个问题。"

"您说。"陈秘书推了一下鼻梁上的眼镜，侧身回头，认真低倾听。

"如果你跟你现在的女朋友……"

"蒋总，我结婚了，那是我老婆。"陈秘书的求生欲极其强烈，恨不得在脸上写着"我只爱我老婆""我和我老婆的感情很好"。

蒋霖屿清了清嗓子，忍着捏死他的冲动："好，你跟你……太太——”“老婆”两个字怎么那么奇怪，“出电梯就遇到了你的前女友。”

“蒋总，我没有前女友，我这辈子只有我老婆一个女人。”

蒋霖屿缓缓地抬眼盯着陈秘书，想把他踹下车。

陈秘书正色道：“您的意思是，您和简秘书出电梯后遇到了周总？”

蒋霖屿索性往后一靠，破罐子破摔：“我又不喜欢周明妍，我停下来跟她讲清楚。简秘书是知道的，她就先走了。这种情况，她没理由生气吧？”

这……没理由生气？这是泼汽油点火自焚吧？！

陈秘书双手合拢，上下搓动几下，不敢想象蒋霖屿这样的也谈过恋爱：“您的意思，您跟周总单独相处了？”

“这不能用单独相处来形容。”蒋霖屿眉头紧皱，简兮把他拉黑了，微信和手机号码全部拉黑了，“我跟她并没有相处，只是警告。”

“简秘书现在做了什么？让您觉得她生气了？”

蒋霖屿移开目光，没有回答这个问题。

陈秘书想到刚刚蒋霖屿咨询的消息发送失败是什么原因，很好，对上了。

“蒋总，这已经不是生气的问题了。”陈秘书对蒋霖屿的求生欲不抱希望了，这个人到底还能不能追到简秘书？他追不到了吧？他肯定追不到，这辈子都追不到了，“有一句话不知道当讲不当讲，作为已婚人士的看法，可能不是原貌，仅供参考。”

“你说。”蒋霖屿被那种压抑感弄得很难受，解开衬衣袖扣，长吁一口气。

“前女友就是一道送命题。”陈秘书道，“恭喜您，您把自己送到了火葬场。”

林希知道周明妍找她干什么，过往的职业习惯让她掌握一线资讯，谁家翻车她第一时间到达战场。

早年起家的实业公司或多或少都有这类问题，不注重环保，监管部门也宽松。后面查起来，大家都拼命把过去埋起。

谁掀了周家的老底林希不知道，她只知道曝光周氏家居存在致癌物质，被查封一个厂区后，林浩阳管理的酒店品牌第一时间公开表示抵制不良商家，拒绝再使用周氏家居的产品，永久不合作。

周氏家居这几年都在走下坡路，口碑处于崩坏的边缘。林世的发声是多米诺骨牌效应中的第一环，随后整个周氏家居口碑坍塌。

林希懒得搭理周明妍，至于蒋霖屿跟周明妍说什么，她更没兴趣知道了，与她无关，她最近在忙自己的计划。

蒋霖屿愿意搬到楼下就搬吧，她又不能把蒋霖屿的腿打断。十月一日她就去怀城了，至少一年，祝他在这里住得愉快。

晚上林希回家吃晚饭，林浩阳不在，他们三个人吃得有点客气。周莹一直往她碗里夹菜，她撑到怀疑人生。

林希驱车回家拿上健身包转道直奔健身房，以前常去的健身房会员卡快到期了，她索性又找了一家希盛附近的健身房。

是这一片最大的健身房有充值活动，环境很好，教练在业内有一定的名气。林希拎着包进门，正面碰上李辉。李辉穿着白T恤、黑色短裤、最新款的球鞋，歪戴着帽子，强行装二十岁的倔强样子。他斜靠在入口处的柜台上跟前台小妹妹聊天，恰好目光流转看了过来，四目相对。

林希往后看了一眼，又看向李辉：“李总？”

“简秘书？”李辉站直，上下打量林希，“我这脑子，林妹妹已经不是简秘书了。你在这里健身？”

林希点头，这是哪里都能遇到熟人，真见鬼了。

“这家店是我开的。”李辉说道，“办卡了吗？没办的话，我让他们给你打折。”

说话间林希的教练小跑过来挥挥手：“林小姐。”

“办过了。”林希朝李辉点点头，说道，“那我先上去了。”

“办过也可以打折。”李辉跟上林希，对林希的教练说道：“这是林总的妹妹，回头给林妹妹的资料改一下，送三年。”

教练：“呃……”

林希：“呃……”

李辉是纯花花公子，什么都是玩票性质，他开健身房林希还真不知道。

“那谢谢李总。”林希不跟他客气，李辉这健身房能不能开三年都是一回事，就他那三天打鱼两天晒网的样子。

“不客气。”李辉单手插兜走在林希身边，“你每天都这么晚过来吗？你的健身时间固定吗？”

“不固定。”林希的健身时间跟着吃的东西走，高热量的吃多了就来一次，这晚她吃了好几块蛋酥，太罪孽了。

“林妹妹今天练什么项目？”李辉看了健身教练一眼。这位泰拳教练非常有名，是他高价挖来的，以前是职业运动员，退役后就做了教练。林希竟然会买他的课，像她这样的做做瑜伽就够了，“我们一楼的游泳馆也开了，女孩子游泳比较好，塑形。”

“林小姐约了泰拳课。”教练在一旁忍着翻白眼的冲动。

“林妹妹喜欢泰拳啊？练了多久？”以李辉的观点来看，女孩子练拳击都是玩票性质。女孩子练这个要么耍帅，要么是看健身教练长得帅，“泰拳可以练腹肌，难怪林妹妹有马甲线。”

教练看向李辉，欲言又止。

“泰拳没练多久。”林希保持着得体的微笑，“叫我林希就好。”

“那我跟你哥哥一样，叫你希儿吧。”

林希想用胶带把李辉的嘴封起来。她换上健身衣上跑步机热身，戴上了耳机才把李辉的声音隔绝在外。

再不退会员她可能会忍不住一拳把李辉给捶死。

晚上八点健身房人不多，三楼拳击台这边几乎没人，教练在一边看林希的体测数据。

“等会儿我上去教她。”李辉靠在休息台边，眯了一下眼，打量正跑步的林希。她林希穿的是黑色运动套装，身材一绝，“你让她热身的时间再长点，我去换套衣服。”

“李总，她的手有点重，练得挺好的，你教的话可能有那么一点不合适。”教练委婉地建议，“你还是在一边看吧。”

“看不起谁呢？”李辉眯着眼睛笑，慢悠悠地说道，“有多重？能打动我的心吗？”

教练咬着后槽牙“嗞”了一声。

蒋霖屿跟林希分手了，现在林希是单身，每个人都有追求她的权利。她是简秘书时，是非常优秀的情人，温柔、体贴、漂亮。现在她是林希，不单单是优秀的情人，她还是优秀的结婚对象。

这是一个很现实的问题。

半个小时后，李辉不单单是心，连胆汁都被打出来了。林希的手非常重，而且打得狠，特别狠。

李辉胃里翻涌，靠在围绳上喘息，汗如雨下，坚决不承认自己打不过林希：“我今天状态不太好，我先休息一会儿，明天再来。你别看我现在这样，我状态好的时候，特别猛。”

教练默默翻了个白眼，戴上装备上场陪林希继续练。

李辉坐在地上喝水，看着台上的林希，冲动涌上心头，捡起手机录了一段她打拳的视频发群里：“简秘书真飒，林浩阳大舅哥！你上次说的领号码牌在哪里领？”

林浩阳秒回：“她叫林希，需要我再跟你重复一遍吗？再叫错，我把你的头扭了。没有号码牌，过期不候，滚。”

林浩阳：“把视频撤回，手机存档删除，不然我回国就弄死你。”

暴躁小林在线骂人。

李辉默默把视频撤回，回复：“你是不是没睡醒？脾气这么暴躁？”

微信弹出条消息，来自蒋霖屿：“位置。”

蒋霖屿要位置干什么？李辉若有所思：“我新开的健身房，在希盛附近。你要干什么？”

二十分钟后李辉被蒋霖屿按到柜台上，他知道蒋霖屿要干什么了。

蒋霖屿一只手卡着他的脖子，另一只手拿出他的手机扫脸解锁。

“非要这么暴力吗？”李辉说，“就是健身照，至于吗？”

蒋霖屿被他相册里那些乌烟瘴气的照片辣到眼睛，眼镜片在灯光下闪着冷光，睫毛垂下去遮住了暗沉的黑眸，他尽力克制自己。

“屿哥？”李辉有种不好的预感，蒋霖屿跟林希会不会没分开？他一直觉得蒋霖屿这种人应该不会在感情上纠缠。蒋霖屿和林希分了，那就是分了。可蒋霖屿这个劲儿，是哪出？

“你跟她分手了吗？”

“她跟我分手了。”蒋霖屿的目光深沉，“我并没有同意。”

蒋霖屿在一堆照片里精准地找到林希，删除，又清除了垃圾箱，顺便打开他的微信搜索了一遍视频存放的位置。

“我能存云视频吗？我还上传云盘呢！我有那么猥琐？你们当我是什么人？”李辉目瞪口呆，“我就是觉得简秘书打拳很飒，没见过她这样，想跟你们分享。”

“你还想追她。”蒋霖屿面无表情，嗓音淡漠。修长的手指滑动手机屏幕，打开云盘搜索。

林辉：“呃……”

蒋霖屿搜索一遍确定删干净了，才把手机插回李辉的口袋，冷着一张脸松手，语调淡漠：“上次你偷拍她，我就想找你聊聊，一直没时间。”

“今天恰好路过，跟你聊两句。”蒋霖屿比李辉高，居高临下地看着他，“再打她的主意，我就去找你家老爷子喝酒。我这个人你也知道，喝完酒满嘴跑火车。”

蒋霖屿的嗓音低沉，威胁意味十足：“不知道到时候你家老爷子还能不能放你出来疯。”

“哥哥，您的警告我收到了。您还有其他的事吗？”他家老爷子是保守的人，若是知道这些事，他不死也得脱层皮。一个女人而已，不值得搭上自由。

“她在这里办了多久的卡？”蒋霖屿推了一下鼻梁上的镜架，单手插兜。他是从公司直接过来的，还穿着商务衬衣，在健身房显得格格不入。

“我送她三年，一共四年。”

“给我办一张卡。”蒋霖屿这几年很少在健身房练其他项目，偶尔去林浩阳那边打拳已是极限。他不喜欢一身汗的感觉，去健身房只是游泳。

“游泳卡？”李辉转头叫经理过来，给蒋霖屿办卡，办最贵的。

“她练什么？”蒋霖屿蹙了一下眉，有些不自在，但很快就松开了。他双手插兜，靠在前台，问：“拳击？”

“目前跟的是泰拳教练。”李辉观察蒋霖屿，问，“你要练？”

林希打了两个小时的拳，酣畅淋漓。如果没有李辉的骚扰，这是一次非常愉快的健身，她挺喜欢这边的教练。

冲完澡，林希换上自己的衣服拎着包出门上车。健身房一楼还亮着灯，有人在游泳。她看了一眼，对游泳没兴趣。

之前是为了陪蒋霖屿，才去学的游泳。蒋霖屿健身只游泳，不喜欢出汗。而林希极喜欢出汗，跟他是相反的。

次日是周六，不用上班，健身让林希的睡眠格外好。她取消闹钟，想睡到九点钟再起床去郊区逛花市。

早上七点，她被门铃声吵醒，不耐烦地抬手盖在眼睛上。

昨晚母亲说过了今天早上不会送早餐过来，让她睡懒觉，那还有谁会过来?

林希起床简单地整理了一下头发，起身走到门口打开可视看到了蒋霖屿的脸。他穿着白色衬衣，鼻梁上架着眼镜，斯文清秀。

林希沉默了几秒，直接挂断，转身回到卧室一头扎到了柔软的被子里。

门铃响了三次，林希拿起手机打算打电话给物业投诉有人骚扰，门铃声戛然而止。她扔下手机，继续睡觉。

五分钟后，敲门声响起。

不是正门，是安全通道的门。她这房子有两道门，正常都会走电梯那道门，另一道门在安全通道。步梯这边几乎没有人去，只有物业的人检修设施配备才走步梯。

林希一开始以为是物业的人无意中碰到，直到响第三次，她起身穿过客厅打开安全通道的门，浓郁的花香直冲鼻腔。

“早上好。”蒋霖屿穿着休闲的白衬衣，衬衣下摆扎进黑色长裤，笔直修长的腿挺拔瞩目。他抱着一束超大的红玫瑰，眼镜片在晨光中泛着清冷的光，黑眸幽深、专注，似盛着深情，“兮兮。”

林希特别想把蒋霖屿的天灵盖拧开看看里面装的是什么。

清晨的阳光穿过楼道的窗户洒进来，整个楼道被照成了金色，蒋霖屿抱着热烈的红玫瑰站在阳光里。他长得确实很好看，黑色碎发贴在冷白的额头上，浓密的睫毛下桃花眼幽深，高挺的鼻梁上架着眼镜，看起来有几分禁欲的清冷。

只是很讨厌。

林希皱眉。

“昨天早上我跟周明妍见面是希望她以后不要再来打扰你，她以后也不会再来骚扰你。”蒋霖屿的嗓音低沉，停顿片刻，又道，“你不要多想。”

林希看着他，目光中没有任何情绪。

她为什么要多想？她一点儿都没想好吗？！跟周明妍有什么关系？他在说什么？

蒋霖屿这个工作狂是不是太久没有双休了，不知道这天是周六吗？

“你——”蒋霖屿把花往前递了一些，直直地盯着林希，喉结滚动，嗓音沙哑，“喜欢花吗？”

林希还没动，长发散在肩头，有些凌乱，但显得脸更小了。她穿着粉色 T 恤睡衣，踩着一双粉色拖鞋站着。蒋霖屿还是第一次见她这样，粉粉嫩嫩的女孩儿，不似平日里那样一丝不苟，于是他多看了一会儿。

“送你的。”

林希干脆利落地关上房门，把蒋霖屿关在门外，她深吸气：“蒋霖屿，你再骚扰我，我就报警了。”

“早餐和花放门口，我九点的飞机，去一趟柏林，合作出了点问题。”蒋霖屿看着紧闭的门，蹙眉，陈秘书出的什么蠢主意！简秘书不喜欢花，她对这种不切实际的东西都没什么兴趣，“花不喜欢的话放门口，保洁一会儿过来会收。”

漫长的沉默后，林希以为他已经走了。

“兮兮，”蒋霖屿的嗓音沉下去，“我走了。”

林希回到卧室扑到了床上，卷着被子把自己裹成蚕蛹般。她没有起床气，七点多起床也是她的正常生物钟。

她把脸埋在松软的枕头里，闭上眼。

蒋霖屿没给她送过花，他们在一起这么多年，他都没有想过送一朵花。

林希最渴望蒋霖屿送花的时候，他连一根狗尾巴草都没送过。她刚毕业就喜欢他，二十二岁，还是做梦的年纪。

谁不想要花呢？谁没有那么一点儿虚荣心？她也有艳俗低级的渴望，希望自己的男朋友能在情人节的时候抱着超大的花束在公司楼下等她。

那种热烈的、全身心都透着浓浓爱意的行为，她从来没有经历过。

二月十四日、七月初七日、十一月十一日……每一个节日别人都有花，她什么都没有。她在办公室加班到深夜，看着时钟一分一秒地走到十二点。

结束了，没有花也没有短信，他甚至都不会问一句这天是什么日子。

简兮没有女朋友应有的待遇。

蒋霖屿过的是什么节日？清明节、劳动节、中秋节、国庆节、元旦、春节、元宵节……他只能记清这些日子。

她能不清楚吗？国家规定的放假，记不住就要发三倍工资。

简兮是他的秘书，他的员工，节日礼物好像是员工福利，大概是国家规定的三倍工资换成礼物送给她。

他们分开了，蒋霖屿说喜欢她，开始送花、送早餐。

九点半，物业打电话问她门口放着的东西要不要拿走。

林希原本打算让人拿去扔了，话说到一半抿了一下嘴唇，说道：“放着吧，我一会儿去拿。”

“还有吃的，放外面不安全。”物业说，“你早点拿进房间吧。”

“好。”

林希洗完澡裹着浴袍打开门，门口放着那束大到夸张的红玫瑰，旁边是牛皮纸袋，里面装着早餐。她看了一会儿，吐出一口气，拎着纸袋回去，又出来拎花。

花比想象中的要重，林希抱回房间坐在地上拆包装。

花又没有罪，漂漂亮亮地生长着，被人剪下来包进包装纸里。

林希跟着周莹学过插花。她把剪刀和花瓶拿到客厅地板上，坐在地毯上剪玫瑰花多余的花枝，插进花瓶里醒花。

一共一百零四朵。

林希插了三个花瓶才装好，然后把残枝扔进垃圾桶。周莹打电话让她过去，她起身换衣服拎起背包出门。

周末是富太太局，周莹带林希去跟那群富太太聚会。插花、画画、弹琴、喝下午茶，各自炫耀一下孩子，林希跟她们在一起比应付酒局都累。

林希专心致志地喝茶吃东西，品鉴大家的作品。

“希儿是一九九二年的？”对面李太太开口，“跟我们家阿辉差不多大。”

“比阿辉小三岁，阿辉和浩阳是一年的。”周莹接过话。

“希儿有男朋友吗？”

林希直接呛住，连忙抽纸擦嘴边的水迹。

“我们希儿还小。”周莹帮林希顺脊背，温柔道，“慢一点。”

“二十七岁也不是特别小。”李太太听到周莹说小的时候惊了一下，二十七岁还小呀？

“该谈男朋友了，我们阿辉跟希儿挺般配的，家世、外貌都般配，要不你们见见？”

周莹的脸色一下子就变了，敢情在这里等着呢。

“二十七岁怎么不小了？我们希儿还是孩子。”在周莹眼里，林希就是小孩儿，刚找回来的小孩儿就有人来介绍对象，纯属神经病，“我看希儿跟阿辉不合适。”

“我们阿辉怎么了？”

“阿姨，我这几年并没有结婚的打算，谢谢您的关心。”林希品出味来，微笑得体，“事业为主。”

“女孩子还是不要那么辛苦。”李太太靠坐回去，慢悠悠地喝茶，“工作让男人去拼就好了，女孩子嫁个好男人才是主要的。”

“我倒不这么看，男女都应该有自己的事业。”周莹坐直了，目光凌厉，“有人一生方圆寸地，以为那是整个世界，却不知外面海阔天空，精彩纷呈。”

“燕雀安知鸿鹄之志。”周莹喝了一口茶，“希儿，做你喜欢的事。婚姻只是人生的锦上添花，绝非唯一。”

李太太的脸色难看，一句话都说不出来。

原本还有晚宴，下午五点周莹就说头疼，带林希先离开了会场。

上车，周莹放下了手，靠到座位上：“不要理她，你还小着呢，没到谈婚论嫁的时候。何况那个李辉也不是什么好人，我听浩阳说，他可花心了。什么人啊，就敢高攀我们。”

“我知道。”林希笑着握住周莹的手腕，觉得她特别好玩，平时温温柔柔的竟然会撑人，“我跟他们认识好几年了，每次见他，身边的女朋友都不是同一个人。”

“这种人不能要，要找干干净净的男孩子。”周莹急忙摆手，唯恐被李家黏上，“这什么人啊？对感情一点都不负责。”

司机把车开出去，林希转头看窗外。

“希儿。”

“嗯？”

“你有喜欢的人吗？”

林希摇头：“没有，我更喜欢拼事业。”

周莹握着林希的手，叹口气说道：“拼事业很辛苦，你若是喜欢，那就去，妈妈支持你，谁也不敢说你的闲话。女企业家多了，为什么女人要有年龄限制？男人没有呢？”

林希看了她好一会儿，把头放到她的肩膀上。

周莹略一顿，随即鼻子泛酸。小时候女儿喜欢趴在她怀里，趴在她的肩膀上，小小的一团。丢了二十四年，她长大了，找回来后她们没有这么亲近过。

“一定要找个爱你的人，真心真意爱你，一辈子只爱你一个，把你放在心上焐在手心里的那种爱，你才能跟他好。感情上千万不要委屈自己，这是不能委屈的事。也不用为了结婚而结婚，为了找对象而找对象，你一定要因为爱情而选择另一半。”

母亲的这个观点，林希是第一次听到。她在那样糟糕又狭隘的环境下长大，几乎没有人大谈风月，大谈爱情。她以前接触的人，大部分都是李太太那种。

“你跟我爸……是怎么在一起的？”

“是我追的他。”周莹原本眼睛有些红，说到这个立刻就笑了，下巴微抬，有些骄傲，“你爸年轻时很帅，我对他一见钟情，就主动追求他。”

林希抬头看她，眨眨眼，想不到事情是这样的。

“长得好看、学习又好，很多女生追他，我是第一个走到他面前送情书的。”

林希目瞪口呆，这么刺激吗？

“你哥哥长歪了，没遗传到你爸爸的优良基因，你爸爸年轻时候长得呀——”周莹回味了一下，说道，“现在被媒体夸前无古人后无来者的男演员、男明星，比他都差远了。”

这也是个“颜控”。

“你追了爸爸多久？”那个年代竟然主动追求，周莹也是个大胆奔放的人。

“一年多。高三毕业那年我打算去M国读书，我就问他，愿意跟我在一起，我们一起去M国。不在一起，以后再也不联系了，我要把关于他的一切都扔掉。”

林希坐起来看着周莹。

“然后他就跟我报了同一所大学，一起去了M国，就在一起了。”周莹笑得眼睛弯着，洋溢着幸福，“你爸就是不爱说，他一开始就喜欢我。后来，我理解了你爸爸的苦衷，那个时代造成了很多悲剧。你爸家经历过很多事，他自卑，我家庭条件好一些，我们之间有差距。”

“有喜欢的人也可以去追，不试试怎么知道这份感情是不是属于你？”周莹摸了摸林希的头发，说道，“享受爱情是很幸福的事。”

周莹太自信了，是个自信又美丽的女人。

林希从来没有这样的自信，连喜欢一个人都不敢说出口，害怕感情掉到地上，害怕得到嘲讽，害怕一无所有。

周莹抱了一下林希，有很多话想说，又说不出口。

过去那二十四年，让林希变成敏感又自卑的小孩儿。

“宝贝，无论你想做什么，你只管去做，妈妈永远支持你。”

林希也没什么想做的，只想去怀城，蒋霖屿再给她送早餐的时候，她都想拎着五十米长刀去D国砍了蒋霖屿。

蒋霖屿去D国了，L3项目出了问题。D国方临时改合同，要求合作研发，要专利权。蒋霖屿去D国谈这件事，之前林希在上屿时就担心蒋霖屿在合同未签订前筹备项目会出问题，但当时的情况很复杂，董事各方给压力，他太自信，如今这个雷爆了。

林希原本以为蒋霖屿去D国送早餐活动就结束了，谁能想到，就停了周末一天。周一早上七点十分，外卖准时到达，比林家的保姆来得还快。

蒋霖屿送的早餐很单调，得亏林希不挑食，才能吃半个月。

十月一日小长假，假期结束林希就要去怀城了。林世和周莹早上七点就开车去怀城，查看林希的居住环境，顺便去西山度假区住两天。他们原本是想带林希一起去，但是林希听到西山度假区就拒绝了。

这个时间去西山大部分人主要冲着温泉去的，人家夫妻恩爱，她嫌自己不够亮吗？

正好十月一日林浩阳回国，他陪林希过节，父母就放心地去怀城了。

林希提前跟林浩阳约好去接他，一起吃个饭。林浩阳的飞机晚点了，晚上十一点才到燕城。林希开车去机场接他，半道上就开始下雨，整个地面湿漉漉的，反射出光。

雨天就容易出车祸，堵车特别厉害。

林希计划的提前到机场泡汤了，十一点半把车开到机场出口的路上，这边不能停车，她一边往前开一边打电话给林浩阳。

而后突然就看到了路边站着的两个男人，一黑一白两道身影林浩阳穿着白色T恤、休闲牛仔裤，单手插兜，懒洋洋地站着，另一只手拿着手机跟林希打电话。旁边的蒋霖屿穿着黑色衬衣、黑色长裤，站得笔直，手边放着行李箱。

截然不同的气质，却莫名和谐。

蒋霖屿阴魂不散，怎么会在这里？

“我看到你的车了，往前开。”林浩阳说，“看到我了吗？”

“嗯。”林希挂断电话把车开过去，从车里取出雨伞推开车门下去，林浩阳大步绕过来接过雨伞，“你去副驾驶座，等会儿我开车，外面很冷，把外套穿上。”

“我开吧，我不下车了。”林希的余光看到蒋霖屿寒把行李箱推向她的车，她看了林浩阳一眼。

“他阴魂不散。”林浩阳立刻撇清跟自己的关系，说道，“我们都不是从一个地方飞的，这也能碰到，真见鬼了。”

林希打开后备厢，外面确实很冷。她这天只穿了一件薄衬衣搭配长裤，没拿外套。寒风侵蚀，竟有种冬天的凛冽感。

林希重新拉上安全带，身后一道寒气卷了进来，随即车门被关上，林希回头跟蒋霖屿对上视线。

蒋霖屿的眼镜上有水雾，眸子穿过带雾的眼镜片注视着林希。

车的后备厢关上发出声响，随即林浩阳绕到副驾驶座拉开车门上来，回头跟蒋霖屿说：“蒋霖屿，你不要想太多，到市区就把你扔下去。不会打车就打电话找你的助理，让你的助理来接你。”

蒋霖屿拿下眼镜，慢条斯理地擦着，白皙的手指贴着玻璃镜片。他抬头看过去，视线里一片模糊，但他知道面前的人就是林希。

蒋霖屿很轻地呼吸着，空气里似乎有林希的气息，她用的香水味很淡。在这种香气中，他贪婪地看她的后颈。

前面的林浩阳正在跟林希说话，林浩阳的声音刺耳、难听，还聒噪，他一点儿也不想听。但林浩阳说话时，林希偶尔会回应，嗓音软软的。

挠得他心里发疼。

“吃饭了吗？”

“还没有。”林浩阳说，“想吃什么？我请你。”

“去我那里吧，这么晚外面营业的餐厅不多。我中午出去买了菜，可以吃火锅。”这么冷，林希一点儿都不想去外面吃饭。

“你还会做饭？”林浩阳惊喜。

“她做饭非常好吃。”低沉的声音从后座幽幽地响了起来。

“蒋霖屿，你不说话没人把你当哑巴。”林浩阳回头，“请你闭嘴。”

“我只是陈述事实。”蒋霖屿把眼镜戴回去，看清了林希的后颈肌肤。她穿着白衬衣，后颈白皙漂亮。

“到市区就把你放下去。”

到市区蒋霖屿也没下车，蒋霖屿跟林希一个小区，就住楼上楼下，蹭车实在太方便了，这都蹭到家了。

林浩阳傻眼。

蒋霖屿这个搬家速度，快赶上孟母了。

电梯到五楼停下，蒋霖屿若无其事地把行李箱推下去，人往后一大步，稳稳地站回电梯。

对面两双眼睛，蒋霖屿单手插兜站得笔直，迎着林希的眼睛，问："你家有感冒药吗？"

林希心想：我家有砒霜。

电梯到六楼，蒋霖屿说："飞机上空调温度很低，我有点感冒，想借个药。"

"鹤顶红吃不吃？"林浩阳下电梯，刷脸进门看了蒋霖屿一眼，"希儿，晚上我住你这里，等会儿我下楼把行李箱拿上来。"

蒋霖屿的目光阴沉了几分，抬手推了一下眼镜，强行把脾气压下去。

林浩阳是林希的亲哥。

林希进门放下车钥匙，取出两双拖鞋放到门口，一双家用拖鞋，一双一次性白色拖鞋。蒋霖屿面无表情，但动作非常快，在林浩阳脱鞋之前已经把脚伸进了家用拖鞋。

林浩阳："呃……"

"你就来拿个药，都不必进门，你换什么拖鞋？"林浩阳蹙眉，"你是人吗？你穿我的拖鞋？"

蒋霖屿把两只脚都放进灰色的拖鞋里，环视整个房间。装修非常温馨，暖色调，屋外寒风凛冽，屋内暖洋洋的。

蒋霖屿反手拉上门，穿着拖鞋站进林希的房子里。他的喉结滚动，把这里的每一个细节都看在眼里。

他已经很久没有跟林希共处一个空间了，也很久没有吃她煮的东西。阳湖的房子，他已经很久没有去过了，他不敢去。

那套房子里有太多他们共同的记忆，他坐在空荡荡的客厅，感觉一抬眼林希好像就会从楼上下来，温温柔柔地走到他身边。

可事实上，什么都没有。

保姆被他辞掉了，他的世界似乎又重回五年前。没有尝过甜，他一辈子都不会难过，也不知道什么是苦。但他拥有过、尝过，又失去了。

林希不再是简兮，林希有了新的生活，永远离开他了。

“感冒灵一次喝一袋，拿温水冲，不要热水。”林希白皙纤细的手指拿着一盒药放到他面前，她的声音还是那么温柔。

“我家没温水。”蒋霖屿没有接药，抬眼看向林希。说谎都不打草稿，“前几天物业跟我说，我家停水了。”

“你家还被哥斯拉给吞了呢。”林浩阳毫不客气地嘲讽他，拿起药走向厨房，打了个喷嚏，“我也得喝一包，飞机上的空调大概不要钱。”

林希走向厨房，打开冰箱把食材拿出来。

“哥，你吃辣吗？”

“超辣。”林浩阳习惯性地冲了两杯药，然后突然反应过来，他为什么还要照顾蒋霖屿呢？从高中照顾到大学，他是不是有病？

这天下飞机遇到蒋霖屿，林浩阳就有种不好的预感，太巧了。他们不是从同一个地方飞，能碰到一起，巧得像是蒋霖屿的算计。

蒋霖屿的秘书在忙，他的司机这天也生病了，他一个小可怜连车都不会打。

蒋霖屿读书时就是“团宠”，除了学习，其他全部不懂、大家习惯性照顾他，特别是林浩阳，天天像个老妈子。

林浩阳出门把感冒灵递给蒋霖屿，回厨房帮林希处理食材：“需要我做什么？”

“你会洗菜吗？”林希把空心菜递给他，“不要叶子。”

林希转身打开冰箱去拿上层的牛肉，却有一只手越过她拿起上面的盒子。一股气息朝她席卷而来，木质调的香偏冷。

“要几盒？”蒋霖屿的尾音低沉，跟胸腔的嗡鸣正好和在一起。

林希抿了一下嘴唇，就不应该放蒋霖屿进来。

刚刚她心一软，放进来，成了祸害。

“上面的全部拿下来。”林希挪开一些，不想让蒋霖屿有把她罩在怀里的感觉，她转身处理锅底。

“肉要洗吗？”林浩阳问。

“不用。”

一个厨房站三个人有些拥挤，林浩阳一抬头就看到了蒋霖屿，不禁皱眉：“你还要在这里蹭晚饭？”

蒋霖屿单手插兜，下巴微抬，一副“你等我现场编个理由”的样子。

直到吃饭时，他都没编出理由。他跟林浩阳认识多年，林浩阳不会赶他走。

蒋霖屿是林浩阳的朋友，林希赶他走也不合适。反正过了国庆小长假，她就去怀城了。

林希和蒋霖屿不吃辣，她做的是鸳鸯锅。火锅很快，不到二十分钟就全部摆到了桌子上。

林希搬过来以后，第一次请客吃饭。满足了她以前的幻想，拥有一套房子，请三五好友上家里小聚。虽然她没什么好友，但有林浩阳，一人成团。

蒋霖屿纯属买一送一，送的那个搭头。

“明天想出去玩吗？要不要去游乐场？”林浩阳坐在辣锅那边，林希和蒋霖屿坐对面，他们在同一个清汤锅里涮肉。

蒋霖屿把涮好的牛肉放到了林希的碗里。以前这种事都是林希做，他专注地吃。

火锅的热气扑到蒋霖屿的脸上，眼镜上迅速升起雾气。林希用余光看他，他索性把眼镜拿掉，盲涮。

“我们？去游乐场？”林希看着盘子里的牛肉犹豫。许久后，她夹起来一片放进嘴里，老了。

“我从六岁以后，就没去过游乐场，想等你回来一起去，你想不想跟哥哥一起去？”那天母亲原计划是带他们去游乐场，结果林希走丢了。林浩阳每次路过游乐场都会停下来看一看，但不敢走进去。

林浩阳喝了一口果汁，压制辣意，看着林希，问：“要不要去？”

“会不会有些尴尬？”一把年纪去游乐场玩，他们是有多幼稚？林希记忆中没有游乐场的概念，她也没去过。

去游乐场是什么感受？林希不知道。

林希的余光看到蒋霖屿皱眉咬着牛肉，嚼了半天都没咽下去，明显也是涮老了。

“十秒。”林希忍不住开口。

“什么？”林浩阳问。

“牛肉涮十秒，味道正好。”林希喝了一口橙汁，蒋霖屿这个生活不能自理的人，大概这辈子就这样了。

蒋霖屿把她买的好牛肉全浪费了。

“是吗？”林浩阳被辣得失去味觉了，没注意到牛肉老不老。

蒋霖屿重新涮牛肉，抬起手腕看着表。

林希有幸欣赏到蒋霖屿涮肉，涮肉的漏勺离水两厘米高。

他涮了个寂寞。

林浩阳还在纠结游乐场：“我想把失去的遗憾都补回来，游乐场就是我失去的遗憾。”

吃完饭林浩阳下楼拿行李箱，顺便把蒋霖屿给带走了。林希收拾餐具，看到蒋霖屿坐的位子上放着个蓝色盒子。

林希皱眉。这个人干什么？

她打开盒子看到里面硕大的红宝石单独镶着，红宝石旁边是金色带钻的玫瑰花，红色的宝石在灯光下闪烁着光芒，非常浮夸的项链，项链下面还有叠成心形的信纸。

蒋霖屿是小学生吗？小学生都不玩这套了，还是二十年前的套路。

林希打开信纸，皱皱巴巴的纸上面是蒋霖屿的字。

“兮兮，其实我一直不太想叫你‘林希’，叫‘林希’，好像过去那个叫‘兮兮’的姑娘就被彻底抹去了。我知道我们都开始了新的生活，你也是新的你。可兮兮是真实存在的，兮兮对生活充满热情。那么优秀，光彩夺目，不应该被抹去。

“我不是因为林希才追求你，你姓什么、叫什么，都不重要。我因为你是你，而喜欢你。

“对于感情，我曾经一直有个误区。我不相信有人会单纯地因为感情而和另一个人在一起，这种不相信，并非针对谁，是我自己的原因。感情于我而言是昂贵的奢侈品，我从没有拥有过。

“这个误区让我不敢相信，我竟然可以拥有感情。

“对不起，委屈你这么久。

“我们回不去了，我很清楚。我们都该重新开始，拥有新的生活。

“可我放不下。

“我想跟你说一声‘对不起’。对不起，我之前没有分清感情与工作。兮儿，对不起。我想解释那份感情并不是你的单行线，也属于我，我也在参与。但怎么解释都苍白，我们会分开我是主责。

“项链的图纸我很早以前就在画，我原本打算做成戒指跟你求婚。如今再做也没有意义，就做成了项链送给你。

“我想留一样东西在你身边。”

署名是蒋霖屿。

第七章 追妻

林希的生物钟非常准时，早上七点半起床练瑜伽顺便准备早餐。

八点林浩阳顶着鸡窝头从房间出来，晃到餐厅倒了一杯水。

“早啊。”

“早。”林希把早餐放到餐桌上，说道，“今天还去游乐场吗？”

林浩阳往嘴里塞面包，闻言愣怔地看着林希，看了大约有一分钟，猛地清醒把面包咽下去：“你想去？你答应去了？”

“去。”林希一偏头，笑着说，“换衣服，走。”

林浩阳昨天说他从林阳希走丢后，再也没有去过游乐场。那时候林浩阳六岁，林阳希三岁。

林浩阳转身大步走向客房：“我换衣服很快的。”

林希回房间挑了一套背带裤配米奇白 T 恤，出门穿上运动鞋，转眼看到林浩阳穿了三件套西装，正在打领带。

林希拎着鞋带一时间不知道是不是自己走错了片场。

“虽然今天不热，但三件套西装有点热吧？”外面雨已经停了，是个阴天，最高温度二十二摄氏度。

林浩阳把西装外套脱掉，只穿马甲，把领带也拿掉。

“这样呢？”

像餐厅服务生。

林希把鞋带系上。她和林浩阳弥补的不是一个童年，林浩阳童年时大概就是三件套西装，穿着锃亮的黑色皮鞋。

“我穿正装不帅吗？”林浩阳对着镜子打理头发，“你哥我曾经也是少女杀手，校园男神。”

林希面无表情地把小包包斜挎好，拿起车钥匙：“你真穿这样出门？”

林浩阳还是把西装外套拎起来，认为有西装才是正宗的三件套，说道：“你真的不穿公主裙？”他压低声音，用充满磁性的性感声音，温柔地道，“公主，我可以做你一天的骑士。”

再见。

林希转身拉开门就走。

两个人一前一后进电梯，林浩阳还在照电梯里的镜子，不是很满意这天的发型。

林浩阳的颜值很高，穿正装还是很帅的。可惜，他早上没洗头，发型不够到位：“我这样是不是比蒋霖屿帅？”

电梯门“叮”的一声打开，林希抬头看到同样穿三件套西装的蒋霖屿。

林希：“啊！”

蒋霖屿正面对决来了。

林希想立刻出电梯回家，哪里都不去了。

“我的天！”林浩阳惊了，说道，“蒋霖屿，你穿的什么玩意儿？你要去参加婚礼吗？”

蒋霖屿的嗓音冷淡，声音压得恰到好处：“下楼，扔垃圾。”

林浩阳由上至下地看着蒋霖屿：“你穿这样下楼扔垃圾？”

蒋霖屿看着林希，走进电梯，道：“生活要有仪式感。”

蒋霖屿穿蓝色西装搭配白衬衣，西装扣子没有扣，也没打领带。相比林浩阳的中规中矩，多了几分慵懒。俊美的容貌，因为戴着窄边框眼镜，像个斯文败类。

蒋霖屿进门后就自动站到林希的身后。

林希往前走了一步，跟蒋霖屿拉开距离。在装模作样失败这件事上，蒋霖屿一直很成功。

昨晚蒋霖屿说收下那个礼物，他们都会重新开始，那就是没有关系了。现在又跟着干什么？他昨晚的礼物是什么意思？

“蒋霖屿，你的垃圾呢？”林浩阳越看蒋霖屿越不正常，他早上也没有透露任何信息要出门，这是巧合？

蒋霖屿又往林希那边移了几分，语气淡淡的：“在说话。”

林浩阳：“呃……”

林浩阳：“我是你爹。”

电梯到了负一楼，林浩阳接过林希的车钥匙去开车。车位距离电梯口有一点距离，林浩阳让林希在这里等，他马上过来接她，出口处正好在这边。

“你今天穿得很漂亮。”

蒋霖屿说第一遍的时候，林希没听清，便转头看过去。

地下停车场很安静，蒋霖屿整理了一下外套，单手插兜，站直。

“我也没去过游乐场。”蒋霖屿直直地看着林希，手指在口袋里摩挲了一下。他的黑眸沉下去，喉结滚动，嗓音有几分哑，“介意带上我吗？”

“介意。”林希想都没想就拒绝。

蒋霖屿往前一步，林希突然后退，大眼睛眨了一下：“你干什么？”

林希这天穿得特别可爱，宽松的背带裤让她看上去比实际年龄要小。她二十二岁开始做他的秘书，一直都是成熟的打扮，穿着高跟鞋随时冲锋陷阵。她今天没有穿高跟鞋，比平时矮一些，长发头慵懒地散着，大眼睛可爱到蒋霖屿的心里。

这样的林希柔软，也很生动。

“你今天穿得很漂亮。”蒋霖屿这句话说得格外艰难，说完就掩唇咳嗽了一声，维持着面无表情的样子，专注地看着林希，“非常。”

“油腻。”林希的耳根有一点热，但她不会在蒋霖屿面前表现羞涩出来。

蒋霖屿垂下浓密的睫毛，沉默片刻才抬眼，这回是询问：“真的很油腻？”

林希没说话，蒋霖屿抬了一下脚，随即又放回去。他以前哄林希开心，最大程度就是靠近贴着她，轻轻地亲她。

他抬起下巴，黑眸深沉，认真地道：“你确实很好看。”

“L3 的项目出问题了？”林希突然转移话题。

蒋霖屿转头看另一边，看了一会儿才回头看林希：“小问题，没事。”

他顿了一下，注视着林希：“你关心我？”

“我主要是关心你这操作，是什么目的。”林希抿唇，下巴微抬，语速缓慢，一字一句都很清晰，“你是想让我家注资，还是想追到我，跟我联姻？”

空气有几分寂静，林希在心里数秒，数到第十秒，蒋霖屿忽然转身，大步就走。走到电梯口，他又回头，冷静、克制地推了一下鼻梁上的眼镜，喉结滚动，手背上的青筋明显，他很生气：“你就那么不自信？你就觉得自己那么没魅力？你比不上那些钱？”

“你不必质疑我的用心。”蒋霖屿又走向林希，他腿长步伐大，目光阴沉，走到她面前才停住，翻涌的情绪仿佛瞬间沉入海底，他的眼睛泛红，“我只是，喜欢你。”

他们同时静下来。

林希的睫毛动了一下。她停顿几秒，从包里拿出蓝色的盒子放到地上：“那这个东西我不收。”

蒋霖屿逼自己停在原地，看着林希，喉结滚动。

“另外，你也不要再跟着我。我不希望以这种方式与你建立关系，我不知道你能不能听懂。”林希攥紧背包的边缘，一寸寸放开，死死地盯着蒋霖屿，“听不懂的话就算了，当我什么都没说。”

“还有，谢谢你的早餐。”她又补充道。

林浩阳把车开过来，车灯一闪而过，随即又暗下去，车稳稳地停在了林希身后。

蒋霖屿往后退了一步，什么都没说，只是看着林希。

林希转身上车。

林浩阳把车开出去，往后看了一眼：“蒋霖屿不去啊？”

蒋霖屿穿得那么精致，不就是为了跟他们出门？

“他下来扔垃圾。”林希拉上安全带，靠到靠背上。

“我看他是想把自己扔垃圾桶里。”林浩阳把车开出小区，外面的天阴着，这个时间点市区到处堵车，一段路走了快半个小时。

“昨天我知道不应该让蒋霖屿去你家，但我觉得你们没走到那一步，如果可以，给彼此一个机会。”

林希看了林浩阳一眼。

“如果你实在没感觉，当我什么都没说。”

林希支着下巴看向窗外，看了一会儿说道：“你喜欢过人吗？”

林浩阳停顿许久，点头：“嗯。”

“前女友？”

“算不上前女友，我们没有在一起过。”林浩阳耸肩，“我告白她拒绝，之后我就回国了，她留在M国。”

“你们还联系吗？”

林浩阳摇头：“不要聊这个了，没意思，聊点开心的。”

“什么？”

“我跟你聊聊蒋霖屿的外号。”林浩阳笑了一声，说道，“他肯定没跟你说过。”

蒋霖屿是不会跟林希说这个的，他们几乎没有聊过私生活。

“为什么？”

“蒋霖屿从初中到高中都高冷，特装，你知道吧。”林浩阳说，“稳居年级第一，十分爱装模作样，从不跟我们这群人玩。突然有一天，他开始跟着我们一起去跟隔壁高中打架，稀罕死了。我们都以为终于得到了他的青睐，就带他玩了几个月，他写了篇‘问题少年观察日记’来佐证他的‘人类未进化完全劣根性对人类行为的影响’，还拿奖了。”

林希：“呃……”

“你们怎么还会跟他玩？”

“他请我们全班吃了半年的哈根达斯。”林浩阳说，“其实他的目的是好的，只是不会说话。那时候大家受古惑仔影响，觉得打架很酷。实际上这个行为一点都不酷，甚至很傻。他这人行事作风就这样，和正常人不是一个路子，但人确实不坏。”

这是林希记忆中第一次来游乐场，国庆小长假人特别多。哪怕拿着通园卡也是人山人海，没有想象中那么快乐。

拥挤燥热，人头攒动，她和林浩阳为了在一个景点拍照排队了三十分钟，拍的时候周边全是人，几个阿姨一直在催，林浩阳修图修了二十分钟，才把旁边的人修掉。

整了一张合照。

下午五点，人才稍微少了一些。林希站在游乐场中间的蹦极台下，仰起头看高高的蹦极台：“我要去玩那个。”

林浩阳拿着冰激凌咬了一口，缓缓抬头，仰望巨高的台子：“啊？”

“你玩吗？”

林浩阳倒吸一口冷气，慢吞吞地摇头。他在想怎么阻止林希上去，让林希跳这个，回头爸妈一定杀了他。但林希已经把背包和手机塞到他的手里，跟着工作人员往上面走。

“你在下面给我拍照。”林希把背带裤穿好，走上了高台。

昨晚林希看完那封信有些无语，内容她不想吐槽，如果不是早上在电梯里见到衣冠楚楚的蒋霖屿，她还以为那是一封分手信。

那张信纸她一直在看，应该是折过很多回，上面全是笨拙的褶子。纸都快揉破了，是他一点点折的吗？

林希不知道这个年代，谁会折那么幼稚的折纸。

将霖屿从不说好听的话，被逼急了，才说喜欢。

林希不知道蒋霖屿的心有多深，也不知道未来会怎么样，一切交给时间吧。

下午蹦极的人很少，林希走上去就可以跳了。

林希张开手让工作人员帮她穿装备。她看向远处、看向脚下。下午天放晴了，湖水倒映着蓝天，底下的人渺小到已经看不清。

林希以前看过一个说法，离死亡最近的那一刻，脑子最清醒，欲望也最直接。

她想试试。

十月八日，林希早上七点十分准时收到蒋霖屿送达的早餐。一杯咖啡和一个三明治，这回终于不送可颂了，换成了日式轻乳酪蛋糕。

蒋霖屿穿着白衬衣，下摆扎进西装长裤里，手臂上搭着西装外套，把早餐递给林希转身就要走。他八点有会议，最近非常忙。

“我不喜欢吃纯肉的三明治，我喜欢吃带蔬菜的。”林希开口，“我早上也不喝黑咖啡，我空腹喝黑咖啡胃疼。我一般会喝无糖橙汁，或者蔬菜汁。全世界只有你一个人无双休，我有。我双休的时候需要睡懒觉，不吃早餐。”

蒋霖屿停住脚步注视着林希片刻，点头：“还有吗？”

“我不喜欢红玫瑰，我喜欢香槟玫瑰，优雅。红玫瑰太浓烈了。”

蒋霖屿拿出手机备忘录来记，修长的手指抵着手机屏幕，看向林希的眼里写满了求知欲。

“为什么每天给我送早餐？”

蒋霖屿垂下浓密的睫毛，乌黑的睫毛遮住了黑得纯粹的眼睛。片刻后，他才抬起眼睛，说：“想跟你说早安。”

林希扬唇：“早安。”

蒋霖屿的黑眸亮了几分，嘴角的笑缓缓溢开。他把手机装回去，单手插兜靠在电梯门口，定定地看着她。他其实很想吻她，可他始终没有上前。

“早安。”蒋霖屿的声音有几分哑，“我去上班了。”

蒋霖屿进了电梯，林希关上门走回去继续收拾行李箱。她今天就要去怀城，等项目结束才回来。

那天蹦完极林希跟林浩阳喝酒到深夜，从红酒喝到清酒，最后又喝到啤酒，林浩阳喝得烂醉如泥。她起身上阁楼，趴在露台的边缘看远处的黑暗。

林希之前彻底放弃蒋霖屿，在决定离开他的时候，心里有一个分值。

蒋霖屿脾气不好，减二十分。

蒋霖屿没陪她过情人节，减二十分。

蒋霖屿弄疼她了，减二十分。

蒋霖屿拿她当替身，减成负数。

蒋霖屿从来没有说过喜欢她，也没有说过爱她。

蒋霖屿每天给她送早餐，其实是个很蠢的行为，但他就是很固执地在做这件事。他说是在补偿，她也知道他在补偿，补偿那个从来没有得到过关爱的简秘书。

林希很矛盾，怕别人记住简秘书，又怕别人忘记简秘书。简秘书真实地存在过，她努力地活着，她一无所有地拼搏。因为身份的转变，简秘书被彻底抹去，她有些委屈。

林希什么都有、什么都不缺，可简兮永远地过去了。

分数加加减减，并没有什么变化。蒋霖屿要赶飞机，但还是在走之前给她送了一束花。对于他那种工作狂，时间观念极强的人来说，看起来很简单的事，已经是在打破他的规则了，他只会往前走。

十月三日早上，蒋霖屿准时送来了早餐。一如既往地说“早安”，好像前一天什么都没有发生。

蒋霖屿听懂了。

谁也不是谁肚子里的蛔虫，在没有交流的情况下，他们生活在各自的世界。这点林希和蒋霖屿很像，有人愿意迈出这一步，那就往前走吧。

蒋霖屿愿意改变，愿意一点点地去改变、去做，哪怕做得不好，可他在尝试。

林希会给他机会。

人和人是需要磨合的，如果她还能跟蒋霖屿磨合出感情，她就要这个人。磨合不好，那他们各走各路，她也不留遗憾。

林希把行李装好，她的东西不多，一个行李箱加一个手提袋，手提袋里装着笔记本电脑和平板电脑。

她拖着行李箱下楼就看到了周莹，周莹快步走过来帮她拿行李，林浩阳已经快人一步拿走她的行李箱，放到了他的车上，他重新给她换了一辆车。

林世也跟在不远处，周莹拉着林希的手："我和你爸爸送你过去吧，跟公司打个招呼，你过去也有靠山。"

"不用。"林希揽了一下周莹的肩膀，"我自己去。"

林世走过来想摸林希的头发，手却落在她的肩膀上："尽力而为，不要拼命。我给你安排了一个助理，总公司的人，在怀城那边有点根基。"

"好的。"

"我送你。"林浩阳说，"给你换了一台新车，这个车酷不酷？"

林希伸手："车钥匙。"

林浩阳把车钥匙递给她："你要开车吗？这一路几个小时，多累啊，我来吧。"

"不要送我，我自己去，路上我可以思考一些事。"林希一鼓作气，在周莹的额头上亲了一口，把周莹推到父亲身边，"我走了。"

林希穿着浅蓝色风衣，里面是白色衬衣搭配半身裙，长发扎起来，踩着高跟鞋，瘦而俏丽。她的脊背挺得笔直，脖颈线条优美、流畅。她身上有一股强势的气场，整个人都是凌厉的，她又可以上战场了。

林浩阳跟她握了一下手："有事给我打电话。"

"谢谢哥哥的车。"林希松开林浩阳的手，笑得格外明艳漂亮，"放心，我会打扰你的。"

"照顾好自己，你不是没有退路的。"林浩阳说，"你身后有人。"

"好。"

林浩阳停顿片刻，抬手揉了一把林希的头发，说道："无论你怎么想，在我这里，你永远是那个需要保护的希儿。"

林希笑了起来，把头远离林浩阳的手，朝父母点了下头，拉开车门坐上去，系上安全带："我走了。"

林浩阳单手插兜往后退了几步，林世没有强行送林希去怀城，他想给林希展现能力的机会。如果林希的能力超过林浩阳，他会考虑将来把总公司的管理权交给林希，酒店的管理权交给林浩阳。

鹰总要学会自己飞。

林希的房子安排在怀城雅希别墅酒店，这个酒店是林氏集团旗下的高端品牌。林希开车进别墅区，管家就迎了上来。她把车停稳，管家帮忙把行李箱拿到房间。林希环视这套房子，双层小别墅，前后皆是水。湖光山色，环境倒是雅致。

"需要什么可以给我们打电话。"

"好。"林希走到落地窗前，推开窗户感受外面怡人的空气。一场秋雨，天气骤然转凉，周莹打电话过来询问她的情况。

林希走到院子里看金鱼，金鱼在水里尽情地翻腾着身体。她接着母亲的电话，又一个电话进来。林希说："那我先挂断了，您保重身体。"

这个电话是林氏集团怀城分公司的张臣打过来的，邀请林希晚上一起吃饭。

"我下午要去公司看一看项目。"林希双手抱臂站在青石板路上，看着面前的青苔，"可以吗？"

"当然，当然，我去接你？"张臣说，"听说你在雅希酒店？"

"不用来接，我开车过去，正好先去工地看一圈。"

"啊？好的，我在工地等你。"

林希拎着箱子回房间洗漱，重新化妆换衣服。张臣是陈董事长的外甥，也是怀城人，一直监管着这边的项目。

林希吃完午饭就出门了，先开车去工地。怀城科技园的项目是中高端的办公楼商场加住宅，原本要打造科技园最舒适的商圈，以及最具有特色的标志性建筑。

建了三年，投资无数，现在还是灰褐色的外墙，显然，这是个烂尾工程。

林世因为太太生病、女儿一直找不回来，分身乏术，也不想管这些事，下面的人就真的胡来了。

项目占地面积非常大，地理位置很好，周边的建筑已经建立起来，可惜这一片还是坍塌状态。林希在灰尘漫天的环境下，开车绕着工地缓慢地开。

车到工地正门，保安在驱赶聚集人群。墙上挂着白色的横幅：抵制黑心林氏集团，忽悠大家血汗钱。

白色的横幅，黑色的字，触目惊心。

“征地霸房毫无诚信，林氏集团还我家园！”

林希踩下刹车，很快人群被驱散，横幅也被扯掉。抓了几个人，其他人零零散散聚不成堆，很快就散去。

林希看了半个小时，下车就看到张臣的车疾驰而来，然后迅速刹车。

旁边刚暴力驱赶完人的保安乍然看到张臣，以为林希是什么记者，抬手挡住，恶声恶气道：“这里不准拍！不准进！”

林希单手插兜转身看向张臣，张臣飞快地下车，快步走过来：“林总。”

张臣四十来岁，秃顶、大肚子，长得很油腻。林希看到他伸过来的手，碰了一下。

“这里怎么回事？”

“人心不足蛇吞象，你不懂底层那些人，贪得厉害。赔了拆迁款、赔了钱，还是不满意，还要闹。”

林希捡起地上的小纸片，上面写着的是延期交房。

“我们这个项目后续资金不足，目前房子盖不起来卖不掉，这是合理延期，我们也没有办法。”

这是埋怨总部不给钱了。

林希单手插兜，抬起下巴审视工地，说道：“能进去看吗？”

“里面在施工，很危险。”张臣在猜测林希的路子，林希就是林家找回来的千金，刚找回来几个月就被调到怀城这个鸟不拉屎的破地方。应该也不是多么娇贵，林家大少爷一开始去的可是肥得流油的项目。

再观察林希，太年轻了，二十来岁。可能太漂亮，显得更加嫩，像是刚毕业的学生。

有人说林希是来怀城增加履历的，张臣觉得她可能就是被林家流放了，怀城这里的履历有什么好增加？这是一个死的项目，神仙来了都救不了。

“戴安全帽。”林希审视着张臣，“你平时不会走入基层去了解项目吗？”

“也看的，只是你一个女孩子进去太危险了。”张臣笑着说，“跟我们这种糙老爷儿们不一样。”

“你可以不当我是女的。”林希走到入口处，说道，“安全帽拿来，我要进去。”

林希走进工地第一感觉是杂乱无章，工地还有工人在施工，但非常乱。项目在迟缓地进行着，看不出进展。

“我想看看这里的规划图。”林希之前看过施工图和现场材料，已经有心理准备，但看到施工现场，还是被震撼到了。

这些人到底贪了多少钱，这盖的是什么玩意儿？

张臣给手下使眼色：“去找图纸，林总要。”

“为什么安全帽的颜色不一样？”林希绕过一堆钢筋，似随口一问。

“区分工种吧。”张臣说。

“这个工地出过事故，是吧？”

“对，这也是我们延迟的原因之一。”张臣抬手示意，“小心点，不要磕到头，内部现在没法进人。”

“事故原因是什么？”

“一个是高空坠物，打到下面的工人，当场死亡。另一个是施工时安全带出了问题，从高处跌下来，这些是建筑公司的问题。我们其实不担责任，就是那些媒体收了钱，疯狂往我们身上抹黑。”

林希看向张臣，微微蹙眉。

这种对人命满不在乎的态度，很难相信他真的能把工程做好。

工地非常大，林希全部看完已是下午。林世给她安排的助理已经赶到，是从总裁办调过来的人。三十来岁的男人，戴着眼镜，斯斯文文的，一上来就跟她握手。

“不用握了，我一身灰。”林希自我介绍，“林希。”

“林总，我叫邢路。”

张臣也不认识这个邢路，就跟他握了一下手，说道：“晚上我来安排，大家放松放松。怀城旅游业出名，我安排一下西山度假区，就在那边吃饭怎么样？”

“我回去洗澡。”林希一身灰尘。直到晚饭结束，张臣也没拿来图纸，纯属哄她玩，“明天早上八点开会，公司高层全部要参加，所有部门把资料准备好。”

林希朝张臣点了一下头，转身走向自己的车，黑色越野车很快疾驰而去。

张臣抬手捂着鼻子，蹙眉看着林希的背影。

“张总，这个小林总雷厉风行的，感觉脾气比大林总还大。”

“虚张声势吧，她没什么实权。新官上任，就算屁都不是也要放一把火，证明自己来过。”张臣等灰尘落下，转身大步走向自己的车，“通知下去，明天管理层所有人开会。我们貌美如花的小林总亲自主持，大家给点面子。”

“听说这位在回林家之前，是给上屿那个老板做秘书。”秘书在旁边说道，“说不定就是那个关系。”

张臣想到林希的美貌：“八九不离十。走吧，准备能看的资料给这位虚张声势的小林总。”

林希回到房间先去洗澡，出来时邢助理正在分类资料。

“林总，明天早上八点的会议，你准备先处理哪些问题？”

“全部。”林希擦着头发，把电脑递给邢路，“把这些资料整理出来，我明天早上要用。”

邢路拿起资料看到林希整理的文件，推了一下鼻梁上的眼镜。给林希做秘书太省心了，只需要打印文件。

“张臣这个人在怀城有点势力，而且是野蛮的势力，跟他接触你小心点。”邢路提醒道，“我住在隔壁，有事给我打电话。”

“会开车吗？”林希问。

“会。”

“你暂时先不要跟这边的人来往。”林希考虑了一下，还是提醒，“不要随便跟他们吃饭。”

“我知道。”

林希想过怀城这边麻烦，可她只想到暗地里的麻烦，没想到会这么野蛮、这么直接。

明面上的问题，所有人都知道，但背地里他们的思想肯定是：我是地头蛇，你要整顿我就干你。

一个集团下面的分公司，横成这样确实挺出乎意料。

林希第一天开会都想把文件挨个扔他们脸上，上屿的怀城分公司那群人玩横算什么？那群人也不敢明目张胆地做假账，还掩饰。

科技园项目这群人演都不演了，恨不得在脸上写着“我就是做假账的，有本事来碰一碰啊”。

会议室里黑压压一片，除了人事部认真地把文件交上来，其他人全部死皮赖脸，交个敷衍的文件，林希再追问就装死了。

一问三不知，财务部不知道钱花哪里了，办公室不知道自己在办个什么。发展部连数据都没弄明白，一张图纸搞半天才送上来。

林希简直想冷笑着把所有文件扔进垃圾桶，立刻报警把这群废物抓起来，让他们坐牢坐到死，科技园项目砸了那么多钱，就花在这种人身上。

他们真的是欺负林世这几年宽厚，才敢这样一塌糊涂地办事。

林浩阳刚回来的时候，应该也经历过这一遭，看烂透了就不想管了，早死早投胎吧。

林希往后靠在椅子上，静静地看着手边的项目资料，看了有五分钟才抬眼。她把手里的文件摔到了桌子上，瞬间会议室寂静下来。

“你们是觉得我很好糊弄？还是觉得我眼盲心瞎不认字？”

所有人都看向张臣。张臣说：“小林总，你先不要生气……”

“你们拿着总公司的钱这么挥霍，跟我说不要生气？我要财务部把这三年来的账给我送过来，这很难吗？今天能不能送来？”

张臣看了林希几秒，道：“林总，你这有些为难人了吧？”

林希想干什么？这把火烧过了，装过头了。她一个年轻人放到张臣头上做做样子就行了，还真要查啊？

“我现在担任林氏集团怀城分公司总经理的职务。”林希的手撑在办公桌上，嘴角上扬，冷笑道，“怎么？我没有调动文件的权力吗？”

全场鸦雀无声，随后张臣抬头：“你可以动，但是一旦出问题，你负责吗？怀城分公司是我负责，项目也是我负责，所有的文件没有我的批准，任何人不能动用。我还在这个位子上，对不起，我没办法因为你而改变公司的规则。”

张臣说：“小林总，你也不用在这里发脾气。有问题我们解决问题，但做事要凭章法，谁也不能破坏公司的规则。”

到总公司必然要经过董事会的研究决定，陈董那边肯定不会同意。陈董会死保张臣，如果林世强行干涉，就不是林希一开始的打算了。

“所有东西我都可以负责，另外，解决问题是吗？从合作方开始。”林希的手指缓缓地翻着手里的文件，“那谈谈为什么张总在明知道世一建筑出过重大安全事故后，还继续用世一吧。理由是什么？”

“世一是我们的合作公司，合作很多年了，他们的质量一直有保障。”

“只是怀城分公司的合作，总公司并没有用过这家。世一在二〇一四年就出过质量问题，造成严重的后果。当时上过新闻，这叫质量有保障？”林希翻阅着手里的资料，与世一的合作一看就有问题，“我们与世一的合作是二〇一五年签订的，张总是怎么想的？”

“那个新闻我知道，但已经查清楚了，我跟他们合作时没有任何问题。”张臣一步都不退。他在怀城这么多年，怕林希一个女人？

“林总是怀疑什么呢？”

“没怀疑什么，就是好奇那样一个声名狼藉的公司，我们怎么还会合作。我还以为世一跟张总有什么亲属关系，或者……”

张臣脸色顿变：“林总，你什么意思？”

“我没什么意思。”林希环视四周，往后靠在椅子上，“张总，急什么？我的话还没说完呢。或者，张总只是单纯地觉得世一是个值得信赖的合作对象。”

张臣的喉结滚动：“我绝对不会做对公司不利的事。林总，你年轻不懂事，我当什么都没发生。你需要我配合什么，我都配合，只是这种无端的污蔑，我希望不要再发生。”

侮辱人格算什么？林希还想侮辱他的肉体，把他扔到工地上暴晒两个小时，让他尝尝人间疾苦。

这群人太流氓了，明明白白地要流氓。林希自以为见多识广，到底还是年轻了。

张臣也不是说完全不配合，他装模作样地陪林希去各部门查数据，但查的全是皮毛，核心的东西林希根本碰不到。林希能动的东西很有限，张臣这边就是一个打算，恶心走林希。她跟他晃了两天，便不想陪他演戏了。

庙小妖风大，池浅王八多。林希经过上屿怀城分公司后，就对这句话有了深刻的认知，地方不大，横着走的挺多。山高皇帝远，占山为王。

没证据不好去总公司汇报，林希得查出东西才能让林世出手。不然陈董那边也说不过去，陈董跟着林世一路走过来，总部不能没有证据就动他。

林希想大刀阔斧地查怀城项目的问题，就得先把张臣解决了，不然这块绊脚石事事拦着她，什么都做不成。

林希在怀城有点人脉。之前她跟蒋霖屿在怀城参加了不少饭局、牌局，确实认识了很多人。至于能用多少，她也不知道，毕竟她已经不是蒋霖屿的秘书了。

林希尝试着跟周局打电话约晚饭，意料之外的是，周局非常爽快地答应了。

晚宴约的是七点，在西山度假区。林希六点半就到了，提前准备。

七点周局到达，林希起身去接。周局的车她认识，她快步走下台阶。车门另一边打开，穿着黑色衬衣敞着领口的蒋霖屿就出现在她的视线内。

夜色深沉，灯光在他身后铺开。

他戴着金色边框眼镜，镜框在灯光下泛着光，长腿落到地上。这边的周局也下车跟林希握了一下手，笑着说："上次见面还是简秘书，这次就是林千金了。"

"人生真奇妙，我现在已经是林希了。"林希跟他握了一下手，"您好。"

"林总好。"周局笑着转头，"这位要介绍吗？"

林希转身面对走过来的蒋霖屿，伸手："蒋总。"

蒋霖屿握住林希的手，浓密的睫毛抬起，黑眸注视着她，嗓音低沉："人生，确实挺奇妙。"

林希收回手，说道："你怎么在这里？"

"跟周局约了下午茶，接到你的电话，就一起来了。"蒋霖屿收回手，单手插兜，抬起下巴，"不欢迎吗？"

林希面不改色，微笑着抬手示意："请。"

来这里之前她就想过，一定避不开蒋霖屿，也就不再避了。

蒋霖屿却走到了她后面："好久不见。"

五天没见，很久吗？

林希跟蒋霖屿并排往里走："你这几天在怀城？"

"今天才到。"蒋霖屿的嗓音淡淡的，"搬家。"

林希转头看他，蒋霖屿脸上的表情柔和，黑色发丝落到他的额头上。

不会吧？蒋霖屿还真学孟母呢？

"搬哪里了？"

“雅希，你家的酒店。”

“你不是从不住我家的酒店？”林希怀疑蒋霖屿跟搬家公司签长期合同了，一个月搬一次。

“L3 项目正式启动，需要长时间在怀城盯着，不能出一点差错。之前那家酒店在装修，我就换到了雅希，支持你家的业务。”

蒋霖屿说得有理有据，理由充分。

两个人一起进门，蒋霖屿忽然走到林希身后拉开椅子，特别有绅士风度地说：“林总，坐。”

蒋霖屿竟然会拉椅子。

果然，对面的周局笑了：“蒋总还有这么绅士风度的时候，真是开眼了。”

“在学。”蒋霖屿坐到了另一边，说道，“我还约了个人，等会儿就到，晚上正好四个人可以打牌。”

“谁啊？”周局道，“李秘书吗？”

“李秘书。”蒋霖屿在林希要倒茶之前，起身接过茶壶给周局倒上茶，转头给林希倒上，“最近工作忙，好久没见了，一起玩把牌。”

林希拉拢周局，主要是保障自己的安全。李秘书负责房地产规划审批方面，能让林希后面的项目开展顺利，蒋霖屿在给她拓展人脉。

蒋霖屿下午大概真的去喝茶了，身上有茶香味，从他薄薄的衬衣上传过来，是凉丝丝的茶香。

“谢谢蒋总。”蒋霖屿最近是进修什么班了？这一套一套的。

蒋霖屿回到座位上，给自己也倒了一杯茶，修长的手指端着玉白色的茶杯，注视着林希片刻，问道：“来怀城顺利吗？”

“还行。”

“你主要负责科技城？”周局慢悠悠地喝茶，问道，“这个项目很棘手，林董怎么会让你来啃这块骨头？”

“是我主动请缨。”林希说，“我喜欢挑战高难度的。”

“你这个爱好，跟蒋总一致。”周局笑着说，“条条大道通罗马，你们偏偏爱小道，应该非常有共同话题。”

林希："呃……"

李秘书很快就到了，林希以新的身份重新跟人认识了一遍。蒋霖屿的用心非常明确，他就是要给林希找靠山，不是简秘书，而是林希。

吃完饭他们移到里面打牌，林希坐上牌桌吩咐邢助理去安排晚上的居住问题。

今天蒋霖屿没抽烟，其他两个人夹着烟各自抽烟，烟雾缭绕落入空气循环系统，屋子里残留着浓重的烟味。蒋霖屿岿然不动，坐在林希对面，慢条斯理地摸牌。

打了两个小时，蒋霖屿一家输，三个人赢得都不想赢了。蒋霖屿这个人就是来喂牌的，逮谁喂谁。

"蒋总，你这牌技还会倒退？我刚认识你的时候，你牌打得特别好。"周局啧了一声，摇头，"结果现在打得越来越烂。"

"我一直打得很烂，不然怎么每次都叫——"他的声音卡了一下，看向对面的林希，"林总替我打呢。"

"小林确实比你打得好。"李秘书客观地评价，"蒋总的牌技烂，越来越烂。"

"林总本来就比我强。"蒋霖屿看了林希一眼，笑着道，"我这不是给你们凑个牌搭子。"

"你这主要是给林总凑个牌搭子吧？"周局笑话他。

蒋霖屿也不否认，当他得知林希一个人来怀城，火气一下子就上去了。不知道林家人是心大还是不在乎林希？

林浩阳回国后，林世可是给林浩阳最好的项目，最赚钱的项目都给他了。对林希却这样，这是玩的哪一出？

蒋霖屿跟林浩阳通了很长时间的电话。

林希能把怀城的项目做起来，林世就给她留着林氏集团总经理的位子，退休让位。

蒋霖屿沉默了许久，这就是林希，很优秀，永不服输。

这件事林希一定会做，林希就是这样的人。蒋霖屿并没有立刻跟林希来怀城，他观察了一段时间才过来。

输了一晚上，对面三家被蒋霖屿喂饱了。他的筹码一个都不剩才结束牌局。

林希安排李秘书和周局入住，转身往自己的房间走。别墅区灯光灰黄，远处的湖水与岸边的灯光交相辉映，星星点点。这边全部是别墅，山水之间，晚上的风景很好。

“林总。”身后有脚步声，随即是男人低醇的嗓音。

林希回头看过去，蒋霖屿快步走过来，把手里的男士西装外套递给她。

林希扬了一下眉，蒋霖屿把外套罩在她单薄的肩膀上。她吃饭时把外套脱掉了，出门没有穿外套，里面是件单薄的衬衣。

他是哪部偶像剧里学来的？还特意去取了外套。林希看着近在咫尺的别墅入口，她还有两步就到家了。

“谢谢。”

“科技园的项目不好做。”蒋霖屿单手插兜走在林希身边，说道，“虽然我不做房地产，但以我多年的市场经验来看，这个项目想盘活需要钱，也需要很多精力和人脉。”

林希点头：“谢谢蒋总今晚替我牵线。”

蒋霖屿幽深的眼睛发暗，注视着林希许久，单手插兜一步横到她面前：“你跟我不用客气。”

“该客气还是要客气。”林希看了一眼身上的西装，又看向蒋霖屿笔直的肩线，他只穿一件薄衬衣，“你怎么知道我要约周局？”

“猜的。”

——那你猜得可真对。

西装外套上还有茶香，混合着蒋霖屿身上的气息。林希握着口袋里的手机，摩挲着手机背面光滑的玻璃。

“你们公司的事解决了吗？”

“我决定把德方踢出局，让他们玩去。”蒋霖屿眯了眯眼，目光中闪过傲气，轻笑一声，“我就不信了，上屿这么多技术人员做不出来一个智能控制板。我高价聘请专家组，不惜一切代价研发，我就是要做我们自己的品牌，完完全全的上屿产品。”

这个结果林希想到了，蒋霖屿不是那种会让步的人，他有他的傲气。他回国时就说过，他要把本土品牌做起来，做一个完全属于上屿的品牌，且世界闻名。上屿早年一直做合资，其实技术早就有了，上屿自己的品牌在市场上有一席之地，可惜档次始终上不去。高端车市场很多人不认可国产，他一直在尽力扭转这个局面，L3 项目是一个突破。署名权上他不会让一寸，这是他的底线。

蒋霖屿是个很果断的人，希望他继续有好运。

“祝你成功。”林希拿掉身上的外套还给蒋霖屿，说道，“我先进去了。”

“希希，你可以用我。”蒋霖屿接过外套，站在灯光下，“无论我们将来会不会在一起，我都会无条件帮你。”

林希嘴角上扬，偏了一下头，随即点头，然后转身往里走。

“今晚我过来，一方面是我想见你。另一方面，有人跟着你。你单独约周局，可能会引起一些人的怀疑。我在这里，你过来就是参加我的饭局，我们的饭局合情合理。”

林希环视四周，停住脚步：“你知道我想做什么？”

“林希。”蒋霖屿叫了林希的名字，这是他第一次郑重地叫她的名字，他的嗓音低沉，“我知道你有自保能力，也从不否认你的能力。但你的性格还不够沉稳，有时候做事会冲动不顾自己的身份。我不希望你受伤。”

“你怎么知道有人跟着我？”

漫长的沉默后，蒋霖屿说：“我本来想去看看你，无意中发现的。”

林希攥紧的手松开，缓缓地呼吸，半晌后抬起下巴，问：“张臣？”

“他是本地人，有一些不入流的势力，做事极端，你注意点。”

林希说：“好的，我知道了。”

他们对视许久，灯光静静地亮着。蒋霖屿说：“你进去睡吧，早点休息，我站一会儿就走。”

蒋霖屿站在原地，灯光落到他的脸上，俊美的五官被映得立体。林希的目光稍加停留，便走进了门。

蒋霖屿在门口站了很久。

那么强势霸道的蒋霖屿，手里拎着西装外套，插着兜站在清冷的路灯下。

秋日的蚊虫在灯下有气无力地盘旋，远处有蛐蛐在叫。

林希站在二楼的落地窗前看他，随即拉上窗帘，转身回到了床上，抬手盖在眼睛上。

蒋霖屿打牌一点儿也不烂，各种玩法他都会。林希是他一手教出来，清楚他的套路。他最擅长喂牌，想让谁赢，想让谁输，他都在算计。

这晚他想让林希赢，可另外两个人是林希请的。不能让他们掉面子，就喂三家。

蒋霖屿在这种事上能算计到头发丝。

林希怀疑蒋霖屿进门时不穿外套，就是为了结束后替自己披外套做准备。穿外套进去肯定要沾烟味，她不喜欢闻烟味。

他们以前的关系，亦师、亦友、亦情人、亦上下司。林希的很多手段，都是蒋霖屿教的，蒋霖屿了解她和她了解蒋霖屿一致。

林希早上起来时，周局和李秘书已经离开，给她留了字条，让她有事打招呼，一定帮到底。

林希洗完澡换上助理送过来的衣服，擦着头发走到露台。山里视野开阔，空气微凉，她深呼吸，垂眼便看到隔壁泳池里的蒋霖屿。

蒋霖屿大清早就在游泳，清澈的游泳池里，他颀长的身形性感，背部轮廓清晰分明。他穿着黑色泳裤，一双长腿在游泳池里显得格外修长。

蒋霖屿这是在秀身材吗？不可否认，他的身材确实好。

林希双手抱臂观察了二十分钟，才转身去吃早餐。

山里十五摄氏度的温度，蒋霖屿大清早游泳，可能是想被冻死。

林希吃完早餐就坐车下山，把蒋霖屿的电话从黑名单里放出来，关黑名单里联系起来确实不太方便。

周末两天林希没什么动静，在家休息，养她这几天去工地几乎要晒伤的皮肤。张臣派来监视她的人都有些困倦了，她的生活很单调，每天吃吃饭、做做瑜伽，除了周五晚上去西山参加蒋霖屿的饭局，几乎没有动静。

林希参加蒋霖屿的饭局也正常，他们的关系原本就不一般。

张臣正在琢磨林希是什么路数，林希的电话就打了过来，温温柔柔地约他晚上吃饭，为之前的事道歉。

张臣一下子就笑了，强龙还怕地头蛇呢，一个小丫头片子在他脸上横，真不知道是谁给她的底气。

林希不横的时候很会说话，条理分明，把台阶给张臣铺得舒舒服服。两个人约好了餐厅，吃饭的时候，林希一口一个“张叔”。

张臣膨胀到飘了，大着舌头说：“你就是小姑娘，涉世未深，不知道轻重，我不会怪你。”

林希面带微笑，点头：“是的，我不懂事。”

“以我舅舅跟你爸爸的关系，其实我跟你也差不多算同辈。”

啧，这话也不怕闪了舌头。

“你好好说，我肯定配合你。你过来刷个履历，舒舒服服地回家，跟你爸爸交差。项目还是我负责，是不是？”张臣说，“你何必呢？我何必呢？我们何必对着干呢？”

“对。”林希发了一条短信，她的酒量很好，千杯不醉，“你说得很对，我们换个地方喝酒？喝开心点。”

张臣看向林希，林希也笑，笑得温柔似水。

周一早上，张臣因寻衅滋事被拘留十天上了热搜，事发突然。陈董接到妹妹的电话时还是蒙的，连忙打电话询问怎么回事。

还没问清楚董事长的电话就打了过来。

陈董接起来，林世劈头盖脸就是一顿骂。公司一向注重声誉，高层做出这样的丑事，有损公司名义，着实不得体。在林世严厉地警告之下，最后决定暂停张臣的职务，随后根据行政处罚，公司内部再出处罚声明。

陈董挂断电话还是蒙的，不就是喝个酒打个架？但他也不敢在林世的气头上反驳，等反应过来，公司的声明已经发了下去。

林希一边化妆一边听邢路汇报工作，昨晚张臣喝完酒在酒吧就躁动起来了，随后不知道怎么就想猥亵一姑娘。那姑娘的男朋友跟他打了起来，然后报警把他抓了。猥亵罪估计成立不了，但寻衅滋事跑不了。

“行政拘留不能保释。”邢路早上五点钟跟董事长汇报，随后整理公司文件，今天小林总要动手了。他推了一下鼻梁上的眼镜，说道，“十天内他出不来。”

林希涂上了正红色的口红，对着镜子一抿，整个人艳光四射。她惋惜道：“真是可惜，十天见不到他。”

舒爽，可以摆脱张臣，林希这几天被他气得半死。

林希穿着半身裙套装，长发散着，又飒又美。

“准备车，去公司。”

“好的。”邢路抱起林希的电脑和文件快步出门，拉开门迎面跟蒋霖屿撞上。蒋霖屿穿白色衬衣搭配浅灰色毛衣，鼻梁上架着秀气的眼镜，十分斯文。

四目相对时，蒋霖屿瞬间目光阴沉，但很快就恢复平静，嗓音平静无波：“林总起了吗？”

林希正好出门，蒋霖屿看了过去。黑白的套装穿在她身上偏成熟，半身裙勾勒出她的窄腰长腿。她踩着高跟鞋，拎着黑色小包，妆容明艳，红唇魅惑。

林希最近的妆是一点儿也不克制。

“早。”蒋霖屿把手里的早餐递过来，说道，“我住你隔壁，过来跟你打个招呼。”

林希其实吃过早餐了，但看到蒋霖屿的手，迟疑了一下还是接了过来：“谢谢。”

蒋霖屿的手很漂亮，但此刻，他的手背上有明显的烫伤。星星点点的红，不甚明显，也就林希太熟悉他，才看得出来。

蒋霖屿的车就停在不远处，他的车通体漆黑，一尘不染，在太阳下反射出亮光。跟他这个人一样，一丝不苟。

“我先走了。”林希说。

“注意安全。”

林希走出两步回头，点头：“好。”

这句“好”很走心，蒋霖屿关心她，她接受这份关心。

林希上车后，蒋霖屿单手抄兜看了几秒，才走上自己的车，按了一下眉心才接过陈秘书递过来的会议资料说道：“回燕城。”

陈秘书真不知道蒋霖屿图什么，晚上跑怀城住，六点起床做早餐，七点去燕城。

“林总对早餐满意吗？”

“她应该会满意。”蒋霖屿很满意自己的作品。他专注地看文件，笃定道，“我的手艺很好。”

林希坐上车打开包装看到一个歪歪扭扭的三明治，像是食物的碎尸现场。雅希酒店的主厨已经差到这个地步了吗？这个三明治，可以叫三明治吧，毕竟是两片面包夹着疑似牛肉的东西，但牛肉显然煎老了，里面塞了不少蔬菜。

林希拿纸巾垫着把三明治拿出来，番茄汁往下滴，三明治中间还塞了一片牛油果。

“哟！这是什么？”开车的邢路从后视镜看了一眼，“雅希有这样的三明治吗？雅希的主厨去参加艺术展回来的？不对啊，我早上在餐厅没见这玩意儿。”

雅希早餐有自助餐厅，也有送到客房的服务。

林希把三明治放回去，想到蒋霖屿手背上的烫伤。她有个很大胆的想法，这玩意儿是蒋霖屿做的。

袋子里还有一杯鲜榨果汁，橙汁不加糖。

林希喝了一口橙汁，把三明治放到一边，拿起电脑放到腿上，林浩阳的电话打了过来。

“哥。”林希接通。

“你要的人已经到了怀城，还需要什么？”

“谢谢哥哥。”林希喝了一口橙汁，翻着文件说道，“其实这边的情况比想象中糟糕，整个项目都烂掉了。”

“这也是别人都不愿意去怀城的原因，烂在张臣手里就能把他推出去顶罪，可接手就得负责填坑，这大坑难填。”

“可是一家公司成千上万的员工，一个项目那么多合作方。每一个人都有家庭，相信林氏集团的人有很多。”林希叹口气，说道，“一套房对于公司来说是商品，对于一些人来说是家，一辈子的积蓄。”

林希不想说什么大道理，那些太大的事离她太遥远，她只想说自己见过的。

“公司破产清算烂尾，无人接盘，就是一个个立在黑夜里的灰暗石灰墙，再也没有变白的可能。这些坑，总要填上。”林希又喝了一口果汁，酸甜的橙汁在口腔里溢开，“一个品牌的坍塌从信用坍塌开始，我真的不希望就这么烂下去。”

那片即将烂尾的项目犹如怪兽一般坐落在灰尘的弥漫中，有人抱着横幅站在烈阳下只为讨一个公道。

林希在上屿时也处理过一次这样的事，蒋霖屿的做法是对整个部门的每一个人都追责，涉及的车辆追回返厂。那次损失了很多钱，股东们勃然大怒要撤掉他，但他还是做了，把根给除干净了。

烂肉就要挖出来，除干净，伤疤才能愈合。

“我不知道我能做到什么地步，能做多少是多少。”

张臣被暂停职务，林希领命全权负责分公司事务。林希向林浩阳借了财务部的人，她要查分公司的账。

财务部许总垂死挣扎，还想再拖一会儿。他四处打电话，还没打通，办公室的门就被推开，他抬头乍然看到林希。

他看林希仿佛看鬼，这个漂亮的女人做事心狠手辣。她来怀城第一天，他们就该想到，这个女人不是善类。

善类谁会来怀城，他们想少了。

林希敲了敲门，说道："我可以进来吗？"

许总狠狠地咳嗽一声，她都进来了，还说个什么："可以。"

林希反手关上门，走到对面坐下："张臣进去了，能不能出来还是一回事，当然，我是不希望他出来的。"

许总的脸色煞白，林希是来威胁人的："林总，您有什么吩咐？"

"我爸是希望我把项目做起来，而不是像之前那样烂进泥里，最后成为烂尾工程。"林希敲了一下桌子，忽然抬眼看向许总，"你想不想进去？"

林希问得轻描淡写，仿佛在问他有没有吃早饭。

空气寂静了几秒。

"林总，我什么都没做，都是张总逼我们的。"许总站起来，林希是林董事长的女儿，他们小看了林希。只要她想让他进去，真的是时间问题，"真的，我什么都没做！"

"没做你紧张什么？我也没说过你做什么了。"林希的语调慢下来，慢条斯理地道，"回答我一个问题。"

"您说。"

"你是林氏集团的人，还是张总的人？"林希笑着道，"好好想想再回答，关系到你的前途和性命，想清楚了。"

下午林希就拿到了科技城全部的账目，开始一个部门一个部门地查。从财务部入手最快，谁有问题一目了然。

查了一周，林希陷入了沉思，一个工程烂绝对不会是一个两个部门的问题。林希带着全部的文件赶往燕城，她没有回家，而是直接去林世的办公室。

林世正在跟几个董事聊天，林希跟着秦秘书进门，林世回头看到林希穿着烟灰色大衣抱着文件。

他连忙起身去接，看了秦秘书一眼：“怎么让希儿搬上来？”

“林总要亲自送到你手边，说是重要文件。”

林世看林希没有化妆，长发散着，素面朝天，眼底下还有黑眼圈，有些心疼，伸手摸了一下她的头发：“很急啊？”

“也不是特别急，先跟叔叔们打个招呼。”

林世拍了一下林希的肩膀，转身去倒茶。

林希跟休息区的几个人挨个打了招呼，这里全是陈董的人，都在她的名单里。

“希儿回来了？”陈董站起来，看到林希他真是恨得牙痒痒，他过来找林世就是要告状的。那天晚上跟张臣喝酒的是林希，张臣被林希摆了一道。

“陈叔，”林希冲陈董笑着点头，说道，“好久不见，最近好吗？”

“听说你去了怀城，感觉怎么样？”敢动他外甥。

“我有事要跟希儿谈。”林世把茶水递给林希，冷冷淡淡地道，“老陈，你先回去吧，你外甥的事，我查清楚后会给你一个交代。”

“林哥？”陈董看看林希又看林世，突然有种不好的预感，林世突然把林希派到怀城干什么？

“不过，我若是查出来你外甥做出有损公司的事，也希望你能给我一个交代。”

陈董一愣，突然全明白过来了。为什么突然把林希送到怀城，为什么林世会小题大做，因为他们要动他。

他的反应太迟钝了，半个月了，他才反应过来。是他自信林世不会动他，太相信林世对他们这群老朋友的感情。

“秦秘书，送客。”林世的语气彻底冷了下去。

陈董还想说什么，就被秦秘书强行送出了办公室，顺便带上了董事长办公室的门。

林世在对面坐下，审视着林希：“查出什么了？”他以为林希会回来求助，这已经半个月了，她不但没有回来求助，反而抱回来一沓文件。

林希这性格，很对他的脾气。

“张臣贪污。”林希看着林世，说道，“巨额。”

林世转了一下手上的戒指，倾身拿起一份文件翻看：“查清楚了吗？”

“可以随时报警抓人，一清二楚，证据确凿。还有一件事，跟陈董有关，世一建筑背后真正的老板是陈董的儿子陈鸣。工程内部有很多问题，他们打着林氏集团的名义在外面滥用私权把声音压了下去。”

林世翻看着每一份文件。

林希在他对面坐下，喝了一口水，思考着问题。

林世看了半个小时，这些账目一份比一份触目惊心，他拿下眼镜按了一下眉心。

林希斟酌着用词，说道：“继续查下去，可能要付出很大的代价，开弓没有回头箭。”

林希做事非常稳，半个月就已经查出这么多东西，她交了一份满分答卷。

“既然病因找到了，多疼也得挖出来。”林世把手搭在文件上，看向林希，“这个案子总部要介入，我也会联系警方查下去。”

这已经是经济犯罪，需要警方介入成立专案组，金额太大了。

林希点头：“那我先回去？”怀城的烂摊子总要有人收拾。

“不急。”林世往后靠在椅子上，“把怀城的项目继续做下去需要多少钱？”

林希还真核算过这个成本：“如果张臣能吐出来一部分钱，还需要七亿元左右。”

“多久能竣工？”

“一年。”

“给你十亿元。”林世双手交叠，“把这个项目做起来，只能成功不能失败，敢不敢做？”

“如今房地产市场并不好，投入太多的钱可能会亏损。”林希才认回林家两个多月，林世就给她十亿元，这是十亿的信任，“爸爸……”

“解释这么多，你是不敢做？”林世说。

林希在工作上就没有不敢做的事，当年她敢历尽万难从小县城脱离出来，她一直都敢。她抿唇站起来，目光沉下去：“输了我就不回来。”

“不至于，我们找你回来也不容易，你不回来是惩罚我跟你妈妈。”林世的手指叩了桌面上的文件，“输了你就回总公司，给你安排一个闲职，陪我们养老。”

“好。”林希还是客套了一下，她这个年纪没有到守着父母过着日复一日的平淡生活时，“其实陪你和我妈妈养老，也是很幸福的事。”

“你这么说我很高兴，但我知道这不是你的真心话，你若真是如此，我也不会放手让你去搏。”林希遇到困难没有回来找林世，而是把张臣移开，干脆利落地把事情办完了，“去飞吧，让我看看你能飞多高。”

“其实我早就想清算了，可顾虑很多。林氏集团几十年了，少不了明争暗斗。”林世叹了一口气，“一旦要动，势必结仇。之前我不能放手一搏，不是看不见，也不是听不见，只是我害怕失去你和你哥哥。我曾经怀疑过你的走丢跟林氏集团争权有关系，当年林氏集团刚刚站稳脚跟，谁不想站在最高处呢？恰好那时候你丢了，巧到让我不得不多想。”

林世当年一腔斗志，满怀热血，在事业巅峰时孩子丢了。丢孩子对他的打击很大，他一夜之间苍老，失去了斗志，也差点失去公司。他找了女儿二十四年，什么方法都试过了，散尽千金若是能找回林希，他在所不惜。

可并没有。

他积德行善，烧香拜佛，每年都花大价钱做公益。他只希望林阳希回来，其他的都无所谓。他也不再行事极端，他教林浩阳自保，教林浩阳敛起锋芒。

他知道他的那些老朋友、老部下，胃口越来越大，一点点地吞噬着公司。他看着所有人的欲望，他并没有动手，他在等，等了很多年。

“你回来了，你哥在身边，我如今没有任何顾虑。”林世的语气多了几分意味深长，“那我就一个一个地收拾了。”

他的女儿回来了，优秀得让人惊叹。林希有他的狠，也有他太太的善。他不能再忍了，有些账也该清算了。把公司清干净，好交给他的孩子。

“我的走丢不是意外？”林希不知道还有这些隐情。

“我不知道，我一个个地试探过，没得到结果。”林世认真地看着林希的眼睛，说道，“如果是，你恨我吗？”

林希用着亲周莹的勇气，一鼓作气地抱了一下林世。她不知道该怎么表达感情，可能这样是最直接、最信任的方式，她松开手，站直，道：“不管是不是，您都没错，错的是别人。”

林世摘掉眼镜揉了一下眼睛，林希做事，不了解的人会觉得她过于圆滑没什么真心。可林世了解她，她其实一片赤诚。

林希靠在办公桌上转头看了落地窗片刻，才道：“如果有人故意诱导我走丢，那这个仇我一定会报。”

其实林希刚知道自己是林家孩子的时候，有点报复性地希望林家所有人都知道她曾经的遭遇。她原本不用受那些苦和委屈。她强行把泪压下去，接触的时间越久，她越愧疚。他们也承受了失去她的痛苦，她没有记忆还会少一份悲痛。可父母，他们被日夜折磨，苦不堪言。

他们相认只有几个月，可对于父母来说，那是整整二十七年。

“怀城的项目你能做起来的话，我再跟你聊聊这件事，详细地聊。”

家庭是绝对的靠山，林希感受到了被信任的微妙踏实感。

“等你凯旋。”林世端起茶杯跟林希碰了一下，“这次先喝茶，下次我给你开一瓶酒，会喝酒吗？”

林希端起茶杯喝了一口：“会，酒量还可以。”

“好。”林世非常喜欢林希的干脆。他笑着喝完茶，说道，“老陈的事你尽管去做，有事找爸爸。”

林世愿意拿钱让林希去试，只要她敢试，多少钱他都敢给。

林希回家陪父母吃了晚饭，怀城的事太多了，她没有过夜就又回了怀城。

世一建筑公司注册在陈铭的岳父名下，实际上掌权人是陈铭。世一建筑靠着林氏集团赚得盆满钵满，工程却各种问题，偷工减料，吃工程款。

林世的速度非常快，第二天调查组就到了。当场抓了陈铭的岳父，抓了财务总监，等张臣行政拘留结束也会被带走。

林希坐在分公司总经理办公室里，一杯咖啡还没喝完，部门的人就挨个过来跟她谈话，这回是主动谈。在杀鸡儆猴的情况下，谈话就有了实质性内容。

分公司也不全是废物，工程部老大叫刘世博，就是个能做事、有想法的人。只是性格比较耿直，因为材料问题跟张臣大吵过几次，林希来怀城开的那场公司高层会议，张臣没让他参加。

林希放出消息第一天，刘世博就抱着一米高的文件砸到她的办公桌上。刘世博又黑又瘦，推了推鼻梁上厚厚的眼镜片："这是全部的工程图，有问题的文件都在这里。我不知道你来是刷履历还是做一份实绩的，但我希望你是在做事，这关系到很多人的生存。"

林希站起来跟他握手："坐，聊聊。"

这一聊就把林希聊到了工地。

当年林氏集团拿下这块地是要做地标性建筑，位置非常好，做起来就是稳赚的项目。可惜，后面林氏集团出现财政危机，业内地位一滑再滑。怀城项目匆忙启动后又遇到张臣这样不靠谱的项目经理，便烂在了这里。

建筑公司有问题，到处是安全隐患。唯一庆幸的是主墙体的材料和整个项目的施工图纸在工程部的据理力争下保了下来。

林希联系总公司的人，重新检测核实各方面数据。

这是个庞大的工程，但不破不立。想要把这个项目做起来，一切需要重新开始。林希经过林世的同意，高调地通知媒体，怀城前项目经理涉嫌经济案被抓，项目重新翻盘。并且要求全民参与监督，有任何问题都可以投诉到她这里。

连续一周，林希每天都在工地，接受媒体采访，公开带记者近距离观察项目的重启问题。林希非常专业，面对媒体时态度大方得体，回答问题有条理、有根据。之前张臣造下的糊涂账，她一笔一笔地清算，公开透明。

媒体采访多了，有人认出林希就是曾经在地铁站抓过流氓的美女素人。当初她抓流氓那个行为干脆利落，勇敢、聪明，还保障了自己的安全。没想到她会是林氏集团怀城分公司的负责人，肯深入基层、接地气、又对专业了如指掌可以说十分优秀了。

品牌形象非常重要，林希深谙这个道理。第一炮必须打响，不然这个项目就算重做也废了，卖不出去。

半个月的时间，怀城分公司从上到下大换血。最后一步，换建筑公司。

新的建筑公司是跟林氏集团合作多年，且有良好口碑的建城集团。林希跟建城集团公开签订合约，十一月十日，建城集团会正式接手工程。

十一月九日，政府部门最后一次过来做审查，林希全程陪同。她的风衣上沾了灰尘，戴着安全头盔跟人汇报进程。这个项目是她全权负责，抠到每一个细节，她已经没了一开始的精致包袱。

房地产和汽车还是有区别的，房地产经常跑工地是真的脏。林希面对镜头，努力控制住自己不去想“灰头土脸”这四个字。

一直到下午六点审查结束，林希送走所有人。留下来做最后一次检查，工地里的工人撤走，只留下保安。

天色渐暗，所有的工程第二天重启，次日早上还要开发布会。

林希仰起头看向高高的塔吊，吊塔的尽头是灰暗的天空。她这回是破釜沉舟地做，不能有一丝一毫的失误。

房地产行业的风险很大，一旦出问题就是致命的。

用一年的时间让这里重新辉煌起来。

她赌了。

这晚没有星星，什么都没有。夜色沉沉地压在工地上空，工地最上方的一盏灯静静地亮着。灰尘在灯光下盘旋，渐渐沉入巨大的钢筋笼中。

林希收回目光，调整情绪，转身往外面走。她到门口处换上高跟鞋时，邢路大步走进来说道：“林总，需要跟你汇报一件事。”

林希看了一眼，直起身快步往外面走去，一边走一边问：“什么事？”

“世一的工人在闹事。”

林希的腿已经迈出了铁皮围墙，转头看到黑压压的一片人，占据了工地前的整条路。他们戴着安全帽，穿着建筑公司的衣服，站在原地。

林希顿住脚步，旁边的邢路说：“这是世一二队的人，包工头是陈铭老婆的堂弟，就是中间那个穿灰色夹克的，叫王伟，是个地痞。他们煽动工人情绪，估计要搞事情。已经报警了，你先避避。”

林希知道他们会搞事，他们又不是第一次搞事。她一向小心，只是没想到对方会煽动这么多人。

保镖已经走上前。

林希这天要接待媒体，并没有带太多保镖，一共就四个人。

“就是这个林总让我们失去了工作！”领头的王伟激动地喊，“如果她不来，我们有钱赚、有项目做！王总进去了，我们的钱也没了！”

林希捋了一下逻辑：“让你们失去工作的是你们世一的王总，工地多处安全隐患，导致你们的工友失去了性命。王总进去你们的钱也不会没有，我们的律师会帮你们拿回酬劳。你们不会失去工作，会有新的建筑队到来，我会帮忙……”

一个砖头扔了过来，林希侧头一躲，砰的一声巨响砸在她身后的钢板上。

“放屁！你个臭娘儿们，满嘴跑火车，我们的工地什么问题都没有。你为了掌握整个工地，故意栽赃陷害。谁不知道你干的那些恶心事。”

那个砖头是贴着林希的头皮过去的，差一点她的命就没了。

邢路推着林希往里面走，顺手拎了半截钢筋在手里，一向斯文的邢助理吼了一声：“再动一下试试！”

他虽然很嚣张地吼，但动作迅速，转身猛地把铁门关上从里面横卡住：“他们就是拿着钱来的，仗着人多闹事，真分摊下去责任不重，快跑。”

林希明白了，无论她做什么说什么，根本不会有人听。底层的逻辑很简单，要么狠要么滚。可整死她他们就能安然无恙了吗？他们不知道，反正他们要整死她。他们不在乎工地安全隐患如何。

不让他们在工地做了，他们就没有工钱没有烟抽。包工头带的全是自己人，他们不会去别的建筑公司。最重要的，有人在后面出钱煽风点火。

保安拎着棍子跑过来。

“林总，往后面跑，他们的目标就是你，专门蹲着逮你。”

说话间门就被撞开了，林希的脑子都没反应过来，身体已经就近拎起一根钢管，一脚踹到冲向邢路的人的胸口，钢管挑开迎面的棍子。

巨大的一声响，林希的手心发麻，拉着邢路往后退了一大步。

邢路和林希往前狂奔，林希的高跟鞋此时成了累赘，但她也不敢甩掉鞋，工地的地面什么残渣都有，脱掉鞋她的脚恐怕就废了。

“小心脚下！”

说晚了，林希一只脚卡进了钢筋笼，剧疼。她挥手，一钢管直接对上来人手里的砍刀，明晃晃的刀子在灯光下一闪。巨大一声响，几乎要迸出火星。

邢路拎着砖二话不说就拍到那人的头上，把人撂倒，回头道：“林总？卡住了？”

保镖、保安、工人打成一片，场面一片混乱，有人打人、有人砸工地。

林希猛地一提腿，丢掉了鞋子，狼狈不堪。

警笛声响彻大地，一辆黑色轿车撞开工地围栏，蓝色铁皮一整排倒了下去，扬起巨大的灰尘。有人停住动作，环视四周看是哪里发出的声音。

普通人还是怕警察，本能地对警笛声畏惧。

林希趁机攀着钢管三两步爬到了高处，先脱离危险地带。

她转头看到了在灰尘中的黑色轿车，蒋霖屿从车上下来。他还穿着西装，可能刚参加完会议，他只有参加会议时才会穿正装。他往上看了一眼，跟林希目光交会，但很短暂，他脸上并没有什么多余的情绪。他戴着金色边框眼镜，解开西装外套的扣子，踩着铁皮弯腰从地上拎起了一根钢筋拎在手里。

车灯照亮工地，他逆着光走向林希。

第八章 冲突

蒋霖屿的车上是假警报，跟当年林希玩的套路一样。林希去地下停车场救他，放了个假警报。

场面上的混战短暂地停顿，静了几秒，趁着这个时候，林希提高声音，用尽全力，声音具有穿透性：“现在停手，每个人发两万块。继续跟着王伟违法犯罪，只会坐牢。你们没必要给王伟卖命，你们真出事坐牢了，王伟帮你们养老婆孩子吗？”

林希的声音很大，响彻整个工地。

蒋霖屿抬头又看了一眼，林希已经爬到两米高的地方了。她赤脚踩在架子上又往上爬了一米，握住栏杆站稳。风衣下面是衬衣和长裤，长发扎起来，戴着安全头盔，利落又漂亮。

“要钱还是要盲目地跟着王伟犯罪，你们想清楚。”

邢路也吼道：“你们凭什么给王伟卖命？他有钱了分给你们吗？你们停止暴乱，我们林总就给两万块！两万块现金不香吗？”

林希也不想跟他们讲道理了，这个时候钱最管用，其他的都是扯淡。她用余光看手表上的时间，最近的分局到这里需要五分钟，根据邢路的话来推测，警察快到了，只要拖下去就一切好说：“我是林氏集团的林总，林董事长的女儿。整个分公司都是我说了算，我说到做到。”

砸场子起哄的那些人跟林氏集团并没有什么深仇大恨，听说有钱拿，他们开始平静下来。第一个人扔下棍子，随后有更多的人扔下棍子。

反水打王伟的还是没有，王伟这个地头蛇，也没人敢动手。王伟要是进不了监狱，就是他们被整的时候了。

混战的人瞬间少了一大半，还剩三四十个拎着钢棍和刀的，这些人才是主力军。

“别听她扯淡，两万元？我们损失的可不止两万元。”王伟也害怕坐牢，可这件事还在往下查，已经查到他的头上了，他就算不反抗也要坐牢。他索性收了钱，这晚就是来要林希的命，“别在这里放屁！”

王伟提着刀就上，一道劲风从后面而来，王伟本能地偏头一躲，钢筋带着风砸到了他的肩膀上。瞬间，他听到骨头碎裂的声音。他往前踉跄了两步，转头看到个戴眼镜的男人。那个男人眯着眼睛笑了一下，煞是好看。

王伟一愣，又一钢筋落到了他的腿弯，他跪在地上，骨头彻底断裂，惨叫出声。

警笛声响，这回是真的警笛，从四面八方而来。林希站在高处，觉得场面有些滑稽，但她笑不出来。

蒋霖屿打架特别狠，他不怕打死人。他跟林希不一样，她下手会迟疑，生怕把人打死了要偿命。

蒋霖屿毫无顾忌，他的西装外套脱掉扔到了一边，只穿衬衣拎着钢筋，气势骇人。谁敢靠近林希这边，他就往死里打。

警笛声响成了一片，警笛闪烁在黑暗中，照亮了整个工地。林希没有下去，在上面挺安全的，她的脚受伤了下去反而拖累别人。她很有自知之明，也非常懂得审时度势。

警察进场，打架的被全部按到了地上，没打架的人举着手蹲在墙角。

到处是对讲机的声音，怀城市公安局的局长亲自带人过来。这样的恶性事件，后果非常严重。

林希顺着钢架往下爬，两只高跟鞋都跑掉了，但还是保持着面上的优雅，昂着头，抬起下巴，一小步一小步地往下爬。

装模作样一时爽，崴脚火葬场。

离地一米多高，蒋霖屿扔掉钢筋走到钢架前伸手。他仰起头注视着林希，嗓音低沉："来。"

蒋霖屿的西装外套敞着，衬衣领口散开，手表在灯光下闪烁着光。他的喉结滚动，语调压得更沉："林总，我接你。"

林希不想光脚踩工地，毕竟崴到脚了。她的腿伸了过去，蒋霖屿稳稳地接住她，让她坐在手臂上。

整件事来得迅猛，只有几分钟。

"我是工地负责人——"林希冷静地面对警察，话没说完，人就被蒋霖屿抱到了路边的黑色轿车上。

局长上前跟林希握了一下手，说道："受伤了？"

"脚受伤了，踩到钢筋笼里。"林希坐在引擎盖上，脚上有一道血痕，跟黑色的灰尘混在一起。但她气质不减，目光凌厉，"王伟是世一建筑的人，林氏集团已经和世一建筑结束合作。世一建筑法人涉嫌多项罪名被审查，目前案子正在你们局。"

"这件事我知道。"

"林氏集团不欠他们任何东西，我也愿意提供新的工作给他们，让所有人都有工作。今晚这件事，我真的很意外，也很震惊。"林希迅速冷静下来，分析局面，"我刚刚声称放下武器每个人给两万元，我会兑现，但跟他们犯下的错是两码事。"

"我们会查清楚，给你一个交代。"局长说，"林总，你先去医院吧，把脚包扎好。"

局长说完便让身边的警察跟着林希一同离开。

司机连忙打开车门，林希刚想下车引擎盖，蒋霖屿就打横抱起她，干脆利落地放到了车后座。

他的车是定制版，这么猛烈的撞击，车头也只是轻微凹进去，不影响使用。蒋霖屿活动了一下手腕，脑子还是没有平静下来。

司机把车倒出去，开上主道，往医院疾驰去。

“你怎么会来？”林希按了一下额头，缓过来神，转头看向蒋霖屿。

蒋霖屿垂下眼，浓密的睫毛落到眼下拓出一片阴影，手背上的青筋凸起。他在路上接到电话，一边报警一边往这边赶。

看到林希站在人群中，他在那一刻大脑是空白的，心脏狠狠地颤抖了一下。

蒋霖屿的薄唇动了下，开口没发出声音。他抬手掩唇清了清嗓子，看向林希的眼睛幽深似海，暗沉得没有一点光亮。

他们对视，林希再次开口：“谢谢。”

林希的手机响起来，是邢助理打过来的。她调整情绪接通：“该登记的名单都登记上，核实，我承诺的钱会给。”

“今晚这件事让所有人闭嘴，不要影响明天的发布会。”林希说，“很重要，你注意查看周围有没有偷拍的记者。”

“你没事吧？”

“没事。”林希的头疼得厉害，千防万防还是来了这么一出。脚上钻心的疼，她抿了一下嘴唇，抿了一嘴的灰尘，连忙从包里拿出纸，“我去医院包扎脚，那边交给你了。”

“好的，我知道。”

“辛苦了。”

林希为了口碑、为了公司的发展、为了声誉付钱，不代表她是冤大头。那群人敢来闹事，她也不会让人白白领了那些钱。

“今晚参加打砸的人，名字全部记下来。”

林希挂断电话查看着新闻，怕被人捅出去。这场闹剧一定是有两手准备的，如果她被弄死了正好，弄不死他们会趁机制造丑闻。

“林希。”蒋霖屿往后靠在座位上，“我们认识那年，我二十五岁，你二十二岁。我刚毕业，从学校出来直接回上屿面对那些尔虞我诈。”

蒋霖屿的声音有几分沙哑，转头看向窗外：“我那时候，只有你。”

“我想稳定下来，你要什么我都给你。可一年一年地拖下来，哪一年都不算稳定。”蒋霖屿深吸气，嗓音很哑，“不敢有软肋，不敢有弱点，不敢停下来。”

蒋霖屿的语调很慢，非常慢：“我的父母死于谋杀，我不知道我什么时候会死。”

蒋霖屿为什么不开车了？他有一次开车刚出小区就发现刹车失灵，撞到路边的墙上才停下来。无孔不入的谋杀，他在一年里经历过无数次。

他喜欢林希，却始终不能开口。一方面是怕林希对他不是喜欢，他的自尊心不允许他的感情得不到回应。另一方面，他并没有强大到能完全护住林希。

等他有能力，也确定林希喜欢他的时候，林希不要他了。

“刚刚看到你站在上面，”蒋霖屿回头注视着林希，“我不知道什么是爱情，我只知道那一刻，我可以拿我的命换你的。”

林希的右脚崴伤，一道划痕不算严重，只是擦伤了外皮。林希的脚包扎好，医生又给开了一些治外伤的药，蒋霖屿起身去拿药。

“蒋霖屿。”

蒋霖屿回头。林希坐在急诊大厅的椅子上，看着他，抿唇，很不自在地挪开眼：“你过来。”

蒋霖屿不解，但还是走到林希面前蹲下去，平视她：“怎么了？”

“你转过去。”

蒋霖屿扬了一下俊眉，转过去背对着林希：“林总？”

这个医院在怀城排不上名次，晚上几乎没什么人。林希抿唇，扯出蒋霖屿塞在裤子内的衬衣，直接掀开。蒋霖屿回头，林希“咝”了一声假装被他碰疼了，他又停住动作转过去。

林希看到蒋霖屿的腰上有几处瘀青，再往上掀有一道特别狰狞的伤，钢筋抽到背上了，从肩膀到后腰。伤痕已经发黑了，她很久没碰蒋霖屿，乍然看到他沟壑分明的脊背和紧实的皮肉，有些不自在，她把他的衬衣放回去："你再多拿一份药。"

蒋霖屿眯了一下眼，回头看林希，黑眸幽深，意味深长。

林希任他看，也不辩驳。

对视差不多有一分钟，蒋霖屿才直起身整理自己的衬衣。他的西装扔在了工地上，只穿着黑色的衬衣。长身玉立，在原地拉出一道身影。忽然，他的声音低下去："谢谢。"

林希的电话响起来，她接通，来电是父亲。

"受伤严重吗？我这就去怀城。"林世说，"他们竟然敢做这样的事，我看他们是不想活了。"

"爸，您不用过来，很轻的伤，就是跑路的时候崴到了脚，不是大问题。我这边已经解决了。今天是我大意了，我保证以后这种事不会再发生。"林希这天确实大意了，这件事也给她敲了警钟，她做得并没有那么好。如果继续不谨慎，可能会丧命，她得把步伐走得更稳一点儿，"我明天要开发布会，他们给我使绊子而已。不过，能看得出来，他们确实没有底牌了，不然不会用这么简单、粗暴、愚蠢的办法。"

"明天发布会需要我过去吗？"林世接到邢路的汇报，勃然大怒，怒过之后冷静下来。这也是一种信号，老陈彻底结束了。

"不用，我这边已经计划好了。"林希说，"您帮我在总部发一个联动声明就好。"

"既然你这么说，那我就不去给你添乱了，需要我做什么给我打电话。我让你哥过去陪你一段时间，他扛揍。"林世停顿片刻，话锋一转，"蒋霖屿今晚也在？"

林希一时间不知道是该回复哥哥不是工具人，还是该回复蒋霖屿这个问题。之前林世叫的是"阿屿"，现在他说的是"蒋霖屿"。

医院的灯照亮地板砖，急诊室门口的休息区空荡荡一片。

“他在。”林希在斟酌用词。这晚怀城的警力一大半都过来了，市局领导亲自坐镇，这事要说没有蒋霖屿出力不可能，邢路的报警动不了这么多人。

“他最近一直在怀城？”

每天林希都会收到一个稀烂的三明治，蒋霖屿大概做完就包起来了，他可能没有发现里面的蔬菜经过长时间腌制会出水。

“嗯。”

“你对蒋霖屿怎么看？”林世问。

林希想到蒋霖屿逆着光走来，稳稳地站到她身边，那一瞬间她是安心的。她第一次在上屿正面刚那些股东，他坐在她身后，一言不发，但她知道他在，就一定会托住自己。

当年她把酒瓶甩到李玉海的头上，蒋霖屿接通她的电话。她蹲在路边赌一个黎明，黑色的轿车缓缓地开过来，停在她身边。

林希看到蒋霖屿黑色的皮鞋，一尘不染。她顺着鞋往上看，修长笔直的双腿，冷淡禁欲的衬衣，直到他俊美的脸。

蒋霖屿说“上车”，声音清冷、低沉，没有任何波澜。

林希却特别想哭，她上车，坐到了蒋霖屿身边。

“工作能力很强。”林希转头看向落地窗上自己的倒影，有几分狼狈，真灰头土脸，“他是一个很优秀的人。”

“其他方面呢，能评价吗？”

“我们认识五年多，亦师亦友。”林希的嗓音沉了下去，往后靠在椅子上，不再看自己的狼狈，林世问过这个问题，“他的人品没问题。”

“选择你想要的，不要委屈自己。”林世说，“我知道你是个非常有主见的孩子，我也不多说什么，只是希望你在感情方面，可以更慎重一点儿。”

“好，我知道了。”林希听到电梯门打开，叮的一声，转移话题，“不用让我哥过来了，他有他的事，我这边能搞定。”

“你注意安全，有事一定要给爸爸打电话。”林世没有正面回答这个问题。

林希答应下来挂断电话，抬头看到蒋霖屿已经走到面前。他的身材挺拔、修长，映出一片阴影。衬衣下摆慵懒地垂着，有一部分扎进裤子内，他把商务衬衣穿出了休闲的味道。他的眉目在逆光下格外清晰，浓密睫毛下的黑眸深如寒潭。

林希抿了一下嘴唇。

蒋霖屿忽然俯身，手撑在椅子两侧，两个人的距离非常近。林希皱了一下眉，他的额头贴上了她的。

秋天的季节，天已经转凉。蒋霖屿的额头有一些凉，她往后撤了一些。他眼中翻涌的情绪很快被压下去，他的眼尾有一丝丝的潮湿，但并没有延伸，他近距离地看她。

电梯门再次叮的一声，林希越过蒋霖屿看到邢路原地漂移掉头，直冲进电梯，头也没回，似是打算从此从世间消失。

林希在电梯门关上之前叫道："邢助理，鞋拿来了吗？"

蒋霖屿直起身，单手插兜清了清嗓子，移开目光，落到落地窗上。他的喉结滚动，压下了那个疯狂想要占有林希的念头。

邢路拎着袋子飞快地跑过来把拖鞋放到林希面前，说道："林总，先穿拖鞋吧。"

邢路转头冲蒋霖屿点头："蒋总，麻烦你了。"

蒋霖屿面色如常，微微颔首，站在一边，一个字都没应。

林希以往不精致到头发丝都不出门，这天被迫穿拖鞋，实属无奈。她穿上拖鞋，扶着椅子要站起来，邢路伸手去接。

林希反应过来时，人已经落入蒋霖屿的怀抱。

蒋霖屿打横抱起她，把药递给邢路。

"回雅希？"

邢路点头："是。"

蒋霖屿身上有着久居上位的气势，不笑时会给人压迫感。这几年，他也确实居于上位。

“车在外面？”

邢路拿着药跟在蒋霖屿身后：“在急诊部门口。”

“我的车坏了。林总，我能坐你的车吗？”

“我可以自己走。”林希当着助理的面也没有太强硬的挣扎，显得不好看，“谢谢蒋总。”

蒋霖屿的手指抵着她的腿弯稍用了一些力气，并没有松开的意思：“不必客气，我还要坐你的车回雅希，就不付你车费了。”

林希：“呃……”

旁边的邢路走进电梯按下一楼的按钮，尽可能减少自己的存在感。

三个人的电梯，他觉得自己格外多余。

林希的身高接近一米七，又是健身的人，肌肉很有分量，体重一百斤左右。从急诊室到外面有一段距离，蒋霖屿这么一直抱着，手臂吃得消吗？

“车费抵不上蒋总的劳动力。”林希看着他的眼镜片，说道，“蒋总，您还是吃亏了。”

“林总谦虚了。”蒋霖屿垂下眼看林希，“为林总付出劳动力——”

两个人的目光对上，林希有种不好的预感，缓缓地看向蒋霖屿。

“我还是赚了。”蒋霖屿的嗓音低沉，吐字清晰地说道，“你不必有心理负担。”

电梯门打开后，邢路一步跨出去，逃也似的直奔门口的车。

林希也想逃离蒋霖屿的怀抱，奈何腿脚不便。

邢路把车开到急诊室正门口，林希坐上车后迅速让自己冷静下来，整理衣服和头发，又恢复冷静自持的林总，系上安全带，接过邢路递过来的电脑，查看这晚发生的事。

蒋霖屿从另一边上车，他上车时寒风也跟着卷进来。

车门拉上，蒋霖屿也系上了安全带，修长的手指划开手机屏幕，他转头看向林希：“给你发一份文件，是市局那边的。”

林希点头，等了半天都没动静，转头看过去恰好对上蒋霖屿的眼睛。

“蒋总？”

“你能先把我的微信从黑名单里放出来吗？”蒋霖屿抬手松了一下衬衣领口，缓缓地说道，“方便联系。”

林希：“呃……”

林希把蒋霖屿的微信放出黑名单，气氛有几分尴尬。

蒋霖屿把文件发过来，问：“陈勇父子被抓了吗？”

“陈勇明天抓，陈鸣还没有直接证据，他把所有问题项目都放到了他老婆的头上，自己摘得很干净。”林希说到这个就觉得嘲讽。陈鸣算计到了极点，说是让老婆家跟着发家致富，实际上不过是推出去的替罪羊。

“陈鸣的资料能给我一份吗？”

林希转头看过去，蒋霖屿支着头倚靠在车座位里看她。他的姿态有几分慵懒，但目光没有丝毫松懈。

“谢谢蒋总，我能解决。”林希继续看文件，说道，“陈勇进去了，陈鸣翻不出什么浪花。”

蒋霖屿没有再争这个问题，车上有外人，有些话也不好谈。

车到雅希停下，邢路停稳车就去推轮椅，酒店有提供轮椅。

蒋霖屿没有立刻下车，转头看向林希。

“你的工作能力很强，这点我认可，无论是以前还是现在。”蒋霖屿低沉的嗓音在寂静的车厢里响起，“你最大的问题是性格，狠得不够彻底，稳也并没有十全，这会导致你将来的高度有限。”

林希的手落到车门上，闻言看了过来。

窗外夜色浓重，路灯昏黄，静静地照亮希盛酒店的别墅。蒋霖屿一张脸俊美无双，高挺的鼻梁上架着眼镜，光沿着镜框一路映到他白皙的喉结。

“这些话，并没有教育的意思。”蒋霖屿转头看向林希，“你有想听的就听，没想听的当我什么都没说。”

“在商场，不是你死就是我亡。你仁慈了，就是把自己的命送到别人的刀下。”蒋霖屿坐得端正，长腿微敞开。林希从那样糟糕的环境走出来，还能保持着一份纯真其实很难得。可她如今选择了这条路，就得足够狠，别无选择，“一个完美的商人，利益永远是第一位，感情只是利益的辅助品。”

今天这件事可以避免，但林希低估了一些人的恶，也低估了钱的威力。

“明天你就要开发布会，要在发布会之前让所有人闭嘴。永远开不了口的那种闭嘴，否则你就要面临着前功尽弃。”蒋霖屿的目光很平静，语调也不快，如果不听内容，甚至会觉得他是很温柔地跟人聊家常。

“我以前不愿意放你出去，就是不想让你面对这些肮脏的事。你还对这个世界抱有善良，我觉得很难得，很想守住这份难得。”蒋霖屿的目光深下去，骨节分明的手指轻轻地叩了一下扶手，“可你选择了今天的路，你就得放下这份善良，把人性的最低限度摆到每一个人面前。”

“如果是我，我会在第一时间把陈家人全部弄进去，以绝后患，包括陈鸣的太太。我猜你的反应肯定是陈鸣的太太是不是被骗、是不是无辜，你低估了人性，巨大的利益面前，有些人早就不是人了，没有人无辜，你受伤才无辜。”

蒋霖屿很少跟林希聊这些，他不太喜欢自己的阴暗面被放大摆到林希面前。林希那点阴暗只是小把戏，她始终是善良的，是他身边最耀眼的那抹白。

蒋霖屿停顿片刻，再看向林希时，眼中有几分锐利：“我希望你能稳稳地站在最高处，成为独一无二的林总。”

秋日的夜晚寂静，风凉如水，沁着皮肤，落到了每个人的心上。他们在沉默、在衡量、在思考、在观察这个世界。

蒋霖屿看着林希白皙的肌肤，侧脸柔美。她在医院就把安全帽拿掉了，长发倾落，冰肌玉骨，不施粉黛却美得娇艳。

“谢谢。”林希抬眼，清亮的黑眸一尘不染。

这些话林希记住了，她确实狠得没有那么决绝。对于张臣，她只是耍了个小手段。陈家，她按章程走，却给了陈家耍手段的机会。还有那群拎着棍棒的工人，她高估了人性。

邢路拉开车门把轮椅推到车前等在一边：“林总。”

蒋霖屿解开安全带，也推开了车门。他的长腿迈出车厢，又转头看向林希：“问你一个问题。”

林希回头：“你说。”

“你很喜欢穿高跟鞋？”蒋霖屿的目光下移，落到林希的脚踝上。

林希几乎没有穿过平底鞋，他们认识这么久，她恨不得拖鞋都穿带跟的。明明有些高跟鞋会伤到她的脚，她还是会穿。

“不喜欢。”林希回答。

“那为什么要穿？”蒋霖屿眯了一下眼，凝视她。

“你一米八五。”林希转身下车坐上轮椅，操纵着轮椅径直走向酒店，“蒋总，谢谢你今天的话。再见，不送。”

轮椅是电动的，林希跑得飞快。

林希当年对蒋霖屿一见钟情，少女怀春，每日都会关注他。

林希在财务部实习，跟蒋霖屿见面的机会并不多。偶尔公司例会时能远远地看他一眼，那时候他的秘书室有个女秘书，身高一米七，肤白、貌美、大长腿，穿着正装、高跟鞋，站在他身边的画面格外美好。

当时办公室几个女的凑一起八卦，高瘦白富美和高富帅同框美如画。

林希的身高一米六九，一米六九和一米七之间虽然只差一厘米，可感觉就是少了半截腿。

林希后来站到蒋霖屿身边，穿上了巨高的高跟鞋。从头精致到脚，生怕自己影响了他身边的风景。

自卑就是她心底的刺。

他们走到了一起，有了情人的关系。林希穿着高跟鞋跟蒋霖屿接吻，他不用俯身，一低头就碰到了她的唇。

后来林希穿习惯了，高跟鞋犹如她上战场杀敌时的铠甲，穿上就是自信、就是漂亮，脊背可以挺得笔直，露出漂亮的颈线。这些东西，能遮住她的自卑。

林希让邢路先回去，第二天要开发布会，所有人都得打起一百二十分的精神。她洗完澡，打开电脑继续做准备工作，敲了两行字敲门声响了。

林希第一反应是蒋霖屿。

她单脚跳着回房间换了毛衣和宽松的长裙，把扎起来的头发放下，原本还想化个妆，想想太刻意就放弃了。她调整情绪拉开了门，林浩阳拖着行李箱站在门口。

他穿着黑色的宽松夹克衫，牛仔裤勾勒出长腿，手指上挂着车钥匙，上下打量林希："你还没睡？"

穿得这么精致。

"在工作。"

林希让开门，往里跳着说道："你怎么过来了？"

"给你送拐杖。"林浩阳把行李箱推进门，拎起上面横着的拐杖，关上门去扶林希，"伤得重不重？"

"没事，崴了一下。"林希接过拐杖架在胳膊下面，往里走，"辛苦你了，大晚上跑一趟。"

"不辛苦，我正好也要来怀城。"林浩阳拎着行李往里走，"你住几楼？"

"一楼，腿不方便搬下来了。"

"那我住二楼了。"林浩阳拎着行李箱大步上楼，声音从上面传下来，"吃晚饭了吗？"

"减肥，不吃晚饭。"林希现在忙得喝水的时间都没有，接了一杯水继续走到餐桌前工作。

蒋霖屿说的那些话她在反思，不够狠镇不住人，没有人忌惮她就很容易出问题。这天那些人为什么敢直接动她，还是因为她修炼得不到位，没有威信根本站不住脚。

林浩阳放下行李箱又走下楼，把保温饭盒放到林希面前："你都瘦成什么样了还减肥，谁嫌你胖了？"

林浩阳脱掉外套，里面穿着休闲宽松版的白色毛衣。他拿起杯子接了一杯水，说道："里面有糖醋排骨和沙拉，还有一碗粥。"

"妈做的？"

"她原本也想过来，爸爸不放心。"林浩阳喝了一口水，靠在一边的冰箱上，"先吃饭，工作还有多少？"

"怕明天出问题，再发生一次今晚的事，那就前功尽弃了。"林希的目光还落在电脑上，打开保温盒，"我不能有一丁点儿的差错。"

林浩阳拉开对面的椅子坐下，拎过林希的电脑看着第二天的计划。林希的工作计划非常细，是她一贯的风格。林浩阳看向她："你怕哪个环节会出问题？"

"陈鸣还在外面。"林希打开粥喝了一口，熬得正好的小米粥，又软又糯，还是温热的，"我得在明天八点之前把陈鸣弄进去。"

林浩阳看了林希一眼，把水喝完："你这个语气和蒋霖屿的一模一样。"

林希扬眉，打开了糖醋排骨的盒子，又抽出一双筷子："一起吃吗？"

"我不吃，我要减肥。"林浩阳说，"哥已经三十岁了，晚上再吃粥加糖很快就胖走形了，你吃吧。"

林希："呃……"

林希把一碗粥喝完，碳水让人快乐，让人思路清晰，她已经想到了一招："不让陈家人都进去，我今晚肯定睡不着，我去打个电话。"

林浩阳："呃……"

林希天天打鸡血似的，他都不知道她是哪里来的精力。难怪能跟上蒋霖屿那二十四小时的节奏，两个人都是奇葩。

林浩阳仔细地看着林希的计划，目光愈加凝重。怀城这边在他看来是死局，但最近一个月经过林希的折腾，竟有盘活的意思。

林希一手操纵，并没有使用多少外力，很有魄力。

林希打完电话拄着拐杖到餐厅继续吃饭，糖醋排骨已经凉掉了，但她还是吃得很香。她细细品味着酸甜的滋味，看向林浩阳："你在这边待几天？明天发布会你要参加吗？"

"当然，给你捧场。"林浩阳把电脑推回去，双手抱臂靠在椅子上看向林希，这回目光里有了审视，“你孤身在怀城拼，跟他们缠斗，不害怕吗？”

“没什么好怕的。”林希把骨头小心地吐到一边的纸巾上，放下筷子抽湿纸巾擦手。

林希漂亮精致的一张脸，温温柔柔地说这种话，场面挺诡异的。

“以前我对你的认识是漂亮、乖巧、可爱、温柔，现在你成了我妹妹，越接触越觉得你是宝藏。”林浩阳笑着注视林希许久，说道，“够狂，我欣赏你的狂。”

林希起身取水壶，过来给林浩阳倒了一杯水，坐到对面收起饭盒。

“哥，想问你一件事。”

“说吧。”林浩阳往后靠在椅子上，“什么事？还用特意给我倒杯水？”

“爸爸说我当年走丢可能不是意外，你知道吗？”

“知道。”林浩阳点头，“啧”了一声说道，“你丢了之后，我就被严加看管。我高中以前每天上学都要保镖跟着，夸张吧？”

初中时期，林浩阳正值叛逆期，每天被父母严加看管，都快憋出神经病了。

林希看着林浩阳。

两个人都沉默，片刻后，林浩阳满不在乎地笑了一下：“你继续。”

林希突然起身，伸手过去揉了一把林浩阳的头发，又坐回去：“如果不是意外，最有可能是谁做的？”

“妹妹，你要煽情的话就一直煽情。”林浩阳的嗓音沉下去，“别一边煽情一边一本正经地谈事。”

林希很懂林浩阳的那个停顿，大部分孩子的性格都不是天生的，受后天影响很大。林浩阳自责丢了妹妹，家里人又近乎病态地保护他，造成他现在的性格。

“谈正事。”

“怀疑的人挺多的，当时正值争权阶段，一干兄弟一起打天下，爸爸最后拿下了大权。不服的有好几个，郑董、陈董，还有靳董，他们几个都是跟爸爸一起白手起家的。这种情况，无从查起。”

林氏集团四大股东，陈勇要是进去了，还有三个。

“过去的事都过去了，追究也没有什么意义。早点睡吧，明天哥去给你镇场子，谁敢闹事我当场送他离开。”林浩阳站起来说道，“不要熬夜。”

“好。”林希把桌子擦干净，拿过电脑继续检查流程。

“哎，对了，问你一件事。”林浩阳走到楼梯处，倚靠在楼梯上回身。

“什么？”

“你认识时瑄吗？”林浩阳问完清了清嗓子，说道，“好像在上屿工作。”

“Alisa？”

“对，Alisa 是她的英文名。”林浩阳站直，“认识？”

“在上屿工程部，L3 智能控制板研发总负责人。”林希说，“去年蒋霖屿三顾茅庐去 M 国把她请了回来，你跟她认识吗，还是想认识？”

林浩阳默了几秒：“你的意思，她回国一年多了？”

林希点头。她记忆力很好，时瑄的资料瞬间浮上来。三十岁，一九八九年出生在 S 市。哈佛计算机系，林浩阳也是计算机系。

他们是同一所大学，又同系。

林浩阳快步走下楼梯，走到林希面前，手撑在桌子上盯着她，杀气腾腾地说道：“希儿，跟你说句掏心窝的话。蒋霖屿真的不是个好东西，他就是甘蔗男，刚开始谈恋爱可能会觉得挺甜，越嚼越渣，最后只剩下渣了。只能骗骗小女孩儿，你现在已经二十七岁了，是个成熟的大女人。你有更好、更高的平台，可以选择更优秀、更帅的男人。永远不要原谅他，这辈子就让他打光棍吧。”

林希：“呃……”

“按照这个逻辑，蒋霖屿应该是苦瓜男，哪里甜了？”林希喝了一口水，迷惑极了。蒋霖屿什么时候甜过？林浩阳反应这么大，该不会……她顿时醒悟，问，“时瑄不会是你那个恋爱无果的前暗恋对象吧？”

“怎么可能？我不认识她。”林浩阳直起身，“睡觉了，晚安。”

“她也在怀城，上屿怀城分公司研发基地，离这里不远。”

林浩阳已经回到了自己的房间，关门声震耳欲聋。

自家酒店，珍惜点，摔坏了还要花钱修。

不就是恋爱无果，脾气这么大。

林希等到十二点，市局的人给她回信息，陈铭涉嫌雇凶杀人被抓捕。

这样就很好，她放心了。她关掉电脑起身回房间，确保第二天的发布会万无一失。

林希洗漱上床拿起手机定闹钟，微信响了一声，来自蒋霖屿的信息。

林希点开。

蒋霖屿：“我愿为你俯身。”

第九章 俯　身

蒋霖屿用了半个小时编辑了六个字，点击发送。

却迟迟没有得到回应。

蒋霖屿看着聊天记录许久，心血来潮，往上翻自己和林希过往的微信对话。全是常规的工作安排，每一句都是冷漠的命令和回答。

蒋霖屿每看一句，都觉得自己离火葬场又近了一步。

蒋霖屿是两年前换的手机，信息只保存了近两年的。他将聊天记录全部看完，抵着手机屏幕的手指微微泛白，一直到屏幕暗下去，才放下手机，靠在沙发上。

蒋霖屿跟林希分开时他在想一米八五是什么意思。洗澡的时候突然想明白了。他一米八五，她一米六九，他们之间有着十六厘米的身高差，她穿高跟鞋能够缩短他们之间的距离。

蒋霖屿光想着心口就微微发疼，炽热地灼烧着。

他坐了十分钟，取出一支烟轻咬着，偏头点燃。打火机的火光映在玻璃镜片上，亮起一簇火光，很快又暗了下去。

手机响了起来，蒋霖屿手里的打火机掉到地上，他迅速拿起手机。

来电人是林浩阳。

“说。”蒋霖屿接通后又看了一眼手机屏幕，林希并没有回信息过来，他连着无线局域网，打电话不影响接微信信息。她是不是没看到那条信息，还是看到了不想回他？

“你是什么时候联系上时瑄的？”

“时瑄是谁？”

电话那头默了几秒，林浩阳说：“Alisa，我们之前那个工作室唯一的女孩儿。”

“去年三月我去M国的科技交流展上遇到她，他们团队研究的方向正好符合我们公司的需求。”蒋霖屿心里仿佛长了草，乱糟糟的，伸手拿过烟灰缸，弹落烟灰又看了一眼手机，皱眉道，“你问她干什么？大晚上打电话？”

如果是平时蒋霖屿已经挂断电话了，懒得跟林浩阳多说一个字。可现在多了林希的关系，不能把林浩阳弄去填海。

“她……怎么会回国？”

“我给的钱足够多，我们的公司足够优秀，我的项目足够诱人，她就回来了。”蒋霖屿又看手机，林希还是没回信息，“你到底有什么事？”

“没事，再见，睡你的吧！”林浩阳怒气冲冲地挂断电话。

有病。

蒋霖屿立刻返回微信首页，林希的对话框静静地躺在列表里，寂静无声。他反反复复地看着这句话，一个字一个字地斟酌，应该不会出错。

他一支烟抽完，林希还是没回信息。

早上七点，林希准时起床洗漱，头发扎起来，衬衣搭配长裤，利落干练。她取出一件黑色大衣，在身上比了比，搭配恰到好处。

她拎着拐杖出门，遇到下楼的林浩阳。

“早。”

林浩阳这天穿得很正式，灰格子西装，打着领带：“早。”

"早餐已经送过来了。"

林希到客厅看到已经摆好的早餐，一碗小馄饨和一杯热牛奶。她拉开椅子坐下，门铃声却响了。她要起身，林浩阳已经快她一步过去拉开门。

"怎么是你？"林浩阳睨蒋霖屿，手抵着门，"有事？"

蒋霖屿抬了一下眼皮，眉头蹙得有点难看："你怎么在这里？"

"我来照顾我妹妹。"林浩阳说，"有话快说。"

"早餐。"蒋霖屿把手里的袋子递过来，往里看了一眼，没看到林希。他的表情沉重，"她的脚今天怎么样？"

"没事。滚。"

"既然如此，那 Alisa 为什么决定回国，我也不用告诉你了。"蒋霖屿撂下一句，转身大步往自己的车走去。他这天穿黑色休闲款衬衣搭配驼色的休闲西装，衬衣领口的窄细铂金领针在阳光下格外奢华又嚣张。

林浩阳："呃……"

他梗着脖子强行抬头，面目狰狞道："蒋霖屿，你……要不要进来吃早餐？"

蒋霖屿停住脚步转头看过去，抬起眼皮审视林浩阳，林浩阳昨晚的电话很诡异。

"早餐不必了，我要回燕城开会。她的脚怎么样？"

林浩阳磨了一下牙："还行，我会陪她。"

他停顿了一下，随即又快步走下台阶走到蒋霖屿身边，喉咙动了一下，问道："她为什么决定回来？"

"她说为了某个人。"林浩阳出来后，房门缓缓被关上，林希始终没有出来。蒋霖屿不想看林浩阳现场表演，挪开眼，"走了。"

蒋霖屿利落地转身，大步走向自己的车，拉开车门坐进去。

黑色轿车迎着阳光开了出去。

为了一个人？不会是为了蒋霖屿吧？

林浩阳面无表情地拎着袋子进门，把早餐放到餐桌上，看了林希一眼。

林希正在吃最后一口馄饨，接收到林浩阳的目光："你干什么？"

“昨天那些话是开玩笑的，蒋霖屿人还可以。”林浩阳喝了一口牛奶，说道，“蒋霖屿每天都送早餐？”

蒋霖屿居然会玩这套。

“嗯。”林希把袋子挪到自己这边，不能让林浩阳看见蒋霖屿做的三明治，太丢脸了。

“送的什么？”林浩阳跟林希认识这么久，第一次见她这么谨慎地珍惜着什么，居然没有跟他分享蒋霖屿送的早餐。

“酒店的早餐。”林希拎着袋子拄着拐杖快步回房间，把袋子放进卧室的小冰箱才出来，“他也住在这边。”

“你们复合了？”林浩阳还在想刚刚蒋霖屿的话。

“没有。”林希又喝了半杯水，把所有文件都装回背包后，抬起手腕看时间，“你要跟我一起过去？”

“啊？嗯。”林浩阳点头，快速吃着馄饨，“时间来不及吗？”

“还有五分钟。”

车停到了门口，邢路下车快步走过来。邢路这天穿黑色西装搭配白衬衣，头发打理得恰到好处，戴着眼镜，很斯文。

“林总。”邢路进门接过林希的电脑和文件包，看到林浩阳：“大林总，早。”

“早。”林浩阳看到邢路，点了下头示意，邢路是他爸秘书室培养出来的秘书，他见过几次。

林浩阳快速把馄饨吃完，起身走向林希。

林希换了一辆车，黑色轿车低调又不失身份。林浩阳和林希坐在后座，邢路坐在副驾驶座，司机把车开出去。

林希摩挲着手腕看向窗外，金色的阳光穿过车玻璃落进来，她其实有些紧张。这是她真正意义上的第一次独立，独自面对一切，将来的每一步路，她都要这么走。

当年蒋霖屿参加董事会投票选举之前，他们坐在车后座，他也是这么看着窗外。看了一路，一言不发。车停稳后，他回头看她，忽然笑了。

阳光从他身后洒落，逆光下，他笑得好看极了。他的睫毛被映成金色，眼镜金属框的边缘泛起光，幽深的眼底深处有寂静的温柔，那是林希见过的他笑得最温柔的一次。

那个笑非常短暂，他很快就转身下车，敛起所有情绪，身上的气场彻底变成严肃、冷漠。

手机屏幕亮起来，微信上蒋霖屿的信息跳了出来。

蒋霖屿：“人生下来不是为了拖着锁链，而是为了展开双翼。”

林浩阳说：“紧张吗？”

林希转头看他，把手机扣回去，抬起下巴，嘴角上扬，凌厉夺目，美得利落大方：“紧张的是别人。”

手机又响了一声，林希拿起来看到秦秘书的信息，陈董被抓了。她松开手腕，拿手表将手腕上的疤遮住，不动声色地松了一口气。

紧张的果然是别人。

林浩阳做好了预备方案，如果林希这边出问题，他会代林希接受媒体采访，托住林希，这件事只能成不能败。林希在怀城的第一步，必须走稳。

事实上，林希比他想象中的做得好，走得非常稳。

林希拄着拐杖接受记者的采访，拐杖丝毫不影响她的气质。她一开口气场大开，她的专业知识非常扎实，回答问题条理分明。

记者再刁钻的问题，林希也能游刃有余。烂尾工程重启是一个非常庞大的工程，其实比新项目更难。

林希要面对的是前任遗留问题，重修重建，倒塌的信任再扶起来是个非常艰难的过程。她站到台上每一句话说出口都要坚决，每一句话都带着力度，连一个标点符号都不能错。

两个小时的发布会，结束的那一刻林希攥了一下手心，手心里有冷汗。

“林总，还有一个问题。”年轻的记者叫住林希，说道，“听说昨天工地发生聚众斗殴事件，是因为什么呢？是否违背你们的宣传？完全公开透明。”

邢路的脸色顿变，想拦记者已经晚了。

“这件事我昨晚在现场，大家留在那边的原因是谴责世一建筑公司的欺骗。世一建筑毫无道德底线，没有契约精神，我们在发现的第一时间就跟世一终止合约。”林希的反应极快，愤怒地说道，“世一建筑公司欺压工人劳动力，坑骗他们的血汗钱。我们给被世一建筑坑骗的工人提供了无偿的法律援助，并且启动了我们公司的公益项目，帮助每一个人，若是有需要，我们也会为他们提供就业机会。林氏集团始终秉承以人为本的理念，公开透明，从来不是口号。”

林希这天穿的衣服偏成熟，说的每一句话都铿锵有力，让人忍不住信服。

林希这边发布会结束，林氏集团董事长林世亲自发了声明。总部会配合怀城分公司林总的一切工作，完美地给林希兜底。

项目重新启动，林世集团怀城分公司从上到下大换血。

发布会现场离工地不远，林希从发布会会场出去就看到了蒋霖屿的人在外围，上屿的车非常有辨识度。林希抿唇，心里的焦灼一下子就没有了。

已经做到这个地步，再出问题，那真是没天理了。

林希带记者进场，做详细的介绍，晚上七点才结束。林希出了工地，在车上换好鞋和衣服，又直奔饭局。这晚宴请的客人全部跟工程有关，未来一年她要跟这些人打交道。

林希脚上有伤，没喝几口酒，林浩阳上场替她喝。林浩阳的酒量一般，敬过一圈就喝高了，她让邢路先把林浩阳送回酒店。

林希继续招呼客人，晚上十一点多才彻底结束酒局，她最后一个出酒店，要司机准备好车。

餐厅的门打开，林希看到正门口停着一辆黑色轿车。燕城牌号后面跟着纯数字“1”，蒋霖屿的车牌号就是这么狂，不讲道理的纯光棍。

林希脚步顿住，抿了一下嘴唇，压低声音跟那边说道：“先回去吧，不用接我了。”

夜色浓重，城市的灯光辉煌。怀城是个二线的工业城市，接近凌晨，街道已经显出寂寥之感。

星子零散地点缀在夜空，延绵到城市的边缘。

林希把手机装回大衣口袋，调整了拐杖的位置。黑色轿车后排的车门被打开，蒋霖屿一弯腰出了车厢。他转身从车里抱出一大束香槟玫瑰，走向林希。他的身形挺拔修长，在夜色下格外好看，西装裤勾勒出笔直的腿，眼镜片下的黑眸幽深。

蒋霖屿一步步走到林希面前，剩余一个台阶时，他停住脚步。

他修长的手指伸到林希面前，说："恭喜林总，站稳了。"

"谢谢。"林希碰到蒋霖屿的指尖，握了一下迅速松开，面上没有任何表露，"蒋总怎么会来？"

蒋霖屿桃花眼中的笑荡漾开，原本是浅浅淡淡的，忽然加深，一双眼全浸着笑："昨天借了林总的车，今天还回来，送你回家。"

林希握着拐杖，看他手里的花。

蒋霖屿抬起手表，蓝色的表盘在夜色下显得格外有质感，他看着上面的秒针。

"三、二、一。"蒋霖屿的嗓音有磁性，最后一个字音落地，他往上又走了一个台阶，黑眸在夜色下深而沉重，他郑重地说道："节日快乐！"

林希还沉浸在他的倒数声里，闻言一愣："什么节？"

"十一月十一日，光棍节。"蒋霖屿黑得纯粹的眼睛一眨不眨地看着她。

——我谢谢您了。

林希不想接蒋霖屿手里的花了。

"不过，似乎也是大家默认的情人节。"蒋霖屿伸出手到林希面前，声音低沉，"十一月十一日，一生一世一双人。"

蒋霖屿的逻辑果然异于常人，光棍节居然可以这么理解？

他站得笔直，林希没说话，两个人安静地对视着。

空气寂静，偶尔有车从身后的马路上驶过，引擎声响彻在黑夜中。蒋霖屿的笑缓缓地敛起，黑眸如同黑夜下的海面，静得没有一丝波澜："当然，这是部分人的理解。还有一部分，只当这是一个普通的购物节。”

不对，双十一，最初明明是“光棍节”，被认为是为单身而设定。

两个光棍过“光棍节”，似乎也挺应景。

“你呢？”林希开口，声音很轻，也没什么力度。

蒋霖屿彻底敛起笑，目光趋于沉静。他专注地看着林希，嗓音低沉，字句清楚：“我希望这是一个情人节。”

“之前是我迟钝，错过了跟你在一起的很多个情人节。”蒋霖屿抱着盛放的香槟玫瑰，衬衣上的领针已经散开，松松散散地挂在黑色衬衣上。他的喉结滚动了一下，哑声说道，“我们之间错过的每一件事，余生，我一件件地补。”

林希这晚喝了酒，可能喝得有点多，她的心很乱，有一瞬间跳得特别快。她看了蒋霖屿大约有一分钟，越过他往台阶下走。

“我抱不动这束花。”不是林希故作柔弱，现在她一只脚不能用力，拄着拐杖再去抱那么大一束花身体会失衡，“你先拿着。”

林希收了花？

蒋霖屿的嘴角很轻地扬了一下，又很快落回去。他保持着面上的冷静，抬手推了下眼镜，跟在林希身后，大步走下台阶，拉开车门：“上车，带你去个地方。”

“不是送我回家吗？”林希抬眼，心脏怦怦地跳，有几分不安。蒋霖屿还有什么操作？

“蒋总。”

蒋霖屿的长手搭在车顶，手指叩了一下，转头，黑眸凝视着林希，嗓音低沉，有蛊惑的意味：“你想现在回家？”

“想。”林希想立刻回家睡觉去，昨晚只睡了几个小时。一整天都紧绷着精神，不敢松懈一分一毫。现在看到蒋霖屿，也不知道是不是精神松懈下来了，这会儿困意席卷而来。

蒋霖屿：“呃……”

他包了夜场摩天轮。

他侧身让开：“上车吧。”

林希坐上车，蒋霖屿把花放在她的座位旁，关上车门整理了一下西装，绕到另一边拉开车门坐到车上。

蒋霖屿订的花没有浓郁的香水味，香得不过分张扬。林希拨了一下花瓣，窗边有寒风卷进来，她放下手，把包放到腿上。

“我昨晚只睡了三个小时。”车厢内有熟悉的安息香，林希坐上车就困了，不知道是酒精助眠还是真的困了。

“回雅希。”蒋霖屿拉上车门吩咐司机，拧开保温杯递给林希，“里面有醒酒茶。”

林希看向蒋霖屿手里的粉色保温杯，和她给他准备的杯子同款。

她不禁抿唇，以前都是她给蒋霖屿准备醒酒茶。

“谢谢。”林希接过打开，闻到熟悉的气味。她抬眼看蒋霖屿，“蒋总，你怎么有这个配方？”

蒋霖屿解开了一粒衬衣扣子，骨节分明的手指搭在扶手上，偏了一下头，黑眸带笑：“喝一口试试。”

林希喝了一口，温热的醒酒茶进入胃里，舒服了很多，跟她的配方一模一样。蒋霖屿有一段时间天天参加酒局，喝到去医院打点滴。她怕他喝出毛病，就到处找醒酒的偏方，最后配的是菊花茶。

里面会放酸枣蜜，但蒋霖屿不喜欢喝过甜的水，林希放得很少，酸枣蜜只会在后味体现。

林希每次去接喝醉酒的蒋霖屿，都会带上保温杯，里面装着醒酒茶。

轿车平稳地行驶在公路上，浮光偶尔掠进车厢。

夜色寂静，车厢内不甚明亮。蒋霖屿俊美的五官显出一些深沉，眼彻底隐入昏暗的光线中。他的手指交叠了一下，缓缓说道：“我把家里有的东西，拿出来一个一个地试。”

蒋霖屿倚在座位上，侧身看林希：“我记得里面有蜂蜜，但不知道你用的是哪个，就把所有口味的都买回来。”

蒋霖屿拿出做项目的拼劲了，可惜，林希不是他的项目。

林希喝了一大口醒酒茶，蒋霖屿很细心地把渣料过滤，茶水清澈。这个男人，原来不是不懂，只是他不想懂。

林希靠到座位上，蒋霖屿细心起来很可怕。

她喝完醒酒茶，把保温杯盖子拧上放到一边。困倦很快涌上来，她一闭眼，陷入沉睡。

蒋霖屿跟林希聊天，说着说着她突然没了声响，他心里咯噔一下，猛然侧头，看到她的头歪在座位的一边，静静地睡着了。

蒋霖屿这晚原本想回来参加她的饭局，顺便帮她挡酒，可公司的事太多了，实在抽不开身，只能赶在零点见到她。

在车上看到林希从酒店走出来，穿着风衣垂着头打电话，蒋霖屿毫无征兆，心跳得有些快。昨晚那条信息她一直没回，这天的信息她也没回。

蒋霖屿夺权时都没这么紧张，心一直提着。

林希歪着头睡觉，睫毛在白皙的肌肤上拓出阴影。她睡觉时人畜无害，像回到初识时，柔软，带着馨香。

蒋霖屿吩咐司机把车厢内的温度调高，脱掉外套轻轻地盖到林希身上。她应该是睡得不舒服，侧头靠到车玻璃上。

林希的头挨到玻璃上，很重的一声。她在睡梦里皱眉，但还是没醒。

蒋霖屿起身坐到中间，几乎跟林希坐到一起，他端端正正地坐着。片刻后，他抬手把她揽到了怀里。

林希这一觉睡得非常沉，沉到她醒来那一刻不知道今夕何夕。陌生的房间，陌生的时间，淅淅沥沥的雨声中，远处似乎有电器的嗡鸣声。

林希猛地坐起来，亮光顺着没有拉严的窗帘挤进来，雨声是窗外传来的。完全陌生的房间，桌子上的台历提醒她这里是雅希酒店。

雅希的别墅酒店虽然外面看起来一致，但内部装修天差地别，每一套风格都不一样。林希揉了揉额头，头疼得厉害，头疼就算了，她一起身，身下一阵热潮涌动。她借着窗帘缝隙的光下床找到拖鞋穿上，单脚蹦到了洗手间。

她的例假提前了。

敲门声响，林希连忙起身关上洗手间的门：“谁？”

“醒了吗？”蒋霖屿低沉的嗓音从外面响起，“我可以进去吗？”

“不行。”林希吼了一声，顿时头又开始疼了。她经期的毛病千奇百怪，有时候偏头疼、有时候肚子疼，现在就是偏头疼。她高声说话就头疼，脑子嗡嗡的，“先别进来。”

她怀疑昨晚蒋霖屿在醒酒茶里下药了，不然她怎么会睡得这么死？

蒋霖屿打开了房间的灯，转头看到洗手间的林希。主卧的房间是夫妻房，洗手间是半透明的磨砂玻璃。

蒋霖屿移开眼，退出去半步，靠在门边：“你昨天在车上睡着了，我就把你带到了这边。”

林希头疼得厉害，昨天就喝了几杯酒不至于喝多，怎么会在蒋霖屿的车上睡着？她低头看裤子，还是昨天穿的那条，浅色的，上面一片红色的痕迹。

要死了。

“你洗漱好出来吃饭。”蒋霖屿说，“我先下楼了。”

“等等。”林希狠狠地咳嗽，抬起头，保持着脸上的面无表情，“我的手机呢？”

“在一楼，我去拿。”

蒋霖屿的脚步声渐远。

林希在柜子里没翻到卫生巾，只能先穿好衣服出门，单脚蹦到房间找自己的外套。蒋霖屿把房间的灯打开了，应该是二楼主卧。

林希没找到外套，门口有脚步声响，她转过身面对蒋霖屿。

蒋霖屿穿着白色低领毛衣，搭配一条黑色休闲长裤，黑色碎发没有用发胶固定，显出些许柔软感，鼻梁上架着金色窄边框眼镜。他白皙的手指捏着手机递过来，看了林希一眼：“找什么？”

“我的外套呢？”

林希接过手机，蒋霖屿的目光移动，猝不及防看到白色床单上一片红色。他的喉结滚动，掩唇清了清嗓子保持着面上的若无其事：“你来那个了？”

林希尴尬到头皮发麻。

“啊？”

蒋霖屿抬起下巴示意床上，说道：“那里，要让酒店送……卫生巾吗？”

林希转身看到床单上的痕迹，立刻拉被子盖住。蒋霖屿抬手推了一下眼镜，已经看到了林希的衣服。

他们同居的时间非常少，对对方的隐私其实并不了解多少。他上一次见林希来例假还是七月，在怀城，他们一起过来出差。

“你是不是会肚子疼？你先在房间，我去隔壁给你拿衣服。”蒋霖屿转身往外面走，说道，“需要吃药吗？”

“不用，我自己过去拿。”林希单脚往前跳了一下，顿时身下血崩，头疼欲裂快要炸开。

“外面在下雨，你怎么单脚跳过去？”蒋霖屿蹙眉，嗓音更沉，道，“你不想让我动你东西，我让浩阳去拿，他应该睡醒了。”

林希拿起床头的浴巾裹在腰上，她跟林浩阳的关系没好到可以拿贴身衣服的地步，跟蒋霖屿更是尴尬。

林希拿起床头柜上的电话打给前台，硬撑着面无表情：“我让服务员去，服务员有女生。”

“那好，你安排，需要什么叫我。”蒋霖屿又看了林希一眼，转身出门。

服务员拿了林希的衣服，又送过来卫生巾和止疼片。林希洗完澡换上一条黑色毛衣长裙。她只是简单地吹干头发，实在没精力做造型。这回倒是没有肚子疼，只是头疼得厉害，她拿着止疼片下楼找水。

蒋霖屿站在开放式厨房的吧台前，正在耐心地打奶油，整个屋子里弥漫着奶油的甜味，以及烘焙的香气。

浅色毛衣让蒋霖屿整个人都柔和了下来，高挺的鼻梁，薄唇紧抿，专注地盯着面前的奶油搅拌机，刚刚的嗡鸣声大概来自这里。

蒋霖屿在做什么？他不会是在烘焙吧？

“桌子上有温水。”蒋霖屿把保温杯打开放到吧台上，看向林希惨白的脸，他蹙眉，嗓音沉下去，显得有几分低沉，“这是红糖姜水，我听说姜茶可以缓解疼，你要不试试？”

林希走到料理台这边，又闻到类似咖啡的焦味，端起温水把止疼片吃下去：“谢谢。”

林希不怎么喝姜糖水，疼得厉害还是吃止疼片有效。

吃完药，林希找到手提包把手机装进去，打算离开。外面阴雨绵绵，透过一楼的落地窗能看到湿漉漉的植物与假山。

“今天周末，你还要去公司？”蒋霖屿似乎在看奶油，实际上全部注意力都在林希身上，“我今天休假。”

——可以陪你。

林希震惊到抬眼：“蒋总，您还有假期？”

蒋霖屿：“呃……”

林希跟了蒋霖屿那么多年，从没见过他休假。

“你上次说，你要双休。我最近的工作强度可能双休不了，尽可能休周末，如果……”蒋霖屿戴上烘焙手套，转身，优雅自如地打开烤箱。

浓重的烟雾从烤箱里滚滚涌出，弥漫整个房间。下一刻，房间里的烟雾警报器响了起来，震耳欲聋。

（未完待续）